大渡河畔的旧时光

马建华 著

成都时代出版社
CHENGDU TIMES PRESS

图书在版编目（CIP）数据

大渡河畔的旧时光 / 马建华著 . -- 成都 : 成都时代出版社 , 2017.11

ISBN 978-7-5464-1944-2

Ⅰ . ①大… Ⅱ . ①马… Ⅲ . ①中篇小说 - 小说集 - 中国 - 当代②短篇小说 - 小说集 - 中国 - 当代 Ⅳ . ① I247.7

中国版本图书馆 CIP 数据核字（2017）第 250116 号

大渡河畔的旧时光

DADUHEPAN DE JIUSHIGUANG

马建华 著

出 品 人 石碧川
责任编辑 李卫平
责任校对 李 佳
装帧设计 邓青琳
责任印制 唐莹莹

出版发行 成都时代出版社
电　　话 （028）86742352（编辑部）
　　　　 （028）86615250（发行部）
网　　址 www.chengdusd.com
印　　刷 四川金邦印务有限公司
规　　格 170mm × 240mm
印　　张 14.25
字　　数 220 千
版　　次 2017 年 11 月第 1 版
印　　次 2017 年 11 月第 1 次印刷
书　　号 ISBN 978-7-5464-1944-2
定　　价 35.00 元

CONTENTS

目 录

秀　秀

一

秀秀小学毕业那年，她的父亲邬福寿早已没有了往昔的风光——他曾是牛头乡的“农会主席”，后来就只是个生产队的农民而已。

20 世纪 80 年代改革的春风势如破竹般吹走了笼罩在中国上空的乌云，中国农村体制发生着史无前例的变革，以家庭为单位的农业生产方式正在华夏大地铺天盖地展开。

邬福寿无所适从，他不止一次质疑过县上和公社领导，不抓“阶级斗争”了，不割“资本主义尾巴”了，把土地分到户，那不是要培养“新型地主”吗？这样整，还是我们农民的天下吗？还是“根正　苗红”的社会主义吗？大集体都没有了，社员还听干部的话吗？

邬福寿气得不停地吸着大烟袋，公社书记的屋子里浓烟滚滚，书记被呛得受不了，打开了窗户，“你还是少抽烟，肺被熏黑了，不好医治哦。”

“你啥意思？是在拐弯抹角骂我烂心烂肺吗？”邬福寿有些不悦，不管怎么改，也不可能改到干部不拿群众当回事吧。

“我好意规劝你，你把好心当成驴肝肺，现在不是‘文革’时期了，不要动不动就‘扣帽子’、搞批斗。你对现在的政策有些不理解，一下子要转变看法，是有些困难，但你不能找我撒气呀。国家大政方针我能够左右吗？”公社书记说，“党中央高瞻远瞩，粉碎了‘四人帮’，拨乱反正，提出以经济建设为中心，家庭联产承包责任制是大势所趋，不是我们县和公社首创，我们必须要坚定不移地贯彻执行党制定的方针政策。争议没有用，我们公社已经出台了家庭联产承包责任制的方案，对于集体财产和土地怎么分配，交多少公粮，我们是参照了其他地区的做法的，用时髦一点的说法，这叫农村体制改革，是我们国家在社会主义建设时期农村工作的又一次伟大改革。”

“变天喽，变天喽！”邬福寿听得云里雾里，既然是中央的决定，他邬福寿无能为力。

“马上就要分田分地了。哨子一响，集体出工的时代一去不复返了。”邬福寿把家人召集到一起商议，“生产队长不起什么作用了，包产到户后，我就是家里的生产队长，人人都不许偷懒，我们要把庄稼种好，粮食产量争取拿第一，我不能让大家说，包到户了，我邬福寿占不到生产队的便宜了，喝西北风了。我老邬家世代务农，不管哪朝哪代，都是农业上的一把好手。”

“秀秀呀，你小学已经毕业了，初中也没有考上，没有读书的命，回来当农民好啊，要多向哥哥姐姐学习怎么种庄稼。”邬福寿说，“没有文化照样当农民，现在谁也指望不上了，只有依靠自己。”

“爸，不是我不努力，是我没有赶上好时代。大哥被推荐读了大学，现在又在公安局工作，不用日晒雨淋，拿工资，住公家的房子。”秀秀说，“只怪我命不好，推荐上大学的时候，我年龄还小，现在考试上学，成绩又不好。”

“你不要说这些没有用的，恢复高考后，有那么多年轻人凭本事考上了大学。你也不要怨天尤人，天生一人必有衣禄。这庄稼活只要你做几年，你就是一把好手了。”邬福寿说，“时代不同了，连我这个死脑筋都要被迫接受那些新鲜玩意儿，总不能听说打破‘大集体’，包产到户了，我就上吊自杀吧。你不仅要学会庄稼活，还要学会针线活，女人嘛，迟早是要嫁人的，找一个家庭殷实的人家，一辈子都不会受穷，你跟不了我一辈子，自己不能干，在婆家要受婆婆和男人的气。”

为尽快推动土地分配到户，县上和公社工作组进驻生产队，指导分田分地和分集体财产。在涉及自己的利益上，社员们寸步不让，争吵声不绝于耳，工作组束手无策。

“土地肥瘦搭配、远近搭配，集体财产估价出售，牲畜抓阄分配。要做到绝对公平，菩萨都没辙。”邬福寿面对混乱的局面，拖着沙哑的烟锅巴嗓子干吼道，“如果你们要想按照所谓的绝对公平的分配方案，我看，到了明年开春了也分不下去。”

“虽然承包到户了，但我们还是要发扬团结互助的精神，生产资料虽然分到户了，大家还是要合理分配使用，都是祖祖辈辈在一起生活了几代人的乡邻，大家不要算计得这么清楚。我们把土地分到户，和解放初期打土豪分田地有着本质的区别，最终目的是要把农业生产搞上去，要让农民过上好日子。”县上工作组负责人说，“我们县上的农业部门不会袖手旁观，不管大家在农业生产中遇到什么问题，我们都会无偿为大家提供优质的技术服务，我们的目标就是要实现共同富裕。我们分田地，既要公平、公正，又不能损害大多数群众的利益，希望社员同志们发扬美德，支持我们顺利开展家庭联产承包责任制。”

邬福寿一家 15 口人（儿女各自成家，但户口还在邬福寿的名下），分到了 30 亩土地和一头大水牛，邬福寿牵着壮硕的水牛，不时摸摸牛角，摸摸牛尾巴，动情地说：“老哥呀，今后，你就是我们家庭的一员了，庄稼种得怎么样，就看你出不出力了。”

水牛昂着头，瞪大眼睛看着陌生的新主人，“哞、哞、哞”地叫着，邬福寿高兴地说，“你放心，只要你给我出力，我会把你当儿子一样看待，给你弄好吃的。”

邬福寿在分田地领导小组的带领下，通过打桩定界，分到了自己的责任田，他牵着水牛，心事重重地走在田埂上，水牛贪得无厌地啃着路边的嫩草。

回到家里，邬福寿把牛绳交给秀秀说：“这是我们家的财产，你要好生伺候，你做不来农活，就去放牛吧。把牛养好了，膘肥，劳力好，等到农忙的时候，水牛也可以作为换工的工具，你不要小瞧了水牛的功劳，关键时候，顶得上一个壮劳力呢。”

秀秀从父亲的手上接过牛绳，仿佛接过了千钧重担，她不明白，一头牛如何能够挑起家里的重担。

包产到户了，虽然没有生产队长声色俱厉的管教，但家家户户偷偷开展劳动竞赛，田地里的庄稼长势喜人，看不到一点杂草。邬福寿总是以老农民的口吻对家人说：“庄稼一枝花，全靠粪当家。农闲的时候，家人可不能闲着，要广积肥。”

二

包产到户第一年，家家户户精耕细作，邻里相帮，粮食生产都获得了丰收，交了公粮，家家户户都还有余粮，村民的脸上笑开了花。

秀秀每天的主要任务就是伺候水牛吃饱喝足，农忙时节，村里的耕牛根本不够用，为了不误农时，许多村民不得不到临近公社去借，甚至出钱雇耕牛。

邬福寿乐开了花："秀秀，咱们家水牛值钱呢，本村来借 ，一个工起码要顶两个工，还要把水牛给我管饱，其他乡来借的，我们按照行情收费。"

村民们过着日出而作日落而息的日子。秀秀放了几年牛，已经出落成亭亭玉立的大姑娘了。远乡近邻提亲的人都快踏破邬福寿的家门槛了。

"我的女儿长得如花似玉，怎么也得找一个大户人家或者国家干部。"秀秀的母亲闻玉茹骄傲地说。

"如花似玉，还金枝玉叶呢，不要千挑万选选个漏灯盏。"媒人扫兴而归。

1985 年的春节在经济体制改革的春潮中来临，搞活经济、勤劳致富成为新年的热词，社员们热切盼望中央针对农村工作的"一号文件"能够成为推动农民致富的催化剂。每年过节，秀秀的大哥邬大勇都要带着家人回来探亲。邬大勇穿着一身威严的警服，左邻右舍都向他投来羡慕的眼神。

大年三十，家人团聚的鞭炮声此起彼伏，小山村流淌着亲情，年味飘荡在乡间。酒过三巡，邬大勇十分惬意地说："中央已经做出了经济体制改革的决定，给农民也带来了实惠，允许农民在不影响农业生产的前提下，可以经商。包产到户已经两年了，不晓得爸爸、妈妈算过账没有？种粮食一年除了交公粮，还能够赚多少钱？"

"赚啥钱哦，能够填饱肚子就不错了。"闻玉茹唉声叹气地说，"包到户了，村民们甩开膀子大干，交了公粮，还能够吃到白生生的大米饭。"

"种田能够填饱肚子，固然是好事情，但要丰衣足食，还得去做生意。"

邬大勇语气坚定地说。

“啥？做生意？那不是走资本主义道路了？咱是贫农，不能干忘祖忘本的事情。”邬福寿吧嗒着纸烟说，“包到户我一直是反对的，现在你还让我去做生意，不是自己打自己的耳光吗？”

“爸，都啥年代了，还贫农？你风光的时候，我没有沾过光，要说沾了你的光，就是接过你手中的锄头当了农民，难道你还想把穷根代代相传？”秀秀说，“不想点办法，家里买盐巴都成问题。”

“你们不要吵了，听大儿子说，他在公安局工作，他了解的政策信息多，不会让我们干违法乱纪的事情。”闻玉茹说，“家里有个‘明白人’，你们就不要一条道走到黑。”

“我建议你们到公路边去开一个小卖部，卖小百货。”邬大勇信心满满地说，“农民做生意不是什么丢人的事情，城郊的农民种的茄子、辣椒、番茄、小白菜，都拿到城里来卖，赚了不少钱，比种庄稼划算。现在已经不是大集体时代了，种什么不种什么不用向生产队长请示，只要完成国家规定的公粮任务就成。”

“大哥是在说梦话了，这牛头乡上哪里是街呀？总共才二三十户人家，已经有供销社了，开小卖部，这不是吃多了烧钱嘛。再说，修房子要钱，我们连宅基地都没有。”秀秀说，“大哥说的理想很美好，可现实却很残酷。”

“乡政府驻地人气是差了点，但事物是变化的，10年前，街上才几家人，现在是过去的多少倍了？公路贯穿乡境内，会带来人流、物流，既然是乡政府所在地，人气一定会聚集起来的，山里人赚钱了，谁不想搬迁到交通条件好的地方来？”邬大勇说，“供销社严格按照上下班作息时间，我们开小卖部没有作息时间，货物适当比供销社便宜一两分钱，还愁没有顾客吗？我在县上帮你们联系小百货批发渠道，只要我们货真价实，生意就会好起来。”

“宅基地怎么办？”秀秀说，“不可能在路边上搭几根木板，往上面摆几样商品就算做生意了吧？”

“我们可以拿承包地和别人换呀。拿1亩田换别人7分河滩地，别人求之不得。”邬大勇胸有成竹地说，“除了卖小百货，我们还可以开豆花饭店，食材家里就有，把自家的出产变成商品卖出去，你想想，我们乡有多少人？将近两万人呐。不要看到平常街上鬼都没有一个，遇到赶场天，那才热闹哪。”

秀秀听得两眼放光，闻玉茹高兴得嘴都合不拢。邬福寿却嘴巴嘟得老高，乡上还没有人这么干，他来出头，枪打出头鸟，他会不会被抓去割资本主义尾巴呢？“说得轻巧吃根灯草，哪里去找做生意的本钱？”

“材料你们想办法，工钱我来解决。又不是修酒店，等你们挣了钱，再扩大规模。”邬大勇说，“你们去办这些事情，可能会遇到很多麻烦，上面的政策传达下来需要一定的时间，你们要有耐心。换土地的事情，可以先干，只要承包人双方没有意见，写一个协议，乡政府一般不会干预。”

这是一个意义非凡的春节，惯于向农民训话开会的邬福寿没有想到，经过儿子这么一“洗脑”，虽然心里的疙瘩还是没有解开，但是，儿子是维护社会稳定，贯彻落实上面政策的人，他说的话应该不会错。

邬福寿召开了一个家庭会议，他说：“包产到户的时候，是以我的名义承包的土地，现在，虽然我们把土地分了，但你们都是我的子女，我是家长，还是我说了算，按照一个人两亩田地的分法，本着节省劳力的原则，我们就近分承包地。秀秀还没有嫁人，她自然是跟我和你们的母亲一起生活。我们现在老了，今后干不动体力活了，自然要由幺儿子来给我们养老送终。秀秀干不来农活，虽然分家了，你们必须无条件帮助我们干农活。哪个敢吊儿郎当，甩我死耗子，当心老子这根牛鞭不认黄。”

儿女们唯唯诺诺：“我们都是你养大的，对你不孝的话，天理不容。”

邬福寿急于分家，是听从了大儿子的建议，分家了，他准备让老伴和秀秀去开小卖部，自己在家里磨豆花，一家三口只要按照大儿子设计的套路去做，就一定会苦尽甘来。

三

“闺女，你现在的主要任务就是和老爸一道去跑做生意的手续。”邬福寿说，“你伶牙俐齿，能够帮我谈成棘手的难题。”

“老爸死脑筋能够开窍，千年铁树开花了！”秀秀取笑说，“老爸不怕被割资本主义尾巴了？”

“高书记，我想开一个小卖部，你帮我指点一下需要哪些手续？”邬福寿摸出一支飞雁牌香烟给高书记点上，自己掏出烟叶放进烟袋里，吞云吐雾。

“你有致富愿望是好事情，可我们还没有接到文件允许农民做生意呀！你想想，农民不种地，都做生意，谁种粮食？土地撂荒了咋办？你不要整天想着做生意赚钱，庄稼种好了，既支持了国家，多余的粮食还能够卖成钱。”高书记说，“农民都当了商人，还叫农民吗？”

“高书记，我想问一下，你是农民出身吗？”秀秀咄咄逼人地问。

“你问这个问题是啥意思，这和我的工作有什么直接关系吗？”高书记不解地反问。

“如果按照高书记的逻辑，如果你家里是农民，那你为什么要当国家干部？你也应该继承父业当农民呀！你看看哪个行业的从业人员不是农民出身？我们做生意，就意味着土地会撂荒吗？如果你们不允许农民经商致富，去年还评选万元户戴着大红花去县上开表彰大会，这又怎么解释？”秀秀连珠炮似的反问，让高书记一时答不上话来。

“老邬呀，你这个女儿不简单呀，能说会道，我还真不知道怎么回答。这样吧，过两天我要去县上开会，帮你们咨询一下政策，包括工商注册之类的，回来了给你们明确答复，好不好？”高书记笑吟吟地说，“中央连续出台鼓励发展农业的‘一号文件’，鼓励农民发家致富，我们作为国家干部，没有理由拖大伙的后腿呀。但是，我们大家都是经历过“文革”的人，被整怕了，不光是农民担惊受怕，国家干部等待观望的也不少，不是为难你，你要理解我呀，如果政策允许的话，我还希望你为乡亲们闯出一条致富道路呢。”

“我晓得你也是跑腿的，芝麻大点官，还不至于整我。解放到现在，我啥子运动没有经历过，好歹我还当过农会主席，也算是呼风唤雨的人物，只是时代不同了，我也就成了掉了毛的凤凰。不说了，都是过往之事了。连我这个死脑筋都转变过来，想怎么挣钱了，要不是我在公安局工作的儿子给我洗脑壳，我打死也不愿意做生意挣钱，我也担心遭割资本主义尾巴呀。”邬福寿捻着他那一绺山羊胡子，慢腾腾地说，“现在包到户了，各家各户靠本事挣钱吃饭，我不能被人家戳脊梁骨说，不搞运动了，邬福寿喝西北风了。”

过了一个月，高书记找到邬福寿说：“县委已经召开会议，鼓励农民多种经营，搞活农村经济，发展农业致富带头人。你可以按照政策规定，办好营业执照，合法经营。”

邬福寿悬着的心总算放下来了：“有党和政府给我撑腰，我睡觉也踏实。”

邬福寿很快和村民谈妥换土地的事情。“我们先君子后小人，交换土地不是借东西，有借有还，为了防止不必要的麻烦，我们双方必须要签一个协议，生产队盖章，乡政府留存一份，白纸黑字，大家图个稳当。”秀秀说，“人家做生意都要签合同，为的是对自己负责，我们只是交换土地，又不是买卖土地，协议签署后，不管以后发生什么事情都不允许反悔。”

“不就是交换一下土地嘛，1 亩田换 7 分河滩地，这么划算的事情，我怎么能够反悔呢？整得这么复杂，跟杨白劳卖喜儿一样。我们相处了几十年，对方是怎么样的人，心里还不明白吗？”对方虽然一脸不高兴，还是在协议书上签了字。

工商执照很快办下来了，邬福寿立即张罗搭建小卖部和豆花饭店的事情，到乡政府申请木材砍伐证，买了十多立方米的木板，请来木匠，做好货架、桌椅板凳，买来油毛毡盖了房顶，简朴的小卖部和豆花饭店就落成了。邬福寿说：“就叫秀秀小卖部、秀秀豆花饭店吧。”

小卖部和豆花饭店开张营业，几串鞭炮一放，热闹了一条街。邬福寿高兴得合不拢嘴。高书记对邬福寿说：“做生意要大气一点，你搭建这么一个油毛毡棚子属于乱搭乱建。”

秀秀不以为然地说："你以为这里是北京、成都，要修一个酒店，再找几个迎宾小姐？乡政府周边人气都没有，乡政府就你们几个上班的，街上人都看不到一个。你不要给我扣帽子说我这个小卖部影响了你的'市容市貌'。你放心，只要乡政府周边高楼大厦修建起来，宽敞的街道、漂亮的路灯，有了城镇街道风情的时候，你不让我拆迁，我都不好意思了。"

"你呀，如果多读点书，在我们乡算是个人物呢。"高书记笑哈哈地说，"没有规矩不成方圆，大家都像你们这样，想怎么建就怎么建，还有街道的模样吗？你们把耕地改作宅基地，不打报告、不审批，就算我放你一马，国土局也会责令你们拆除。我这个人就是心善，你们赶快打个报告，就说你秀秀和父母分家了，需要修建住宅，我尽快帮你们递交上去，不要等国土局理麻下来，你们再去求情就晚了。"

营业执照、食品卫生许可证、健康证、宅基地证，秀秀抱回来一大摞证件，如释重负，现在可以光明正大地做生意了。

邬大勇帮助秀秀联系妥当小百货批发商家，秀秀根据走货情况，适时到县城批发商品。邬大勇告诉秀秀："每次进城进货，不要空着手来，倒腾一些稀罕的山货，比如药材、木耳、野生菌等等，这些宝贝拿到县城卖，是稀罕物，赚钱呢。车费也赚了，兴许还能够赚回进货的本钱呢。县农牧局正在推广蔬菜和经济林木种植技术，你回去转告你的几个哥哥姐姐，现在种庄稼早已经不是刀耕火种、靠天吃饭的时代了，许多乡镇村民已经通过种植蔬菜和水果，赚到了大钱。"

秀秀打心眼佩服大哥，大哥是城里人，见多识广，是家里的智囊，有大哥撑腰，何愁没有饭吃？再说，大哥是警察，不会叫他们干违法乱纪的事情。于是，每次进城，秀秀都要收购上百斤蔬菜倒卖给菜贩，一斤蔬菜转手就可以翻倍赚。

秀秀和母亲把小卖部和豆花饭店经营得风生水起。小学教师、乡政府干部、卫生院医生经常光顾她们母女的生意。

"怎么样？我磨的豆花好吃吧，豆瓣也是自己做的，都是自家产，没有一样是花钱买的，两元钱就可以吃饱，经济实惠。如果觉得还不错，多介绍朋友来照顾我的生意。”邬福寿每天的任务就是用水磨磨豆花，要保证第二天豆花足够消费。食客吃得狼吞虎咽，他就坐在一把椅子上，掏出陪伴了他几十年的烟杆，从一个塑料袋里摸出裹好了的纸烟，放进烟袋，划一根火柴点燃，吧嗒吧嗒地抽起来，浓烈的烟味，让屋子里烟雾阵阵。

“你能不能把你那个烟囱弄到外边去，客人都要被你呛跑了。”闻玉茹被烟雾呛得连连咳嗽。

“我这辈子就只有烟酒爱好，这点爱好都要给我剥夺了，你还不如拿菜刀把我劈了。”邬福寿瞪大眼睛厉声骂道，“老子幸亏还不用你养，吃点烟酒你就心疼了？”

“说你几句，你就要吃人了，你早晚要被烟熏烂肺。”闻玉茹气呼呼地说，“不关心你吧，你的脸拉得比驴的脸还长。关心你吧，你总以为我在克扣你。”

邬福寿气乎乎地不再理会闻玉茹。和食客聊庄稼收成，聊家长里短，食客都结账了，邬福寿还要和人家聊一会儿。闻玉茹经常骂他：“人家吃了饭还要赶集，还要赶回家，你把人家拉住摆毫无用处的龙门阵，人家走也不是坐也不是，你自己还做生意不？”

邬福寿火冒三丈：“老子一天不发火，你就要上天？龙门阵也不准我摆，做生意当然重要，人家来吃饭，你总不能拉下脸，只管收钱，别人又不是花钱买气受。”

和邬福寿生活了几十年，闻玉茹十分清楚邬福寿的性格，火爆脾气，说完就忘，不会记仇。他们总是为了一些鸡毛蒜皮甚至和自己毫无瓜葛的事情争吵，她已经习以为常了。

小卖部开张后，生意一天比一天好。秀秀女大十八变，甜甜的嗓音，姣好的容貌，让刚参加工作的机关干部魂不守舍。秀秀情窦初开，小伙子们大献殷勤，她岂能熟视无睹？

闻玉茹看在眼里喜在心头，秀秀能够嫁给国家工作人员岂不是好事一桩？

邬福寿却把闻玉茹骂得狗血淋头："真是妇人之见，你以为找一个国家工作人员就攀上了皇亲国戚？如果出身农村，几十元钱的工资，除了孝敬父母、贴补兄弟姐妹，吃饭都成问题，难不成我们辛辛苦苦开小卖部，为的就是供养'小白脸'？这些书呆子什么事情也不会干，虽然出身农村，不懂农事，四肢不勤，五谷不分，和咱坐不到一条板凳上。没有本事，还假装清高，以为在乡政府进出，自己就是官员。我这把老骨头才懒得伺候小白脸。"

闻玉茹不再言语，邬福寿脾气刁钻古怪，犟劲来了，九头牛都拉不回来。

柳元宝当过生产队长，包到户后，生产队长不管用了，他有些失落，托媒人找了一个山里的姑娘，姑娘模样俊俏，又会持家，柳元宝腾出手来到山里挖药材、虫草和松茸，一年有几千元的收入，盖了几间大瓦房，家境殷实。可惜好景不长，老婆有严重的心脏病，他们有了一个儿子，柳元宝还想要一个女儿，在他看来，儿女双全才叫好，好字不就是有儿有女的意思吗？生第二个孩子的时候，老婆心脏病发作，生下儿子后就去世了。柳元宝气得疯疯癫癫，认为第二个儿子把老婆克死了。如花似玉的老婆，却没能和自己白头到老，柳元宝天天喝闷酒。在忧伤的日子里，柳元宝沉默寡言。善良的村民建议他："逝者已去，生者坚强，你的两个儿子不能没有妈。家里缝缝补补，没有女人怎么行？"柳元宝觉得村民说得在理，想尽快找个女人填补亡妻的空白。可谁愿意嫁给一个死了老婆的男人，心甘情愿给别人的孩子当后妈呢？别人还以为他们夫妻相克，是柳元宝克死了老婆呢。

柳元宝想到了秀秀，有事无事总要到秀秀饭店开不着边际的玩笑。邬福寿气得用烟杆敲着柳元宝的脑袋说："你也不撒泡尿照照，老子的女儿怎么可能给你填房，做你的春秋大梦，欺负到老子的头上了，我看你活得不耐烦了。"

柳元宝被骂得灰溜溜跑了。但他仍不死心。在路上碰见秀秀的时候，总是嬉皮笑脸地摸摸秀秀的脸蛋、拍拍秀秀的肩膀，有时候竟然放肆地摸秀秀的胸部。

秀秀忍无可忍告诉了邬福寿，邬福寿火冒三丈，提着猎枪要找柳元宝拼命，一枪托打得柳元宝鲜血直流。邬大勇听说后，立即赶到派出所，警告柳元宝："你这是调戏、猥亵少女，是可以拘留你的。念在一个村子的村民，给你一个改过的机会，如果你执迷不悟，派出所的拘留室为你敞开着，犯了罪，监狱的大门随时为你敞开着，你不要以为我不敢抓你。"

"柳元宝要流氓被派出所抓了。"村民奔走相告，这样的流氓不治治，不知道还有多少女孩要遭殃。

因为调戏妇女进派出所，柳元宝成为过街老鼠，人人喊打。他只得偃旗息鼓，对秀秀不敢再造次。

四

山民赶集，秀秀豆花饭店是他们的落脚之地。物美价廉的豆花饭是山民们的首选。卖了土豆、野生菌、天麻、玉米，山民怀揣钞票，喜滋滋地来到秀秀小卖部，炒一份肝腰合炒，要一碟酥脆的花生米，来二两枸杞酒，眯着醉醺醺的眼睛，从怀里拿出一沓钱，颤抖着双手认真地数着，盘算着这笔血汗钱如何贴补家用。五元钱就能够酒足饭饱，山民们都觉得秀秀小卖部童叟无欺，是个经济实惠的好去处。

秀秀每天的事情就是上街买菜、买肉，负责小卖部进货。邬福寿每天晚上磨豆花，闻玉茹负责炒菜、洗菜、洗碗，一家三口分工明确。

“老板，给我来一碗豆花饭。”小伙子进门朗声说道。

小伙子狼吞虎咽，很快就吃完了饭：“老板，这么热的天，怎么连风扇也舍不得装？汗水把衣服都湿透了，进饭店如进蒸笼，谁受得了？敢情好，你这个饭馆还‘买一送一’，吃饭还送蒸‘桑拿’，哈哈。”

“你以为你进的是五星级饭店？我这么个路边店，小本买卖，和酒店的定价相差十万八千里，就这么个档次，你嫌我庙小，你就不要进来。”秀秀打量这个其貌不扬的小伙子，头发微卷，满脸络腮胡，外加八字小胡子，五短身材，身高还不如秀秀高。

“做生意嘛，就是要和为贵，你一天像吃了炸药一样，横眉冷眼，把客人都吓跑了。你看人家供销社，还摆着意见簿，欢迎顾客提意见，人家是国营单位，都特别讲究服务质量。你们干个体的，应该跟人家好好学学。现在只有你们一家开饭馆，今后多开几家，有了竞争，你会吃亏的。”“八字胡”嬉皮笑脸地说。作为“行走江湖”的人，他深知在什么人面前该说什么样的话，更何况站在他面前的是一位妙龄美女，好男不和女斗！

“我看你这是鸡蛋里面挑骨头，没事找事。”秀秀红颜一怒，“我既然敢开餐馆，就不怕谁来惹事。”

“八字胡”本想和秀秀搭讪，凭自己油嘴滑舌的本事，给秀秀多留下一些深刻印象，没有想到弄巧成拙，秀秀却“怒发冲冠”。“美女是被人欣赏的，而不是带刺的玫瑰，让欣赏她的人自讨没趣。”

“八字胡”吃得汗流浃背，头发已经被汗水湿透，豆大的汗珠不停地滚落下来，汗水迷糊了双眼，咸咸的，他不停地抹着汗水，抓一把汗水直往地上甩。“妈呀，吃个饭就像受酷刑一样。美女，有冰冻矿泉水吗？要不，给我来一瓶冰冻矿泉水、一只冰淇淋。实在是太难受了。”

接过冰淇淋和矿泉水，“八字胡”直接将冰水混合的矿泉水从头上淋下来，皮肤突然受到冰块刺激，他不由得哆嗦了一下。把冰淇淋含在嘴里囫囵吞着，似乎好受了一点。

“你这个人年龄也不小了，怎么干三岁娃娃做的事情，胃子一冷一热怎么受得了？如果拉肚子，你不是要坏我餐馆的名声？”秀秀冷笑道，“像你这样油嘴滑舌的人，啥子坏事干不出来？大家可要给我做个证人，这个人吃坏肚子与我无关。”

“敲诈勒索的事情，我还从来没有干过。我对我自己的行为负责。走了，美女，我经常跑这条线，我会照顾你生意的，和气生财，女孩脾气柔和一些，才有大家闺秀风范。”“八字胡”付完账走出秀秀小卖部，一股热浪扑面而来，大地早已经成为一个巨大的蒸笼，人们直呼世间万物要被高温熔化了。

“八字胡”钻进他的农用车，赶快打开车窗，迅速启动汽车，虽然吹进汽车的风燥热无比，但还是要好受一些。开到一片树荫下，山泉从天而降，溅起的水花带着一丝丝清凉，“八字胡”索性站在山泉下面，浑身上下清爽无比。他每天从石棉运砖到泸定，再从泸定运石灰到石棉，农村人有钱了就要修建房屋，对建材的需求量大，精明的村民在修建房屋之前总要事先打听好建材的价格，比如泸定和汉源水泥厂的水泥批发价格，到底哪家划算？然后通过各种关系搞到批发价，再找货车司机帮助运输。“八字胡”正是瞅准了这个商机，才东拼西凑凑了两万元钱买了这辆二手农用车跑建材运输，要想在村民那里赚建材的差价比登天还难，当然，如果村民拿不到批发价，通过他平常和水泥厂建立的良好人际关系，他可以想办法搞到一些，每吨可以吃差价10多元。除去油钱，“八字胡”每跑一趟，还可以赚50多元。村民和他讲价，总希望他挣够油钱，适当赚一点就行了。“八字胡”总是心安理得地说：“我不赚钱，两万元的本钱啥时候能够赚回来，家里的贴补哪里去找？你们好歹已经在建新房了，我还不知道啥时候能够建新房呢”。村民想想也是，就说：“都是熟人熟识的，你也不要喊价太高。”

洗过山泉澡，“八字胡”感到一身清爽。他整天一个人在坑坑洼洼的泸石公路上跑，没有人和他说话，他听得见自己的心跳，看得见一晃而过的村庄，农民在绿油油的稻田里除草，像一幅油画。

“八字胡”本名叫曾志雁，年纪不过28岁，初中毕业本想考中专，走出农村，实现进城的宏大心愿，但父亲不想自己在家劳累，儿子进城享清福，俗话说，养儿防老，儿子都不在身边了，还防啥老？父亲固执地说：“你初中毕业，算得来账，认得到字了就行了，文化学多了，对种庄稼没啥用处。”

曾志雁尽管心里一百个不愿意，但他还是决定不参加中考，班主任老师很是遗憾，因为凭他的成绩，考上农牧学校或者财贸学校不成问题，中专毕业到县农牧局或县财政局工作都不在话下。曾志雁不能主宰自己的命运，父亲的话，他不敢不听。回到家里，不到18岁的他就是家里的全劳力了，在父亲的调教下，插秧种田样样会，父亲十分满意，家里的“一亩三分田”总算后继有人了。

收麦插秧，春种秋收，除去交公粮，只能解决家人温饱，曾志雁有些不甘心。父亲那一代人是在无休止的运动中过来的，吃了不少亏，贫穷了一辈子。因为居住在高山上，没有见过世面，进趟城都有些惶恐。曾志雁自信地认为，父亲那一代人的悲剧不能在他的身上重演了，当他提出要买农用车的时候，父亲足足把他数落了两个月：“家乡不通公路，你把车抬上山弄到家里来像菩萨一样敬奉？”

两代人思想观念仿佛差别一个世纪。曾志雁固执地说：“你不让我读书进城工作，叫我不要忘本，回来这么些年，除了和你学会了种庄稼，没有一点收入，是你害了我一辈子。现在我想买车，你一万个不同意，你要把我困死在这个山上吗？这个穷得鸟都不愿拉屎的地方，找个媳妇儿都特别艰难。”

“你说得轻巧，买车？买自行车？你晓得买一辆车要好多钱？家里就剩几匹破瓦，还有啥值钱的？”父亲口气强硬地说，“老子虽然穷了一辈子，但从来没有向谁借过一分钱。”

“你们父子俩就不要吵了，家和万事兴，吵架就能吵出金子来？我说，老头子，雁儿都快三十了，好多事情你就让他自己做主吧，我们不能包办代替他一辈子呀。雁儿，娘也不知道怎么劝你，想挣钱是好事，但不要眼高手低，要是买车了，本钱回不来，我们拿着一堆废铁有啥用呀？”母亲说，“想好的事情，你就去做吧，不要怨我们无能，家里实在没有本钱帮你买车。”

“凡事和你们商量，证明我对你们有孝心，但你们不能用我的孝心束缚我一辈子呀。我们家乡不通公路，不能说买汽车就注定要亏本。我每天日出而作，日落而息，生活在与世隔绝的环境中，无法了解到大山以外的信息。我已经想好了，去信用社贷款，买一辆二手农用车，到山下去找运输活儿干，希望你们不要再阻止我了。”曾志雁主意已定，“我拼命找钱，还不是为了让家里人过得好一点。”

曾志雁终于打听到山下一个村民准备要卖已经开了三年的农用车，那个村民说：“我是因为要换新车，才决定卖这个车的，你不要小瞧这个农用车，给我立下了汗马功劳，我家新修的两层楼房全靠这个车挣的钱。我看你也算本分老实，不是奸狡巨猾之徒。成交后，我可以介绍一部分生意给你做。搞运输是按一车计算，跑长途费用更高。帮别人拉一车砂子，不到 10 公里的路，一车收 50 元，多跑几趟，收入可高呢。”

“听你这么一说，汽车轮子一转，黄金万两。”曾志雁激动地说，“安心说个价，这个车我买了。”

“三万。”那个村民说，“我新车买成六万，半价处理给你，算是交了个朋友。”

“两万，一口价。我是铁了心要的。”曾志雁说，“我们山里人没有啥收入，家里一贫如洗，这个钱我还是贷款，家里太穷，别说修楼房，连媳妇儿也娶不起。你财大气粗，就不要纠结那一万元了。”

村民考虑再三爽快地说：“我们都是农民，挣钱不容易，我吃亏把车卖给你，不过你放心，汽车发动机没有修过，用个三五年不成问题。”

曾志雁说：“既要做生意，我们还要做朋友，我请你喝酒。今后都在道上跑，还望你多提携，你跑不过来的时候，多照顾我生意。”

买了车，曾志雁就很少在家里待，每个月有几十元钱带回家，父母高兴得合不拢嘴。想想即将逝去的青春，曾志雁感叹不已，赚钱不就是为了孝敬父母、自己建立一个幸福美满的家庭吗？他想到了秀秀，这个脾气有些刚烈却又漂亮的女孩。“哎，好女孩惦记的男人多呀，不是自己的菜就不要异想天开了。”曾志雁自言自语地告诫自己，天边一团乌云压过来，空气格外燥热，又要下暴雨了。又开了一段距离，天空阴沉下来，乌云密布，忽然一道闪电划破厚厚的云层，把大地照得透亮，刺耳的雷声震耳欲聋。大颗的雨点砸在汽车玻璃上，不一会儿，瓢泼的大雨倾泻而下，汽车在雨幕中艰难穿行。曾志雁默默祷告着，千万不要遭遇泥石流。

道路已经被暴雨冲刷成了一条条小溪沟，泥泞不堪，曾志雁小心翼翼在坑坑洼洼的泥泞道路上行驶，到了目的地，他把一车砖卸载了后，不顾主人家的挽留，急于回家。夏天的天气不好说，也许一夜之间就会因为暴雨造成道路断道。

曾志雁把秀秀深深地刻在他的脑海里了，秀秀小卖部是他过往必去之地，除了吃饭，主要是为了心仪的姑娘。追求心爱的女人，不像课堂上做数学题，有公式可套用，他不知道该如何取悦姑娘的芳心。

曾志雁有心事了，那是对漂亮姑娘的一种痴情。回到家里，曾志雁心事重重，草草吃过晚饭后，独自走出家门，漫步在稻田边的路上。月朗星稀，蟋蟀声声，虫鸣阵阵。曾志雁仰望夜空，月亮像一面镜子高悬，仿佛照亮了他的心事。他不知道，远方的秀秀是否此刻也在凭栏眺望皎洁的月亮，是否也和他一样有着捉摸不定的心事。“我这是自作多情呀，落花有意流水无情呀。”曾志雁自嘲道，“我有什么资格去追求如花似玉的秀秀。”

曾志雁蓦然看见山头有一颗流星惊艳划过。

山村的夜晚宁静安详。

五

日子像水一样流去，波澜不惊。曾志雁依然开着老掉牙的农用车在路上奔波，在他看来，这样劳碌的日子让他过得很充实，因为忙碌的日子让他有钱挣；因为忙碌，他可以借口吃饭，多看秀秀两眼，把她的美貌铭刻在脑海。有时候，一厢情愿也会让自己的精神生活很充实，不用对方认可，你可以死心塌地、巴心巴肝地想着对方，每天一睁开眼睛，你就会像丢了魂一样，挖空心思想心仪的人儿是否一切安好，心情是否像明媚的阳光一样灿烂。思念秀秀成了曾志雁生活中的一部分，甚至开车的时候也走神，曾志雁感觉到自己病了，这是一种无药可救的病，这种病就叫相思病。然而，这样的情感煎熬只有他自己知道，因为秀秀在他面前始终不苟言笑，把他作为走马灯似的食客。秀秀冷若冰霜，面无表情，曾志雁心里感到特别失落，但心里却又有一种莫名的踏实。这样不苟言笑的女孩不是水性杨花、朝三暮四的人，这样的女孩让人放心，想到这里，曾志雁的脸上露出了苦涩的笑容。

走在石棉县城的大街上，穿着五颜六色连衣裙的女孩、个个涂脂抹粉，笑声如铃，曾志雁不由得侧目多看两眼。美女是城市的一道风景，美了城市，美了游人。“大城市真是好，有高楼，有美女，有美食，有豪车，就是没有一个我认识的人，大城市需要有身份的人，有房子的人，有喝茶聊天的朋友，而这一切似乎与我没有多大关系。”曾志雁心里这样想，从这家商店进，那家商店出，高档的服饰和化妆品专门为那些有钱有地位的女人准备，贵妇们瞧见心仪的服饰和化妆品，眼睛都不眨一下，从漂亮的嘴里吐出一句优雅的话：“给我包好。”售货员总是用艳羡的目光看着对方，这样出手阔绰的好日子什么时候降临到自己的身上？

曾志雁漫无目的地走在大街上，心事重重，他想给秀秀买一条粉红色的纱巾或漂亮的发夹，但他又担心自己的唐突会惹恼秀秀。他犹豫不决，老天总是这样折磨人，单相思竟会把一个七尺男儿折磨得魂不守舍。曾志雁一咬牙索性买了一条纱巾和一只发夹，想寻找机会交给秀秀。兜里揣着给心爱女人的礼物，曾志雁仿佛完成了一件非常自豪的大事，他在心里反复设计着交给秀秀礼物的场景：月光下，溪水潺潺，微风习习，秀秀穿着淡红色的连衣裙，秀发飘然，温柔可人。秀秀羞涩无语，他坐在秀秀身旁，望着皎洁的月光，讲和月光有关的爱情故事，秀秀听得入迷，一连串银铃般的笑声，让他心醉神迷。他机不可失地把纱巾围在秀秀雪白的脖子上，秀秀满脸的幸福。

这是一个浪漫诗意的约会，这是一个情定终身的约会，秀秀含情脉脉答应了他的浪漫求婚。想到这里，曾志雁笑了，爱情不需要轰轰烈烈，平平淡淡最好。

“老板，来一份卤猪蹄、一盘青椒炒肉、一份凉拌鸡块、一盘凉拌黄瓜、一盘肝腰合炒。再来一瓶泸州二曲。”几个打扮时髦的年轻人走进秀秀饭馆，一口气点了自己想要的菜。

“对不起，我们这里只卖豆花。”秀秀冷冰冰地说。

“啥都没有，还敢叫饭店？”年轻人有些恼怒，“哥几个心情好，想到你这里来庆祝一下，好端端的心情被你整没了，我看你还是关门回家种地算了。”

“你这人真是奇怪，难道我经营什么还需要你恩准吗？怎么做生意是我的事情，你要想吃山珍海味，你可以去泸定潇洒呀，我们庙小，伺候不了你。”秀秀反唇相讥。

“你这姑娘，人长得还不错，说话怎么句句带刀伤人？你以为哥几个是吃素的？我看你这个餐馆是开得不耐烦了！”年轻人气势汹汹，挥拳就要掀翻饭桌。

“年轻人血气方刚，何苦为难一个弱小女孩。乡村饭馆本来条件有限，你点的这些菜都是有钱人消费的，乡下人不是谁都能够吃得起的。怎么经营，老板还是要综合考虑消费市场，经营高档菜卖不出去，血本无回。难道你会做亏本生意吗？既然你们有这样的消费需求，可以提前预订，没有问题，我可以从县城帮你们捎带下来。小店本小利薄，顾客有啥意见只有逐步改善，今后还要仰仗各位经常前来照顾生意，小店才能做大做强。”曾志雁抓住年轻人的手，暗暗使力，皮笑肉不笑地说，“得饶人处且饶人，你是来消费的，不是来砸店的，何苦呢？难为一个女孩，你的朋友会把你当作大英雄吗？你今天把店砸了，光天化日之下，戴着一副手铐到派出所去待上一周，家人怎么看你？朋友怎么看你？你以为这个老板是吃素的？告诉你，她的大哥可是县公安局的领导，专门管违法乱纪的坏人。好男不和女斗，年轻人，遇到事多思量，消消气吧。”

年轻人理亏，知道曾志雁手劲了得，只是那么轻轻一握，他便忍痛不敢叫出来，知道不好惹，于是，一伙人灰溜溜地走了。吃豆花的乡下人纷纷夸赞曾志雁，小伙子沉着冷静，化干戈于无形。

秀秀却不领情：“你凭什么给我做主，说我要扩大经营，还要做大做强？你是我的什么人？你怎么知道我大哥在县公安局，这不是坏我大哥的名声吗？”

“秀秀，这就是你不对了，刚才年轻人发飙，你也有一定的责任，做生意，什么样的人都会遇到，怎么能够鸡蛋碰石头硬碰硬呢？小伙子帮你解围，你不感谢人家，还迁怒于人，这样做不厚道呀。”食客们纷纷好言相劝。

秀秀知道自己不对，如果再一意孤行，众人动怒，自己不好收场，而且落得个恶人的骂名，今后谁还来吃豆花饭？她只得轻轻说了一句“狗拿耗子多管闲事”。

“秀秀呀，不是我说你，姑娘家，脾气咋这么爆？你在我们面前，怎么放肆，我们都依你，进入社会，不是人人都能够谦让你，今后迟早要吃亏的。”闻玉茹说。

“你也跟着瞎起哄，你是唯恐天下不乱吗？”秀秀憋着一肚子火，正找不到地方发泄。

“看看，女大不由娘，我还管教不了了。小伙子，让你见笑了，刚才多亏你帮忙，这样吧，这顿饭我请客，算是表达我们对你的谢意。”闻玉茹说，“一顿豆花饭值不了几个钱，还望你不要嫌弃。”

“这可使不得，我不过是动了一下嘴皮子，又不是什么劳苦功高的事情，你这样一来，我倒成了骗吃骗喝的，说出去丢人。”曾志雁说，“我刚才和年轻人说的话倒是认真的，既然有消费者需求，你们完全可以扩大经营范围呀。做一些中餐，迎合不同消费人群的口味，营业收入也增加了。”

“说得容易，这巴掌大的地方，有多少人消费哦，再说，季节都不到，哪里去卖反季节蔬菜？就算有地方卖，成本太高，不亏本就算烧高香了。”闻玉茹说，“不过，我还是要感谢你善意的提醒。”

“蔬菜的事情，我经常跑泸定和石棉，可以帮助你们代劳，如果你们不担心我卖高价的话，不就是顺带嘛，我不会收你们运费的。”曾志雁心想，如果闻玉茹欣然接受了他的建议，他就可以名正言顺地出入豆花饭店了，兴许随着时间的推移，秀秀能够感觉到他的“别有用心”，他和秀秀的关系兴许会柳暗花明呢。

“我们素不相识，你凭啥帮助我们？”秀秀说，“我们不是老弱病残，不需要你的怜悯。”

“你说这话就见外了。一个人步入社会，靠的是人缘，并不是陌生人都是坏人，人们由不相识，走着走着就成了朋友，有的还成了一家人。”曾志雁说，“人与人之间，真诚最重要，如果总是以有利可图来衡量别人的动机，这人世间就没有什么善良可言了。”

走出秀秀饭馆，曾志雁回眸凝视了一下写着“秀秀豆花饭店”的招牌，心中感到莫名的亲切。

曾志雁的父母一直关心他的婚事，盼着儿子尽快结婚生子，母亲四处求人说媒，曾志雁始终无动于衷。老爸的烟叶味呛得让人难受，由于长期烟熏火燎，老爸的嗓音显得沧桑悲凉：“我晓得你心里是咋想的，我这个破屋容不下你，你也看不上。你是想到山下去寻一户好人家，过逍遥的日子。”

“我不想重复你们穷苦的日子，以前你不要我读书，怕我进城以后没有人给你养老，可我还是想通过自己的本事找到我的幸福。”曾志雁知道自己反复提父亲武断地让自己回家子承父业的事情，会激怒父亲，但他还是忍不住要提，因为父亲武断的决定，葬送了他的前程。

“老子就晓得，你为了这件事情，恨不得吃了老子的肉，扒了老子的皮。你以为你有天大的本事，能够走进大城市？你一天到晚瞎琢磨如何离开这个穷得连鸟都不拉屎的鬼地方，你让我和你老娘心里咋想？你翅膀硬了，想丢下我们一走了之？早晓得你是个无情无义的种，当初你一生下来，老子就该一把掐死你。”老爸气得用烟袋敲着用了几十年的木桌，桌子中间立即有了一个小洞。

“你都一把年纪了，咋火气还那么旺，肝火上升，气出毛病来，还不是你自己背时。”母亲安慰说，“儿子大了，你左右不了他的想法，由他去吧。”

“老子决不允许我的儿子去给人家倒插门。”老爸怒吼道。

“哎，你说你，这是何苦？倒插门有啥不好，如果儿子看中的是鱼米之乡，又通公路，哪点不好？你看我们这个地方有啥？好多老年人一辈子都没有看过汽车就一命呜呼了。儿子虽然不中用，但他买了农用车，我们还坐过他的车去石棉县城，总算坐过汽车，逛过大城市了。还经常给我们钱花，给我们买新衣裳，村民哪个不羡慕？你不要一不如意就大发雷霆。树怕扒皮，人怕伤心，他是你的儿子呀。”母亲说，“儿子找了好人家，也是我们的福气。”

“你少给老子添堵，去弄一盘花生米，把烧酒拿来。”老爸气呼呼地说。

“我看你是酒瘾来了，一天不是抽大烟就是喝大酒，总有一天你的老命会栽在这上面。”母亲一边唠叨，一边去拿酒。

“老爸，一个人喝闷酒醉得快，我陪你喝吧。”曾志雁小心翼翼地说，“借酒浇愁愁更愁，两个儿子都大了，你还有啥烦心事呢？”

“少来，你都嫌弃家里了，还有啥资格和我喝酒。”老爸说。

“你就是把我打死，我也是你的儿子，咱曾家的血脉是连在一起的。”曾志雁找了一个碗，斟满一碗酒，毕恭毕敬地对老爸说，“我想到山下去安家，这是你心里一直迈不过去的坎儿。这上门有啥不好，咱村里不是还有那么多倒插门的男人嘛，又不是石破天惊头一回。”

老爸几杯酒下肚，脸色变成了猪肝色，话也就多了起来：“雁儿，不是我和你过不去，男子汉，处世之道是什么？上为父母，下为儿女，传宗接代是对祖宗的交代。你去给别人上门，后代就不姓曾了。”

“老爸放一万个心，你的孙子一定姓曾。我今后也不可能丢下你们二老不管。”曾志雁拍着胸脯说。

“说得有鼻子有眼睛的，你有中意的女人了吗？”父亲问道。

“相中了一个，但人家不一定看得上我。”曾志雁有些郁闷，“我现在还不知道该怎么办呢。”

父亲用烟杆指了指伸手不见五指的天空，意味深长地说了一个字“追”，“像追月亮那样，只要功夫深，铁杵磨成针嘛！小子，婚姻不是等来的，是靠追来的。”

“你以为是撵黄牛，拼一身力气就可以追回来？”曾志雁笑道，“别人的心不在你这里，你拿啥去追？”

“你自己悟吧，聪明人一点就醒”。老爸醉意朦胧地说，“时间不早了，睡觉吧。”

望着老爸颤颤巍巍的背影，曾志雁竟然有些心酸，年过半百的父亲，头发已经花白，脸上的皱纹犹如一道道石刻，留下了岁月的印记，沧桑悲凉。

偶尔传来的狗吠声和草丛里传出简单枯燥的蟋蟀声，让宁静的小山村有了一点灵气。曾志雁摸出一支香烟，划燃火柴，忽明忽暗的烟头在黑夜中闪烁，无边的思绪犹如沉重的夜幕压得曾志雁喘不过气来。想着自己的未来，亦如这漫漫长夜，他迷失了自己，生活在虚幻之中，犹如海市蜃楼，可望却不可即。他无法入眠，黑夜中，仿佛有无数双眼睛正幽深地看着自己，一堵厚厚的墙横亘在他的心里，他用尽洪荒之力也无法挪移一步。

第二天一大早，曾志雁准备下山了，因为家里不通公路，他总是把汽车停放在山下一户农户家里，他不能天天回家，家对他来说，既陌生又熟悉，这是生养他的地方，这是父母用生命守护的家园，所以，不管在霓虹灯闪烁的大城市，还是在路边的“鸡毛店”，家，永远在他的梦里，也许若干年后，他牵着儿女和妻子的手，故乡的一草一木依然在他的梦里。一个人，剪不断的是亲情，挥不走的是乡愁，无论贫穷或富裕，对故乡的怀念，与生俱来。

六

心中有了方向，曾志雁心情舒畅。乡政府的工作人员隔三岔五就要到秀秀豆花饭店“打牙祭”。每当有“大单”生意的时候，闻玉茹就会找曾志雁帮忙带蔬菜回来。

喝着廉价的烧酒，抽着“甲秀”，乡干部们乐不思蜀。乡上机关、学校、卫生院、粮站的“国家干部”也经常来照顾秀秀的生意。一个月下来，竟有1000余元的收入，除去成本，一个月也有600元的净利润。

邬福寿照样磨他的豆花，没有事情的时候，他就坐在椅子上，拿出叶子烟，吞云吐雾，和山民家长里短摆不完。

“我们生意这么好，多亏了那个八字胡年轻人，他给我们带菜又不收运费，真该好好感谢人家。”饭店打烊后，闻玉茹数着一沓角票，喜滋滋地对邬福寿和秀秀说。

“感谢他？凭什么？他给我们投资了吗？”秀秀嗤之以鼻。

“你是数着钱，就不晓得东南西北了，我每天起早贪黑磨豆花，你咋不感谢我呢？”邬福寿笑呵呵地说。

“没有想到开饭馆这么挣钱。如果我们坚持只卖豆花，几毛钱一碗，能够挣这么多钱吗？八字胡年轻人不愧见多识广，帮我们出了个好主意。”闻玉茹说，“瞧瞧，今天又挣了60元。哎呀，开饭馆虽然劳累，但不用风里来雨里去。”

“天天有这么好的收入，我们可比国家干部强，他们一个月工资才几十元呢。”秀秀兴高采烈地说。

秀秀豆花饭店早就成了曾志雁落脚的地方。吃完饭，看到秀秀母女忙得不亦乐乎，曾志雁主动帮助收拾碗筷、擦桌子，打扫卫生，俨然是饭店的一个伙计。

“你别以为帮我们做事，就可以免除你的饭钱，我们可没有说要雇你当伙计。”秀秀并不领情。

"我可从来没有这么想过，不过，经你这么一说，这倒是个好主意，我吃你一顿饭不到两元钱，我给你当伙计才值两元钱吗？我跑一趟要挣 50 元钱呢。"曾志雁说，"不用这么斤斤计较吧，大美女。"

秀秀白了曾志雁一眼，油嘴滑舌不靠谱。

"老板，给我来一碗豆花，再炒一盘回锅肉。"一个货车司机走进来说，"动作快一点，我还要赶路。"

秀秀去厨房忙去了。曾志雁和司机搭讪，聊跑运输的事情。货车司机说："现在生意不好做了，东家比猴子还要精，除了油钱，已经挣不到多少钱了。"

"可不是，运费看起来高，他们就不知道我们买车、修车花了多少钱，油费要用多少。"曾志雁说，"在路上遇到塌方或者山上落石头，心都吓得竖起来了。"

两人说些无关痛痒的话题，很快秀秀就把客人的菜端上来了。

"姑娘手脚麻利，难怪生意这么好。"货车司机赞叹道，"这是你和他一起开的饭馆？"

"你不要误会，我是经常来这里吃饭，老板不错，所以我也没有见外。"曾志雁赶忙说，与其让秀秀莫名其妙大发雷霆，还不如先把他和秀秀的关系撇清。

"不好，前面遭泥石流堵车了。快看，路上都停了好几辆车了。"货车司机凭经验判断，这段时间雨水太多，河水暴涨，好多地方山体松动，被大雨一淋，不垮才怪。

"真他妈倒霉，又要在这个鬼地方过夜了。"货车司机自言自语，"家里还等着我回去呢。"

"都是路上跑的，你没有回去，家里人一定知道你堵在路上了。"曾志雁安慰说，"一晚上不回去，想嫂子了吧。"

"哪里的话，都老夫老妻了。"货车司机哈哈一笑，"你们慢慢忙，我要找旅馆去了。"

因为前方遭遇泥石流，街上摆满了汽车，街上只有秀秀一家饭馆，生意十分火爆。曾志雁任劳任怨，帮助秀秀忙里忙外。

夜幕降临，客人们渐渐散去，秀秀、曾志雁、闻玉茹和邬福寿累得筋疲力尽。

“不好意思，让你累一天了，早就想找个机会感谢你一下，今天真是客人不留，老天留。”闻玉茹说，“看你累得满头大汗，当自己家的事情在做，我们都不晓得怎么感谢你。”

“废话少说，要感谢就拿出诚意来，弄几个好吃的菜，拿一斤酒来，我和小伙子好好喝两盅。”邬福寿说，“要感谢就得来点实际的。”

酒菜上桌，忽然停电了。闻玉茹只得点亮蜡烛。

“对了，小伙子，你叫啥名？我们都叫你八字胡，总这样叫不好吧。”邬福寿说，“来，我们把这杯酒干了。”

“叫八字胡没有什么不好，我喜欢留八字胡。我叫曾志雁。”

“啥？你叫睁只眼？你是不是还有一个哥哥？”邬福寿觉得这个名字挺奇怪。

“叔叔了解我的家庭情况？”曾志雁不解地问道。

“你还有一个哥哥叫闭只眼。哈哈。”邬福寿不由得笑出声来。

“没大没小的，在年轻人面前也不检点。”闻玉茹瞪了邬福寿一眼。

“叔叔说笑了，我哥哥叫曾志群。”

“你老爸也真是，想女儿想疯了吗？给两个儿子取个女孩名儿。”邬福寿说。

“老爸还没有喝酒就在说酒话了，取笑别人名字，真有那么好玩吗？”秀秀说。

“话是酒撵出来的，总不可能我一杯，他一杯，闷头闷脑喝酒吧。”邬福寿说，“我真是服你们母女了，我说什么话，该怎么说，难不成还要看你们的脸色吗？”

酒正酣，情更浓。曾志雁说：“开饭馆就像种庄稼，也要精耕细作。现在饭馆生意好起来了，你们的厨艺还需要改进。县上工作组下来检查很频繁，如果你们有几个招牌菜，比乡政府食堂做得好，乡政府的干部为了巴结讨好县上领导，就会主动把客人带过来消费，你们的生意不是更好？”

“没有想到，你一个天天在路上跑的，还懂得这些歪门邪道。”秀秀讥讽道。

“秀秀，越说越不像话了，我老邬家是没有家风的吗？要是在解放前，女人连桌都不能上，还能容忍你在招待客人的庄重场合放肆，一个女孩家，不去学习针线缝纫，跑来翻是非，成何体统？”邬福寿有些不高兴，“我邬福寿说破天也没有人敢管，女儿就不一样了，泼辣不计后果，让人背后戳脊梁骨。”

“你这是什么逻辑，只许州官放火，不许百姓点灯。如果我生在那个年代，还要裹脚，当小脚女人，穿三寸金莲，还不如生下来你把我捏死算了。”秀秀说，“都什么年代了，还在搞封建家长制。”

“老子不管啥家长制，你是我的女儿就必须要听我的。”邬福寿的火气又上来了，脸色黝黑。

“哎呀，你们这是做什么？当着外人的面吵架。很体面是吗？”闻玉茹说，“一家人关着们吵吵闹闹，打开门气也就消了，不会有隔夜仇。不好意思啊，小曾，让你见笑了。”

“没事，家家户户都这样。”曾志雁说，“叔叔，感谢你们盛情款待，我敬你一杯。”

天色已晚，曾志雁和邬福寿都有些醉了，第一次在秀秀饭店喝酒，曾志雁时时提醒自己千万不能失态。

曾志雁蹒跚着站起来告辞：“我没有为你们做啥，受到如此隆重款待，我愧不敢当，谢谢了，我去找一个旅店住下，大恩不言谢！”

闻玉茹说：“你喝了这么多酒，不要上街了，黑灯瞎火的，出了事对大家都不好，再说街上也没有几家旅馆，早就住满员了，你若不嫌弃，就在餐馆里面对付一晚吧。”

曾志雁不再推辞。闻玉茹帮曾志雁搭了个简易的床铺，曾志雁倒头便睡。

第二天中午时分，垮塌的公路终于被抢通了，曾志雁恋恋不舍地走了。临走前，他偷偷把纱巾和发夹放在了床上。

“哎，小曾这个马大哈，把送女朋友的东西都落下了。”闻玉茹自言自语地说。

“老邬，你这个小饭馆开得风生水起，在我们乡上称得上乡村大酒店了。”乡党委书记带着副县长一行工作组前来就餐。

“有你书记大人关照，我这个苍蝇馆子不火都不行。”邬福寿说，“今天是啥日子呀，我这个小馆子居然高官满座。”

“李县长，你别小看了这个不起眼的餐馆，老邬的爱人和女儿可做得一手好菜。”乡党委书记说。

“哦，是吗？那我们可有口福了。”李副县长笑哈哈地说，“要搞活农村经济，增加农民收入，就是要让农民解放思想、改变观念，不管黑猫白猫，逮着耗子就是好猫。”

“听听，县长都在夸你呢。老邬，好好干。”乡党委书记笑眯眯地说，“你是我们乡的致富典型呢。”

“你就不要给我戴高帽了。只要你们吃得满意，出去多给我传一下口碑，我就谢天谢地了。”邬福寿笑得灿烂，小胡子也跟着面部表情抖动。

“今天我们不喝茅台，也不喝五粮液，就喝我们乡上自酿的玉米酒，还望李县不要嫌弃哦。”乡党委书记说。

“你以为我是地主老财，哪有那么多讲究。我是下来检查工作的，你的工作干得不好，就是让我喝茅台、五粮液，我一样不给你留情面。”李副县长说，“太讲究场面的东西，我们和群众的距离就会越来越远，我可不想刚走出饭馆，群众就在背后骂，这群吸血鬼、酒囊饭袋，下来搜刮民脂民膏。”

“李县严重了，工作餐，又不是什么珍馐佳肴。您能够下来，帮助我们乡上发展把脉，帮助老百姓指致富道路，怎么能够说酒囊饭袋呢？我相信，我们乡的群众这点觉悟还是有的。”乡党委书记说，“您也干过基层工作，不好干呀，现在土地包到户了，干部不能大包大揽了，但他们致富愿望心切，而农村的基础设施还很落后，只有乡政府驻地通公路，村组都不通公路，买卖农产品还要依靠原始方式靠人背马驮，运输成本增加，农民增收难。”

“你说的这个问题在全县都存在。我给你们一个政策，动员老百姓投工投劳，县上想办法给你们解决水泥炸药，先易后难，修建一部分通村公路，让老百姓走上幸福路。等到你们积累了经验，我们可以从县上专项扶贫资金里面解决修建通村公路资金的问题。”李副县长说，“要致富先修路，要把这个道理给群众讲清楚，要解决他们等、靠、要的惰性思维。要让群众多发展经济作物，帮助老百姓打开销售渠道。老百姓走上了幸福路，钱包鼓起来了，社会治安就会好转，说你好话的人就越来越多，你这个乡党委书记就好当了。有时候，群众对我们的工作不满意，骂娘，我们不能一味怪老百姓，要多想想我们为老百姓做了什么？是因为无能为力，还是压根就不想为老百姓办好事？我们的父母到现在都还是农民，你不知道老百姓在想什么，需要什么，多回家去请教一下自己的父母，把老百姓当自己的父母一样，工作就好开展了。”

“文书，赶快把李县的指示记录下来，我们立即召开乡干部会议全面贯彻落实。李县的指示一针见血指出了我们乡上工作的薄弱环节和干部在开展群众工作中存在的突出问题，是啊，我们的很多干部，真认为自己是干部，打心眼儿看不起农民，离开了农民，干部便是无本之木。”乡党委书记说，“李县站得高，看得远，找准了我们乡的问题所在，如果不从根源上解决，老百姓对我们就会更加失望。”

“文书就不要记录了，我说的话可不是‘一句顶一万句’。很多问题都是通过我们和群众广泛接触后才发现的，如果听之任之，任其发展，我们说的话就是放屁，空话套话说多了，害人害己。总之，一句话，县委县政府是全心全意支持干实事的干部。”李副县长说，“会议已经在乡政府开过了，该说的我已经说了。我们是凡人，饭还是要吃的，肚子在闹意见了。”

李副县长一行吃完饭，临别，握着邬福寿的手寒暄一番，希望邬福寿多总结经验，不一定要让村里人都来开饭馆，但邬福寿转变观念、思想解放，值得其他村民学习。乡上干部要为致富心切又有一技之长的村民创造条件。村民没有理由再穷下去了。

听了李副县长的赞誉，邬福寿心里甜滋滋的。

工作组刚走，曾志雁拉着一车钢筋准备运往石棉县。他走进秀秀饭店，闻玉茹就说："小曾呀，你真是丢三落四，把送给女朋友的礼物都忘在这里了。"

"女朋友？谁的女朋友？"

"没有女朋友，你这礼物是送给谁的？"

"我，我……我想送给秀秀，怕她不要。"

"这礼物是能够乱送的吗？给女孩子送礼物，你知道是什么用意吗？"闻玉茹这才得知曾志雁早就对女儿有好感了，但她根本没有往那方面想。

"阿姨，其实我也没有想那么多，只是我看到大城市的女孩围着纱巾好看，就给秀秀也买了一条。我知道我配不上秀秀，也不敢往那方面想。你要是觉得不妥，你就卖给别人吧。"曾志雁一时不知道该说什么好。

闻玉茹恍然大悟，如果一直纠缠这个话题，双方都很难堪。

乡上把秀秀饭馆作为定点接待点，曾志雁十分高兴，他建议说："工作组下来就餐，有些话是不能在大庭广众之下说的，你们不妨隔两间包间，环境弄干净点，这样，领导干部也就没有什么顾忌了。"

秀秀觉得曾志雁说得在理，也就采纳了他的意见。

"最近，我要到成都去走货，秀秀想不想和我做伴去成都呀？"曾志雁试探着说，"成都荷花池批发市场的服装非常便宜，商场卖几百元的衣服，在荷花池市场几十元就能够买到。我建议秀秀可以尝试批发西装和连衣裙来卖，西装进成 30 元，卖 50 元，裙子进成 50 元，卖 80 元没有问题。你们想想，现在，年轻人结婚都要面子，一对新人花销 100 多元就把自己打扮得从头到脚都是新的，一个月能够卖出两套，赚的钱比国家干部的工资还要多。这可是潜在的消费市场。"

闻玉茹和秀秀有些动心了，秀秀只去过泸定和石棉县，成都可是省会城市，秀秀十分向往。

“我凭什么和你一起去？我不缺钱花，要去我自己买车票去。”

“成都可不是泸定和石棉，大街小巷纵横交错，很容易迷路。”曾志雁说，“迷路了，抬头全是不认识的陌生人，你找谁去？遇到心术不正的人，把你拐跑了，你还被蒙在鼓里。”

“我看小曾说得有道理。秀秀，你就不要犟了，有个熟人总要好一些，我们认识小曾也有一两年了，我相信他的人品。女孩嘛，多出去见识一下世面总是好的。”闻玉茹说。

曾志雁喜出望外，没有想到不费吹灰之力，闻玉茹就答应女儿和自己一道前往成都。

曾志雁把自己精心打扮了一番，带了一身西装和刚买的一双皮鞋，仿佛要去成都拍婚纱照一样。

秀秀穿了一身连衣裙，闻玉茹又给了秀秀 800 元钱。出门在外，多带钱总不是一件坏事。如果真如曾志雁说的那样，可以买一些服装回来卖。多挣点钱，把老家的房子重新翻修一下，让村民刮目相看。

闻玉茹一再叮嘱曾志雁，一定要把女儿照顾好，女儿有些任性，要他多担待一些。闻玉茹仿佛送出嫁的女儿，万般不舍。曾志雁的车已经开出去很远了，闻玉茹还站在门口不停地挥手。

曾志雁的车开到汉源九襄的时候，汽车已经排起了长龙，据说前面发生了车祸，一辆大货车横在路中间，交警正在想办法联系吊车，但今天晚上是不可能通车了。

曾志雁对秀秀说：“我们今晚住九襄吧。等通车了再走。”

“好你个老色鬼，谁和你住？”秀秀以为曾志雁居心不良要和她开一个房间。

“想什么呢？我是说住九襄，并没有说要和你睡一张床。”曾志雁笑哈哈地说。

秀秀反倒有些不好意思，脸色绯红：“谁叫你说一半藏一半，我以为还没有到成都，就遇到你这个大坏蛋了呢。”

曾志雁找了一家经常去的小旅店，虽然比不上大酒店，但也有席梦思床和彩电，还有带洗澡设施的卫生间。

“给我开两间房，要干净一点。”曾志雁说。

“好久不见，曾师傅都有女朋友了，干脆开一间得了，省得浪费钱。”老板娘笑嘻嘻地说。

“你不要乱说，她的脾气可怪着呢，一生气跑了，我可要惹大麻烦。”曾志雁说。

“你呀，还是走四方的人，玩笑都开不起。两间房 20 元。”老板娘说。

找到了住宿的旅馆后，曾志雁带着秀秀在街上找吃的。火锅麻辣鲜香，曾志雁知道秀秀喜欢吃火锅，于是，找了个干净的地方坐下。

“老板，来两瓶冰冻啤酒。”曾志雁说。

“爽，透心凉。”曾志雁一口干了一大杯啤酒，很好喝，你要一点吗?

“看你像喝仙汤一样，真有那么好喝？”

“不信你试试看？”

“谁怕谁。喝就喝。”

“嗯，真爽。”秀秀一时忘乎所以，一杯又一杯地和曾志雁对饮。

吃着麻辣烫，喝着冰冻啤酒，外面的世界原来如此多姿多彩，如果不走出弹丸之地的小山村，秀秀还真是井底之蛙。

“白活了，白活了，原来外面有这么多好吃的、好玩的。”

“拜托，周围人都在看着你呢，这也不是什么大城市，不过是汉源县的一个乡镇而已，到了成都，你不是要惊呼到了天堂吗？”

“小曾，你这个人太自以为是了，长得跟武大郎一样，就想打我的主意，别以为我看不出来，你送我纱巾、送我发夹是啥意思？你以为这点小恩小惠就能够买走我的心，有本事，你给我修建一栋楼房，我就嫁给你。”从来没有喝过酒的秀秀，以为啤酒就是饮料，喝了 3 瓶后，竟然开始胡言乱语。

“秀秀，我见到你的时候，我就喜欢你了，但我不敢说，怕你从此不理我了。”曾志雁扶着秀秀说，“我们不喝了，回旅馆吧。”

“我还要喝，真是好喝。”

“我们不喝了，喝多了第二天会很难受的。”

曾志雁抱着秀秀蹒跚着向旅馆走去。打开房间，曾志雁把秀秀放到床上。“哇、哇”，秀秀吐了曾志雁一身秽物，自己裙子上也有。曾志雁把自己身上的秽物清理干净，打了一盆水，帮助秀秀清理，用凉水让秀秀漱口，用湿毛巾擦秀秀的裙子，秀秀高耸的胸部起起伏伏，曾志雁无意间碰触到秀秀坚挺饱满的乳房，浑身血液喷涌，再也按捺不住，脱掉了秀秀的裙子。

秀秀嘴里含混不清不知道在说些什么，激情让曾志雁失去了理智。激情过后，曾志雁知道自己已经铸成大错，吓得六神无主，要是秀秀醒来，发现被强暴了，告自己强奸，不坐几年牢才怪。他曾家出了个强奸犯，父母的脸往哪里搁呀？曾志雁情急之下把秀秀的身体擦干净，把裙子给她穿好，失魂落魄地赶回自己的房间，他担惊受怕，不敢闭眼睛，怕秀秀在梦里来找自己拼命。

第二天一大早，明媚的阳光透过窗户，秀秀睁开眼睛，感觉浑身酸痛，一看床单上竟然有血迹，“莫非来了‘大姨妈’？”秀秀自言自语，洗漱完毕，她下楼去买了一包卫生巾。

曾志雁和秀秀继续上路，一路颠簸，下午时分终于到达成都。曾志雁知道秀秀对昨晚上发生的事情一无所知，心里仍然七上八下，纸终究包不住火。

晚上，秀秀在房间里总感觉不对劲，下身有些疼痛，如果说“大姨妈”来了，卫生巾怎么是干净的？她冥思苦想，似乎回忆起昨晚发生的事情了，她号啕大哭，怎么会让这个畜生占了自己的便宜，父母知道了，还不把自己活活打死？

“曾畜生，你给我滚出来！”秀秀站在曾志雁房间门口声嘶力竭地号叫。

“小祖宗，你这是怎么了，这样大呼小叫做什么？”曾志雁知道天要塌下来了，赶紧一把把秀秀拽进房间。

“啪！啪！啪！”清脆的耳光扇得曾志雁眼冒金星，“你别以为对我做了什么我不知道，我要告你强奸，让你在监狱里蹲一辈子。”

“是我不好，秀秀，我色迷心窍，昨晚你喝了那么多酒，吐得一塌糊涂，我帮你洗漱，你实在是太迷人了，我又不是圣贤，我无法控制我自己。秀秀，我是真心爱你的，我虽然做出了千刀万剐的事，但我不是有意要伤害你。”曾志雁痛哭流涕，“我知道我配不上你，但我可以用我的命换来你的幸福生活，你千万不要告呀，你不解气，杀了我都行，我绝无怨言。”

秀秀哭得死去活来，曾志雁不停地抽自己的耳光，求得秀秀的谅解。秀秀哭累了，事已至此，她把曾志雁送进监狱又有什么用呢？而且自己还要一辈子背负被人强奸的名声，今后嫁给别的男人，总会给人留下口实。

“我这里有积攒下来的两千元钱，你喜欢什么，都可以买。”曾志雁不知道自己该做什么，如果金钱能够求得秀秀的谅解，他愿意倾其所有。

“收起你的臭钱吧，你以为你在嫖妓？我是青楼女子？”秀秀冷笑道。

“我不是这个意思，秀秀，我想弥补我的过错。”

“你没有错，是我错了，我的眼睛瞎了，没有看清楚你是个衣冠禽兽的家伙。”

房间里顿时静得出奇，连掉下一根针的声音都能够听见。

“我要回家。”秀秀一字一顿地说，“我要离开你这个人面兽心的家伙。”

曾志雁默不作声。半晌，曾志雁满眼泪水，他知道任何言语都不足以表达他的歉意。

曾志雁默默跟在秀秀的身后，曾志雁做贼心虚。带着秀秀去逛人民商场。秀秀满脸忧伤。

“服务员，这个化妆品多少钱？”曾志雁问。

“你不要做徒劳的事情了，我不会领你的情的。”

“小姐有所不知，我们这个品牌系列是韩国进口的，有补水的，还有让肌肤紧致光鲜的，小姐长得这么漂亮，用了这个品牌的化妆品，一定会更漂亮。”售货员边介绍，边演示给秀秀看，“在未涂敷底色之前，必须将面部皮肤的不洁之物除去，才能开始化妆。如果条件允许，可选用洗面霜、清洁霜这类油质皮肤清洁剂洗面。它的优点是，既能除去面部油污，使面部洁净，又能保护皮肤，免除肥皂等碱性物质对皮肤的不良刺激。用爽肤水轻按面部　和颈部，然后再加一层有色润肤液，使未经化妆的面部洁净、清爽而滋润。这种有色润肤液，不仅对皮肤有益无害，而且能增强化妆品效能，使妆容持久、均匀、细柔，色泽也不易改变。特别是夏季，使用润肤液有利于保护皮肤。再用少量粉底涂在脸上，用棉球或海绵将粉底仔细地抹匀，以免出现痕迹。然后用少许油质眼影膏打底，它能将眼影粉的颜色表现得更加纯正；如果要遮盖黑眼圈或面部的瑕疵，可先涂上遮瑕膏，并用海绵抹匀。”

秀秀默默地注视着销售小姐，听着悉心介绍，心想原来城里女人的姿色都是用钱砸出来的，化妆是女人的第二张脸。

“来一套吧。”曾志雁心领神会地掏钱。

“好的，一共是500元。您收好，使用后，效果不错的话，欢迎替我们打广告。”

曾志雁带着秀秀逛了几家服装店，买了几套时髦的衣服，尽管秀秀一百个不愿意，但售货员恭维的话，确实很受用。“他要花钱，就由他花吧。”秀秀心里这样想。

秀秀情绪低落，曾志雁谨小慎微，怕激怒了秀秀，后果不堪设想。秀秀的脸色像蓉城的天空那样低沉，像一团铅色的云团，压在城市上空，压在他的心头，让他无法喘息。

“一定要想办法让秀秀高兴起来，事已至此，我已经回天乏术了。女人最担心的是怕嫁错郎，所谓的郎才女貌不过是自欺欺人。女人的幸福感是建立在物质享受上的，只要自己能够承诺，让她住上好房子、过上好日子，想必她会安心一些。”乌云压顶，闪电撕开厚厚的云层，把蓉城照得透亮，刺耳的雷声，让人感到一丝胆寒。雨水铺天盖地倾泻下来。曾志雁拉着秀秀赶快躲进一家饮料店，要了两杯可乐，默默地坐在秀秀身旁，他在心里救赎自己的莽撞行为，他只希望秀秀左右思量，能够尽快接纳他，一个女孩酒后失身，是多么羞于启齿的事情呀，她不至于愚蠢到报案牺牲自己的名声呀！想到这里，曾志雁释然了，放心了，也许这就是命运吧，秀秀无法摆脱的命运，不管邬福寿和闻玉茹怎样强势，她只能选择嫁给一个强奸犯，这是她做梦也无法接受的现实。

七

“秀秀都走了5天了，还一点消息都没有。”闻玉茹掰着指头细算秀秀离家的日子，该不会遇到啥问题了吧？

“娘们儿就是娘们儿，秀秀是去省城，你以为是从家里到地里种庄稼，一袋烟的工夫就可以回来？”邬福寿抽着烟，看到闻玉茹唉声叹气，感觉自己也被她传染了烦躁的情绪。“女儿嘛，迟早要嫁人的，总要离开父母的，天底下，父母有跟随女儿出嫁一起生活的吗？”

“你这个没有良心的家伙，想当初，为了响应婚事新办，你牵着一匹高头大马就把我娶进了门，哪个女人不是坐八抬大轿嫁人的？因为这个事情，好多人还取笑我，以为我是看重你的权势，让我颜面扫地。”闻玉茹说。

“颜面？你给我说说你的颜面值多少钱？当初你不是看上我是农会主席，你会嫁给我吗？”邬福寿拿着烟杆指指点点，“知足吧，你的家乡穷得一无所有，跟了我，住大瓦房，公社社员对你恭恭敬敬，你还想咋样？”

“不说了，好歹我给你生了几个儿女，延续了你老邬家的香火。”闻玉茹说，“秀秀这次走，我的心里七上八下的，我们对小曾不了解，如果遇到坏人，秀秀这辈子就算完了。你把饭馆盯一下，我去打卦，看看女儿遇到啥困难没有。”

“我看你是吃饱了撑的，你是不是巴不得女儿有事？”邬福寿骂道。

闻玉茹不再理会，到村子里去找刘半仙去了。刘半仙弄懂来意后，摸出卦，念念有词，看了卦象后说，“放心吧，你的女儿什么事情也没有，还会给你带回喜事呢。”

“喜从何来？”闻玉茹百思不得其解。

“天机不可泄露。”刘半仙哈哈一笑。

“没事就好，我这几天眼皮跳得厉害，心里急着呢。”闻玉茹摸出20元钱塞到刘半仙的手里，“你这个半仙不是吹的，神机妙算。哎呀，你这尊口一开，我女儿安好，我就放心了。”

秀秀心事重重地和曾志雁回来了。一见到闻玉茹，秀秀就泪眼婆娑。“女儿去成都一趟回来，这么矫情，这可不是你的风格。”闻玉茹说，“去成都玩了这么久开了眼界了吧，把爹娘都忘记了，有啥好吃的，啥稀奇的事情，快给妈说说。”

“成都不愧是省城，好吃好玩的可多了，秀秀还不想回来了呢。”曾志雁赶忙抢过话题，生怕秀秀说出被他强暴的事情。

“一走就是 10 天，我还以为我女儿被你拐卖了呢。”

“给他 10 个胆也不敢。”秀秀鄙夷地瞅了一眼曾志雁，目光里暗藏仇恨。

“就是。拐卖人口，丧尽天良的事情，那要被天诛地灭。”曾志雁诚惶诚恐地说。

“有些人啊，白天看着是人，晚上却禽兽不如。知人知面不知心哪，干的事情猪狗不如。”秀秀说，“这个世道，最可怕的是被一团迷雾迷住了双眼，看不清善恶。”

“阿姨，我把秀秀毫发无损给您送回来了，我也要去跑运输了。有事您说话。”曾志雁觉得插在她们母女之间说话，有点“男牙尖”的味道，那不是显摆自己的口才，言多必失，还会让人生厌。

“畜生也会讲人话。”秀秀在心里咒骂道。她和曾志雁木已成舟，她改变不了什么，如果按照自己的火爆脾气，将自己的丑事公之于众，不但得不到大家的同情，喜欢搬弄是非的村民会把她像破鞋一样看待，只会自取其辱。

在成都的日子里，曾志雁总是变换着花样讨好秀秀，曾志雁心想，秀秀就是铁石心肠，他也要用火山一样的热情熔化她。

三天以后，秀秀僵硬的脸上有了一丝笑容，人是可悲的，从娘胎里一声啼哭来到这个世界上，从此便有了成长的烦恼、谋生的烦恼、感情的烦恼，而多如牛毛的烦恼，只能依靠自己解决。白马王子和白雪公主的爱情，只属于文人，属于那些吟诗作画的人。她是农民的女儿，小山村就是她的世界。秀秀不再做白马王子与白雪公主浪漫邂逅的美梦了，她的青春、豆蔻年华在那天晚上醉酒后就失去了，在这个和自己毫不相干的城市，她用无助的眼泪和处女的鲜血告别了少女时代。从那一刻起，她的心死了，她不用为梦中的情人等待了，和村里的普通女孩一样，她像山间的溪水，波澜不惊，其实，女孩一旦脚踏实地，过好柴米油盐酱醋茶的普通日子，生活便有了滋味。

秀秀每天早上起床的第一件事就是化妆，这可是精细活，犹如雕刻一件艺术品，化妆品摆满了梳妆台，严格按照销售小姐介绍的步骤一丝不苟地化妆。40多分钟后，秀秀光彩照人，美如天仙。

秀秀爱红装，好打扮，前后判若两人，闻玉茹感到有些吃惊，脾气也温和了许多，闻玉茹竟然有些不习惯。秀秀总是望着门口的马路发呆。曾志雁一进门吃饭，秀秀总是问长问短，关心备至。

闻玉茹觉得女儿从成都回来后，有事情瞒着她。莫不是女儿和曾志雁扯上了什么关系。

“女儿对小曾的态度大变，这让我很担心，他们这次去成都肯定有事瞒着我们。”闻玉茹对邬福寿说，“他们不会私订终身吧，你看女儿使用的那些高档化妆品、花花绿绿的衣服，两三天就换一套。”

“你是当娘的，好多事情你好当面问，我一个大老爷们儿也问不出口，她也不会给我说。”邬福寿说，“你要想办法问清楚情况，不要让别人糟蹋了，吃了哑巴亏说不出来。”

“这孩子咋这样呢？出一趟远门回来就心事重重的样子，凭我的直觉，小曾和她的关系肯定不一般。”闻玉茹说，“我一定要让秀秀给我讲实话。”

餐馆打烊后，闻玉茹拉着女儿散步。月亮当空，皎洁无瑕。“这次和小曾去成都还玩得开心吧？”闻玉茹问女儿。

“大城市人多，稀奇的东西也多，但那是有钱人待的地方。”秀秀心不在焉地说。

“这次你又买化妆品，又买衣服，我给你的那点钱根本不够，你的钱是从哪里来的？”闻玉茹说。

“他给我的。”秀秀说，“他的钱，我用得理所当然。”

“啥？你凭啥用别人的钱？你不是贪小便宜的人。”闻玉茹觉得不对劲，她的猜测不无道理，“你老实说，他到底把你咋样了？”

“我已经是他的人了。这下你满意了吧？”秀秀屈辱的泪水夺眶而出。

“啪”闻玉茹不由分说地给了秀秀一记响亮的耳光，“一点化妆品、几件衣服就把你的贞操骗去了，你今后还怎么做人？”

秀秀哭得很伤心。闻玉茹暴跳如雷：“回家吧，路上人多嘴杂，不要再丢人现眼了。”

邬福寿知道秀秀是因为醉酒让曾志雁有了可乘之机，心里大为光火。“这个畜生，竟然做出禽兽不如的事情来，老子要扒了他的皮。”邬福寿咬牙切齿地说，“明天他来了，不准走，晚上早点关门，老子要讨个说法，说不好，老子就把他废了。”

第二天下午，曾志雁刚一进门就发觉气氛不对，邬福寿和闻玉茹铁青着脸，秀秀一脸忧伤。

吃完饭，曾志雁起身准备走。“小曾，今天晚上你就不要回去了，我有话要问你。”

“可我家里还有急事。”

“老子还有火烧眉毛的事情。”邬福寿一声怒喝。

曾志雁像泄气了的气球，瘫坐在椅子上。

客人散去后，邬福寿把大门一关，拿出一米长的牛皮鞭，曾志雁还没有反应过来，皮鞭像雨点一样落在曾志雁身上。“哎哟。”曾志雁痛得满地打滚，身上一道道血痕清晰可见。

曾志雁不再躲闪，做错的事情就要敢于承担，这是在劫难逃。

“知道我为什么打你吗？”

“知道，我不是人，我做了对不起秀秀的事情。”

“老子今天要了你的命，我的女儿就这样给你糟蹋了？”邬福寿皮鞭落 下，曾志雁扑通一声跪在地上，叩头说：“我的命贱，您要取现在就可以拿去。”

“老头子，你千万不要干傻事，为了这个强奸犯丢命不值得。”闻玉茹说。

“一命抵一命，老子的老命换这个畜生的命值得。”邬福寿如号叫的野狼。

“都不要闹了，要让全公社的人都知道你邬福寿的女儿被人强奸了吗？”秀秀突然吼叫道。

屋子里顿时一片静寂。曾志雁因为剧痛还在呻吟。

“说吧，你打算怎么处理这件事情？”邬福寿说。

“我愿意做出赔偿。”

“赔偿？怎么赔偿？谁稀罕你的几个臭钱？”闻玉茹说，“原来还以为你本分厚道，女儿和你结伴去成都玩，没有想到你这么无耻。你信不信，我给大勇打电话，立马把你带走。”

“你们要了我的命，我死不足惜，只是秀秀这辈子的名声就完了。”

“你敢威胁老子？”邬福寿又抽了曾志雁一鞭子。

“别打了。打死他，就像踩死一只蚂蚁，为一只蚂蚁陪葬不划算。”秀秀说，“我不要他赔偿，我要嫁给他。”

邬福寿和闻玉茹惊得目瞪口呆：“啥？你要嫁给强奸犯？”

“我们不告他，他这辈子都不是强奸犯。”秀秀说，“女人嘛，嫁鸡嫁狗都是嫁，运气好的，幸福一辈子，我就赌一把，用自己的一生来赌这个强奸犯。”

邬福寿气得直哼哼，家门不幸。“畜生，滚吧，不要脏了老子的眼睛。”

“叔、姨，只要你们答应，我用我的命来换取秀秀的幸福。”曾志雁强忍疼痛，信誓旦旦地说。

“呸，呸，呸，强奸犯的话都能相信，老母猪都能上树。滚，滚远点。”邬福寿连吐几口唾沫，“家丑不可外扬，要不然老子打得你体无完肤。”

“你走吧，趁老头子还没有改主意，去买点膏药。”闻玉茹说。

曾志雁把身上的血迹擦干净，呻吟不止，像在伤口上撒盐。

“穿件衣服吧，血淋淋地从我家里走出去，别人可不知道我们在惩罚强奸犯，以为我们欺负外乡人呢。”秀秀冷漠地说，“回去好好想想，你凭什么在这里立足？”

曾志雁落荒而逃。

“没有想到用这种方式把女儿嫁出去。这种禽兽不如的人，女儿今后会幸福吗？”闻玉茹哀叹。

“都已经这样了，是屎也得吃下去。”邬福寿说，“名声为重，秀秀决定要嫁给他，我们就成全吧。婚姻就是下赌注，听天由命吧。”

“他一天天马行空，还是要让他多和秀秀接触，要进一步了解他的性格，如果有虐待倾向，这样的人不要也罢。婚前失身的女孩，秀秀又不是第一个。”闻玉茹说，“要多了解一下他的家庭背景。”

曾志雁被邬福寿一顿暴揍，只是皮外伤。他在家养了一段时间的伤。老爸得知儿子被人打，心里不服气，要找邬福寿理论。

“算了吧，老爸，我这是自作自受，怨不得别人。你将心比心，如果你的女儿被人糟蹋了，你也会那样做。”曾志雁说。

“你让我老曾家颜面扫地。做事不计后果，我让你追女孩，不是让你去强奸人家女孩。万一人家去公安局告发你，你坐几年牢出来，别人一听你是强奸犯，哪个女孩还敢嫁给你。”老爸说，“有些错，你这辈子都不能犯。”

老曾听说秀秀决意要嫁给曾志雁，喜出望外。“人家是受害者，没有把你往绝路上逼，还答应嫁给你，这是在给你台阶下，看来老邬家是仁义之人，是善良之家。我们理亏，定当前去提亲赔罪。”

老曾穿戴一新，拿了几捆自己种的上好烟叶，提了一笼50斤装的白酒，让儿子给秀秀一家老小各买了一套崭新的衣服，和曾志雁一道来到邬福寿家。

“老哥，儿子不才，闯下大祸，让爱女蒙羞，都是我管教无方。今天，我备了一份薄礼，带着儿子登门请罪，还望老哥消消气。”老曾进门便说，“年轻人血气方刚，犯了错，你大人大量，放了他一条生路，我老曾家感激你。”老曾说罢就要下跪。

“别给我折寿。”邬福寿余怒未消，“欺男霸女，你的家风好呀！”

“事情已经发生了，这不是什么光彩的事情。小曾一直喜欢秀秀，秀秀也打定主意要嫁给小曾。现在还不是兴师问罪的时候，我想知道小曾怎么处理这件事情？”闻玉茹说，“强奸我的女儿，我们把小曾打残也是应该的。”

“我罪有应得，你们怎么惩罚我都不为过。我想娶秀秀，今天当着双方家长的面起誓，我一定要让秀秀住上好房子、过上好日子。我用我这些年的存款盖一栋楼，改善餐馆的条件，做一些买卖，总之，不会让秀秀过日晒雨淋的日子。”曾志雁说。

“男子汉说话算数，驷马难追。过一段时间，你们把结婚证扯了，好好过日子吧。”邬福寿说，“希望你尽快兑现你的诺言。宅基地是我的，我就用宅基地入股，房子修好后，我和老伴要两间，其余的用作做生意。我今天把狠话放在这里，你若胆敢欺负我女儿，老子的火药枪专杀负心汉，我不是当着你父亲面打你父亲的脸。”

“既然是来赔罪提亲，我们就喝一杯亲家的酒。”邬福寿说，“儿女长大成人，成家立业，天经地义。”

喧闹了一天的公路终于沉静下来，街上行人渐渐稀少。稀稀拉拉的人户闪烁着昏暗的灯光，忙碌了一天的农民吃过晚饭，坐在家门口摇着蒲扇在纳凉。秀秀饭馆里一团祥和。

八

秀秀不思茶饭，精神萎靡不振，还经常性呕吐。“难道秀秀怀孕了？”闻玉茹感到不妙。

“把婚事办了吧。等到肚子大了，风言风语不好听。”邬福寿说。

曾志雁得知秀秀怀孕，自己很快就要当父亲了，满心欢喜地把这个喜讯告诉了家里人。

“这叫奉子成婚。”曾志雁激动地说，“既然秀秀家里主动提出办婚礼，我们也不能等闲视之。”

买酒买肉、请客，曾志雁感到山也新水也新，自己要在举目无亲的地方成家立业了，从此，这里就是他的家，他要在这片陌生的土地上延续曾家的香火。

鞭炮声声响彻乡村。曾志雁西装革履，秀秀一袭红裙妩媚动人。

“一朵鲜花插在牛粪上了，邬福寿心高气傲，没有想到选了这么一个其貌不扬的女婿。”

“可惜了，这么漂亮的姑娘，图‘八字胡’什么呀？国家干部踢断邬福寿的门槛，他们都看不起。莫非老两口看中人家有汽车会找钱？”

人们窃窃私语。邬福寿听得真真切切。“鞋合不合适，只有脚知道。家庭是不是幸福，只有两口子知道。嫁人看的是男人挣钱养家糊口的本事。小白脸长得好看，百无一能有毬用。今天，感谢众乡邻前来参加小女的婚礼。恩爱、重情重义，这是家庭和谐幸福的前提，姑娘们，选老公不要被所谓的长相迷住了双眼，长得帅不能当饭吃。”邬福寿哈哈大笑，“过你们的好日子，让闲言碎语见鬼去吧。”

曾志雁笑脸如花。老曾笑得合不拢嘴。

客人散去。邬大勇对曾志雁说：“从现在起，你就是我们家里的一员了，我不求你大富大贵，但一定要真心实意对我妹妹好。不管你选择金钱还是爱情，既然已经做出了选择，就要好好用心去经营这段感情，不能见异思迁。

钱可以两个人一起努力去赚，苦难可以两个人一起勇敢地扛，爱情需要两个人相互给予、维护、理解、创造；爱情不是头脑和身心一时发热，也不是借高枝实现自己的野心，应该是一同分担寒潮、风雷、霹雳，婚姻关系到两个人甚至两个家庭的幸福，在打算和对方共度余生之前，想一下是不是已经做好了共担风雨、共享阳光的准备。”

“大哥对婚姻分析得很透彻，我记下了。”曾志雁说，“我不会食言，我会让秀秀住上好房子，过上好日子的。”

“老婆的娇是老公疼出来的，老婆的欢是老公暖出来的，女人的美是男人爱出来的。只要你说话算话，我就会为你和这个家庭付出一切。”秀秀说，“组建一个家庭不是扯一张结婚证，铺一张床睡在一起那么简单，家是一个可以避风雨的港湾。”

曾志雁规划着新家的未来。“爸爸、妈妈，我准备修建楼房，餐馆生意只好暂时歇业，希望得到您们的支持。”

“这是好事情，修建楼房是你自己的事情，不要指望我们。资金的事情你自己想办法解决。秀秀嫁给你，我们没有问你要彩礼，对你已经很仁慈了。”邬福寿说，“你空手来，还有了家庭，这是你的福分，不要指望我会给你一分一毫。今后怎么过日子，兑现你的诺言，那是你的事情，不要丢人现眼就算给我脸上贴金了。我不可能拱手把女儿送给你，还要送你一栋楼房吧。我邬福寿的女儿没有那么贱。”

曾志雁唯唯诺诺。他每天按照计划运送砖、水泥、砂石、钢筋，备足材料后，找来懂建筑的师傅帮忙设计修建。半年时间，三层的楼房拔地而起，外墙贴上乳白色的墙砖，楼房气派宏伟，成为小街上的地标建筑，村民羡慕万分。

“邬福寿找了个能干的女婿，住上洋楼了。”

“谁说矮子办不成大事，一干就一鸣惊人。”

“邬福寿成为我们乡的首富了。”

乔迁那天，乡党委刘书记送来一块勤劳致富的牌匾。“把这块匾挂在大门上，这可是乡上最高首长对我们老邬家的褒奖。”邬福寿乐开怀。

“好日子刚刚起步，我给你们送牌匾，不是为了讨好巴结你们。我就是要让全乡的老百姓看看，我们政府坚定不移支持群众发家致富，要让老百姓多想办法，找到更多的致富门路，实现共同富裕。”刘书记说，“你们做出了表率，房子修建好了，可以开办家庭旅馆，多学习服务管理，把客人留下来。这杯乔迁的酒，我是要喝的，你们不会说我‘吃拿卡要’吧。”

“刘书记真会说笑话，我们村民淳朴善良，陌生人讨要口饭吃，我们照样热情款待。我们能够有今天，没有党委政府支持我们，帮我们出主意想办法，我一个大老粗有多大能耐？”邬福寿说，“今天，你不来，我还要登门请你呢。吃水不忘挖井人，滴水之恩，我咋敢忘呢？”

“我是个外乡人，路上跑的，说不来漂亮话，我一定努力再努力，把小日子过好。今天高兴，我和爸爸陪刘书记多喝几杯，这是高兴的酒，书记要开怀畅饮，与民同乐。”曾志雁说。

“与民同乐，用词不当，这是严重的封建思想。共产党人不是帝王将相，共产党员是人民的勤务员。我们做得不好的，你们可以提出来，我们改正，但不能骂娘哟，哈哈。”刘书记笑着说，“不管事情大小，乡政府的大门永远向老百姓敞开着。”

“乡亲们，今天我借花献佛，借老邬家的乔迁酒敬各位乡亲。土地包到户以后，乡亲们发挥聪明才智，全面超额完成了上缴国家公粮的任务，家家户户还有结余，解决了温饱。但这不是我们的终极目标，我们的终极目标是要搞活农村经济，不仅要吃得饱，还要穿得好，还要有钱花。所以，乡亲们要发扬团结互助的精神，办法多一点的群众拉一拉困难的群众。除了不折不扣完成国家公粮上缴任务以外，还要多发展经济作物，多种蔬菜、水果，不仅丰富城里人的菜篮子，还能大幅度增加经济收入。等你们都修建了楼房，我照样来喝大家的乔迁喜酒。”刘书记看着邬福寿说，“老邬呀，我这是喧宾夺主，你乔迁，我来做报告，不合时宜呀。”

“书记谦虚了，你的报告是讲给公社干部听的，老百姓难得听上一回，今天我们算开眼界了，书记讲的句句是金点子。有你这么精明能干的书记，我们还愁致富没有门路吗？”邬福寿笑声朗朗。

人声鼎沸，热闹非凡。贺喜声、祝福声不绝于耳。秀秀一脸幸福。

“好了，客人都走了，我们开一个家庭会议。”邬福寿说，“楼房建起来了，家具也添置齐备了，我们也该算一算账了。”

“我们还是和你们分开，我们要两间住房足够，一间做卧室，一间做客厅兼厨房。我和你爸商量过了，我们可不想背负靠女儿养老的名声，这是要让外人耻笑的。”闻玉茹坐在软绵绵的沙发上，心情愉悦，这泡沫做的沙发就是比板凳舒服多了，这可是许多人做梦都想要过的好日子呀，没有想到，她闻玉茹过上了，但他们想要过得心安理得，以免别人说他们老两口是靠卖女儿过日子。

“爸，妈，你们说的是啥话？父母依靠儿女养老，天经地义，这好日子才开头，咋要急于分家呢？”曾志雁说，“我对二老决无二言，都是一道门进出，理会那些闲言碎语干什么呢？”

“你就不要说这些假惺惺的话了。要分就分吧。分了，父母也可心安。”秀秀说，“嫁出去的女，泼出去的水，这个道理不是从我秀秀开始的，人言可畏。”

“既然二老决心已定，我也不便多说什么，但我对二老的孝心日月可鉴。”曾志雁说。

“我要你两间房，要得心安理得。我是为了防老。你不要有被敲诈的想法。”邬福寿说，“分家了，是为了堵住爱管闲事的人的嘴。为了避免今后扯皮，我们还是要立个字据，拿到生产队去盖章。我没有文化，但见到耍无赖的事情太多了，有了字据，我也可以睡安稳觉了。拿纸笔来，我来口述，小曾来写，秀秀念给我听。”

分家协议

邬福寿、闻玉茹和女婿曾志雁、女儿秀秀经过协商，达成如下分家协议：邬福寿、闻玉茹以宅基地入股，女婿、女儿投资兴建的楼房分出两间房给邬福寿、闻玉茹（其中卧室12平方米，客厅20平方米），立此为据，经生产队公证后有效，双方不得反悔。

邬福寿 闻玉茹 曾志雁 邬秀秀

“好，就这样，各人按手印。”邬福寿说，“分家以后，我和你妈妈不再过问你们生意上的事情，我们种蔬菜、养猪养鸡，养活自己不成问题。”

村委会主任看到这份分家协议笑了：“修了全乡这么漂亮的楼房，还分啥子家嘛，一家人还分彼此吗？”

“你懂个毬。女儿嫁出去就不是家里的人了，哪天翻脸不认人，老子连哭的地方都没有。”邬福寿说，“你掌管村里的大印，杵一下，又不要你的命。”

“那是，分家是你家的私事，我无权过问。”村委会主任说，“整得水清里白好，免得夜长梦多。”

“我就是要让全乡的人都知道，我邬福寿没有占女婿的便宜。他不是平地起高楼，没有我的宅基地，他修啥楼房，羞先人差不多。”邬福寿说。

曾志雁和秀秀无可奈何地笑了笑。拿到分家协议书后，秀秀突然觉得父母像扫垃圾一样把她扫出门了。父亲和村主任的对话，让她感到寒心，生养她的父母此刻变得遥远而生疏。

1988年金秋时节，稻谷飘香，层林尽染，漫山遍野一片金黄。秀秀即将生产。曾志雁在家精心伺候秀秀，孕妇是脆弱的，需要依靠男人坚实的臂膀。买鸡、买猪脚、买鸡蛋，只要能够增加孕妇营养的食品，曾志雁总是一丝不苟地照做。

曾志雁无微不至的体贴，秀秀看在眼里，乐在心里，变得容光焕发，气色红润。

为了兑现承诺，曾志雁修建了全乡第一栋“高楼”，乡政府都还是一排低矮的瓦房，他修建的“洋房”却是那样扎眼，一枝独秀，鹤立鸡群，向全乡群众展示着他的“富有”，然而，他的这种“富有”却是用债务换来的，曾志雁拿出多年打拼的存款两万元，但要修建总面积300平方米的住房，这点钱显然不够，他只好去信用社贷款3000元，在道上跑的朋友那里借了8000元，负债一万多元，买了冰箱、洗衣机、黑白电视机，花了3500元。面子是撑起来了，赢得了四里八乡村民的赞誉，可高额的债款让他一筹莫展。秀秀即将临产，他不能让秀秀知道家里所欠的债务，据说，怀孕期间，孕妇情绪波动太大，宝宝不会聪明。他只能强颜欢笑，讲笑话给秀秀听，陪挺着大肚子的秀秀散步。夫妻恩爱，人人羡慕。

10月1日国庆节，一声洪亮的婴儿啼哭声刺破了小街的宁静，一轮朝阳喷薄而出。秀秀生了一个白白胖胖的小子，曾志雁激动得声音有些战抖："爸、妈，秀秀生了一个男孩。"

邬福寿淡淡地说："母子平安就好，这是你曾家的后代，今后是龙是虫，那是你的责任。"

曾志雁激动万分，邬福寿漠然的神情对他来说并不重要，是啊，生儿育女是父母的事情，和旁人有何关系？

闻玉茹听说秀秀已经发作，赶快起床去找接生婆，忙前忙后，看到外孙呱呱坠地，心疼地为女儿擦满头大汗。把外孙洗干净，穿上衣服后，交给曾志雁。

在坐月子期间，闻玉茹悉心照料秀秀。邬福寿骂她吃饱了管闲事，帮一个外姓忙里忙外。

"你这个没有良心的，孙子虽然不姓邬，但他也流淌着你老邬家的血液，秀秀是不是你亲生的？你老是外姓外姓的挂在嘴边，你让秀秀心里咋想？你是把女儿往外推呀，她心想，父母不把她当家人看，心寒了，心就和我们远了。"闻玉茹说，"小曾一个大老爷们，不懂得怎么伺候秀秀坐月子，如果落下月子病，秀秀一辈子都造孽，我是在帮我们的女儿呀。"

"你爱怎么折腾就怎么折腾吧。"邬福寿说，"你以为这样讨好小曾，他就能够给你养老送终？老子有那么多儿女，还用不着他为我养老送终。"

"为儿女付出，我从来没有想过什么回报。我有我的儿子，只要我用心对待儿女，不偏心，儿女就一定会孝顺。"闻玉茹说，"父母是儿女最好的榜样，你经常说话伤女儿的心，秀秀心里难受呀。”

孩子满月了，曾志雁给孩子起名叫曾尚有，希望儿子将来出人头地。“我们现在没有精力开餐馆了，孩子还这么小，爸妈又和我们分了家。你安心在家带孩子，喂猪养鸡，我出去打工挣钱。”曾志雁把家里的债务算给秀秀听，“家里还欠了15000元的债务，这可不是小数，信用社的贷款到期必须得还，债主也一天追要欠款。我打算把车子卖了，估计能够卖7000元，可以还一半的债务。”

“这个面子争得好，一身的债务。啥时候无债一身轻哦。”秀秀眼泪簌簌往下掉，“儿子要花钱，家里的开支不小，你死要面子活受罪，欠这么大一笔债，用什么来偿还？”

“我已经很烦躁了，你就不要给我添堵了。”曾志雁说，“债务的事情不用你心焦，我想办法。你安心把儿子带好，把家管好。”

曾志雁把车卖了，心里空落落的，这是他挣钱的宝贝，不仅还清了买车的钱，还挣了两万多元。但车子太陈旧了，需要经常修，能够卖到7000元，还是老板可怜他。没有了挣钱的工具，曾志雁不知道该干什么？他望着铅灰色的天空，仿佛要拨开厚厚的云层找到一条金光大道。

在石棉县城，经常相互照顾生意的朋友请曾志雁吃饭。几杯酒下肚，曾志雁牢骚满腹，谈生活压力，谈挣钱艰辛，谈自己现在走投无路。

“去学一门技术吧。泥水匠或者木匠，现在城里在搞建设，需要这方面的技术，技术工的收入是没有技术的一倍多。”朋友好言相劝。

“那点可怜的收入，不知道什么时候才能还清债务。”曾志雁唉声叹气。

“钱只能一点一点地挣，天上掉钱的好事轮不到我们。”

“如果能够找到关系，包工程也能够赚钱。我有一个朋友，包了一项桥梁工程，一年赚几十万元。他有自己的工程队，懂建筑行业的门道，从官员到材料老板，他都吃得开。这叫蛇有蛇道。”

曾志雁听得入了神，要入行必须要有广泛的人脉，可他不具备，认识最大的官员也仅仅是乡党委书记，而且没有过硬的交情，要揽下建筑工程，起码得和副县长级别的官员称兄道弟。

包工程走捷径是行不通了，曾志雁想朋友让他学一门技术的提议不错，先在工地上摸清建筑行情，想办法成为老板的心腹，终有一天，他曾志雁一定会东山再起。

九

1992年春，万物复苏，春暖花开。改革开放的总设计师邓小平去了一趟南方。之前，关于姓资姓社的争论从未停息。邓小平一锤定音，走中国特色社会主义道路。

滚滚春潮席卷华夏大地，改革浪潮势如破竹。村民的商品意识被唤醒。小卖部、小餐馆在几百人的小镇上开了10多家。山民们背井离乡，纷纷到乡政府驻地周围建房，人气聚集，有了小镇的格局。有了人气，才有商机，乡干部动员村民眼光要放远一点，步子要大胆一点，致富的门路再广一点。

秀秀在家照看儿子，种蔬菜卖，家里的开支基本能够维持。

曾志雁在外打工，难得回家一趟。每天拖着疲惫的身躯回到宿舍，工友鼾声如雷，他只能望着天花板，思念儿子和秀秀。家在远方，他的心也在远方。

终于熬到楼房封顶，曾志雁的活儿也算干完了。拿着血汗钱，一沓钞票，曾志雁苦笑着，这点可怜的工钱什么时候才填得满债主的无底洞。借私人的钱，照样要还利息，而且还要比银行略高。他只有拆东墙补西墙，给债主赔笑脸，说好话，请求延迟还款期限。

曾志雁带着儿子在街上闲逛，儿子4岁了，小镇上没有幼儿园，农村的孩子都是粗放式放养，等到了上学的年龄才能去读书。

“曾大哥一脸春风，发财了吧。”侯三和几个小青年正在餐馆喝酒，看见曾志雁带着孩子从门前经过，一定要和曾志雁喝两杯。

“我难得回来，儿子都快不认识我了。”曾志雁说，“我总不能带着儿子和你们一起喝酒吧。”

“我帮你把儿子送回去，陪兄弟们喝两杯，我也向你讨教挣钱的门路。”侯三说，“儿子是你的，又跑不了。”

曾志雁实在无法推脱，把儿子带回去交给邬福寿帮忙看管。

“曾大哥是我们乡上的首富，住洋楼，和我们几个兄弟喝酒，我们真是受宠若惊啊。”侯三说。

“啥子首富哦，首负还差不多。负债的负。”曾志雁苦笑着说，“兄弟们见笑了，我的楼房是修起来了，债欠了不少。”

“欠钱也是本事，能够借到大笔的钱，说明曾大哥人缘好。”侯三说，“我向别人借三百元，人家还怕我还不起呢。”

“哥，你办法多，帮我们出出主意，到城里做啥挣钱多？”

“好多城市都开始搞商品房建设了，做生意大发了的，都在城里买商品房，所谓的商品房不过是毛坯房，也就是说买房子的钱只是其中一部分，要搬进去住，还得投入大量资金搞装修。”曾志雁说，“买商品房是今后的大趋势，城里人不可能长期一家几代人挤在一个几十平方米的旧房子里面。所以，我判断装修是一个比较热门的行业。”

“装修？啥子叫装修？”

“外行了吧？装修也要分很多工种，水电工、泥水匠、木匠、刷乳胶漆，装修可是个精细活，就像是给女人化妆。”曾志雁说，“据我了解，业主大多为了省事，包工包料，这当中有玄机，好的乳胶漆几百元一桶，只要把供货商混熟了，吃中间的差价也是一笔不小的收入。”

“哥，你整一个装修队，我们跟着你干。”侯三说。

“你会其中的哪一样技术？干？怎么干？我们干白酒。”曾志雁哈哈大笑。

酒兴正浓，年轻人的话题就多了起来，东家长西家短，想到哪儿就说，口无遮拦。

“要说女人漂亮吧，曾大哥的老婆算一个。”侯三含混不清地说，“可惜呀，可惜，漂亮的女人守不住空房。女人嘛，男人不在的日子寂寞呀，难免就要红杏出墙。”

“啥，侯三，你说啥？”曾志雁喝得神志不清，但一听说女人不守妇道，而且还点到了秀秀的名字，他脑袋充血，怒不可遏。

“没啥，哥，没啥，你不要胡思乱想。”侯三突然发现自己一时糊涂，居然在曾志雁面前说秀秀出轨。

“你别吞吞吐吐的，我老婆到底做啥了？”曾志雁抓住侯三的衣领大声喝道。

“小曾，你不要冲动，喝醉酒的话，你能当真吗？”老板说，“哎，嘴上不积德，要惹祸。”

“你对我吼，关我啥子事，你要问就去问李春花吧，我也是听她说的。”侯三断断续续地说完，倒头趴在桌子上睡着了。

“操他娘的，老子现在就要去问清楚。”曾志雁红着双眼，踉踉跄跄向李春花家走去。

“春花，春花，春花在家吗？”曾志雁高声喊道。

“志雁兄弟，大晚上的找我们春花做啥？”李春花的男人有些不悦。

“哦，周大哥在家啊，不好意思打扰你了。我找春花问个事情。”曾志雁说。

“啥事？瞧你心急火燎的。”李春花说。

“我想知道我老婆是不是干了见不得人的事情？”

“哪个挨千刀的给你说的？你问这个干什么？”李春花说，“看你喝得烂醉，回去发酒疯，祸事从我这里惹出来的，我担当不起呀。”

“求你了，我不会说是你说的，我不能被人戴了绿帽子还蒙在鼓里呀。”

“哎，你让我咋说呢？我说不出口呀。”李春花说，“这又不是啥体面的事情。”

“没事，你说吧。”李春花欲言又止，曾志雁隐隐感觉到秀秀出轨是铁定的事实了。

有一天清晨，李春花去除草，一人多高的玉米密密匝匝，密不透风，空气里还夹杂着雨水的味道，清爽凉快。她在经过一片玉米地时，听到女人的哭声，她偷偷摸了过去，只见柳元宝骑在秀秀的身上，一双大手使劲揉搓着秀秀白生生的一对大奶，秀秀不停地挣扎、哭喊，柳元宝恣意妄为。李春花大喊一声：“畜生，光天化日之下竟敢强奸妇女。”柳元宝大惊失色，慌乱中提着裤子就跑了。秀秀悲痛欲绝，寻死觅活。李春花劝了秀秀一早上，怕她想不开做出傻事，耐心开导她，让她去告发柳元宝，不能让色狼逍遥法外呀。秀秀哭得死去活来，她还是不敢去告柳元宝，人言可畏呀，村子里的人都知道了，她还怎么活？“秀秀给我讲，柳元宝一直对她垂涎三尺，还没有嫁给你之前，柳元宝就因为调戏她被拘留过，没有想到这个无赖现在还惦记着她。”李春花对秀秀说：“夫妻本来是最了解对方的人，伤害起来却成了最伤人的利剑。柳元宝对你心怀不轨，你应该早点告诉你的男人，你们是夫妻呀，是这个世界上相互依靠的亲人，有什么不能说的呢？可是，秀秀说你心眼小，怕给你说了，你胡乱猜测，她的日子不好过。哎，这个傻女人，心中有委屈自己默默承受，终究还是让柳元宝这个色狼占了便宜。”

曾志雁听得两眼发直，脸色很难看。半晌说不出一句话来。

“我要剥了柳元宝的皮。”曾志雁咬牙切齿地说。

“兄弟，听我一句劝，找柳元宝拼命不是办法。如果你咽不下这口气，就让秀秀去派出所举报，让他得到应有的惩罚。你和他拼命，两败俱伤，你又能得到什么好处呢？”周大哥说。

从李春花家里出来，曾志雁痛苦万分，自己辛辛苦苦在外面打工挣钱，养家糊口，秀秀却在家里被人强暴，还在自己面前不露声色，她是想把强暴变成心甘情愿吗？这个不要脸的女人。

回到家里，秀秀抱怨说：“你一个月难得回一次家，回来了就出去喝酒，你把这个家当作旅馆了。”

“老子不回来，不正合你意吗？”曾志雁想到秀秀肮脏的身体，不由得怒火中烧。

“你是酒喝多了，还是药吃错了？回来就对我大吼大叫？”秀秀感到曾志雁说话阴阳怪气。

“我们到卧室说去，不要把儿子吓着了。”曾志雁情绪激动。

秀秀刚走进卧室，曾志雁立即将房门反锁，抓住秀秀的头发，连扇几个耳光，秀秀挣扎着用腿狠踢曾志雁的腹部，曾志雁暴怒了，死死卡住秀秀的脖子，拳如雨下，秀秀痛得大哭。

曾志雁累得筋疲力尽之后，秀秀的眼眶乌了一大圈，满口鲜血长淌。

“你这个畜生，竟然对我痛下杀手。”秀秀号叫着，“我今天给你拼了。”

“你这个婊子，背着我偷人，还有脸在这儿号丧。”曾志雁气喘吁吁地说，“没有无缘无故的恨，你自己说，还是我帮你说？我呸，不要脸，老子替你害臊。”曾志雁不停地抽着自己的嘴巴，把自己也抽得满脸是血。

秀秀浑身疼痛难忍。她不知道曾志雁为什么像疯狗一样撕咬她，但从曾志雁的谩骂中，她似乎知道了些什么。

“你就不要装了，说说吧，你和柳元宝的丑事。”曾志雁说，“我总得知道我的老婆是怎么给我戴绿帽子的吧。你别以为瞒在心里，就没有人知道？满大街都传得沸沸扬扬，你让我这张脸往哪里搁？你老邬家的脸往哪里搁？你这样忍气吞声，别人还以为你心甘情愿和柳元宝偷情呢！”

“我被人侮辱，我找谁说？哪个男人能接受自己老婆被人侮辱？我心里的苦，有谁知道？”秀秀哭得很伤心。

“外公、外婆，爸爸妈妈打架了。”儿子下楼哭着对邬福寿说。

“啥？他们为啥打架？”邬福寿感到很诧异，平常曾志雁把秀秀当花儿一样护着，怎么会大动肝火打老婆呢？

邬福寿和闻玉茹急急忙忙赶过去，只见两口子都鲜血淋漓，秀秀眼圈都黑了。

“狗日的畜生，他是你的老婆，你也下得了手？”邬福寿上前就给曾志雁一耳光。

“爸，你怎么不问青红皂白就打我？你怎么不问问我为啥要打秀秀？”曾志雁说，“看来你们一直把我当外人，我不过是寄人篱下。”

“话可不能这么说，小曾，我和你爸对你咋样？你心里清楚，我们帮你照看孩子，虽说没有给你们钱财，但我们尽到了做父母的责任。”闻玉茹心疼地望着女儿，“说吧，究竟发生了啥事？你们两口子要拼个死活？”

秀秀哭诉被柳元宝强暴的经过，而且还被李春花撞见。这是几个月前的事情了。

“柳元宝这个畜生，还贼心不死，一而再再而三欺负我邬福寿的女儿。

秀秀呀，不能再这么软弱下去了。”邬福寿气得直跺脚，难怪曾志雁打了媳妇，还觉得理直气壮，这样的事情搁在他邬福寿的身上，他也难以下咽这口恶气。

“是呀，秀秀，一再软弱忍让，只会让柳元宝得寸进尺，你好好想想吧，想好了，我们去报案，让你大哥给你做主。”闻玉茹说，“小曾呀，有事说事，你咋出手这么狠，打出个三长两短怎么办？”

曾志雁走出家门，坐在一棵苹果树下，满天繁星闪烁，他无助地望着闪闪的星星，心里一团乱麻。老婆出轨，说明女人对男人的心已经死了。在曾志雁看来，秀秀不是被强暴，而是心甘情愿出轨，这是他一辈子的耻辱，他无法谅解秀秀。

曾志雁在石棉县城和几个朋友一起喝酒时，席间，一位中学教师聊到了女人出轨的话题。他说，对待感情，女人更愿意投入精力和时间，在男人 心中，除了感情，还有事业、权势和地位以及名利，而在女人心中，则是 家庭、丈夫和子女，如果女人出轨，就意味着她已经抛弃了自己最基本的尊严和底线。女人出轨的原因是觉得丈夫对自己满不在乎了，对自己越来越冷淡了，备受寂寞和内心空虚的女人很容易被其他男人乘虚而入。女人太过脆弱，太过感情化，一旦心中的防线被突破后，就难以自拔了。女人把婚姻想象得过于完美，一旦发现自己的婚姻和自己期许的相差甚远，就会把目光投向婚外的两性关系上。这是一件可悲的事情。看惯了男人抛弃妻子，到处拈花惹草，仿佛理所当然，一旦发现女人出轨，男人总是“零容忍”。女人出轨了，九头牛都无法拉回。曾志雁万万没有想到，那位老师讲的出轨话题竟然出现在他的身上，此刻，他该如何理解老师所讲的这段话的含义呢？他甚至有些责怪自己，男人找到如花似玉的老婆，其实就是给自己挖了一个坑，一个让自己终身苦恼的坑，在人人羡慕的时候，又要时时提防老婆红杏出墙。

花前月下，月光如水。本该是和心爱的女人相依相偎互诉衷肠的大好时光，曾志雁却无心赏风景。遥远的夜空，空旷高远，他的烦恼只有他知道。

他感到有关秀秀出轨的谣言从背后如排山倒海之势汹涌而来，他猝不及防，顷刻被卷入流言蜚语的旋涡之中。“我该怎么办？心爱的女人的肉体已经背叛了我。”曾志雁问星空，问自己，暴怒之后，是否与秀秀劳燕分飞？他找不到 答案，他想到了父亲和母亲，儿子陷入了人生最大的苦闷之中，谁能够帮他度过灰暗的人生？

“儿子，有了家庭肯定会面对很多的挫折和困难。你对秀秀被强暴这件事情不能容忍，我也理解。但你要想清楚，你和秀秀之间的感情基础怎么样？秀秀为什么会发生那样的事情？你找过深层次的原因吗？按理，你们修建了全乡最好的楼房，生活也过得去，作为女人，她应该知足了。你说柳元宝曾经调戏过她，而且被派出所拘留过，说明这个无赖是有前科的家伙。”老曾说，“处理这件事情，就看你要什么样的结果？打也打了，骂也骂了，你如果过不去心里这个坎儿，那就和秀秀离婚，儿子不管跟谁，前娘后母，你觉得儿子会健康成长吗？刚修建的楼房怎么分割？”

“儿子，婚姻不是儿戏，说散就散。这涉及两个家庭父母的感受，涉及今后孩子的抚养。我知道，男人绝对不允许自己的女人和其他男人有染，但这样的事情在农村还少吗？怎么取舍，还是要取决于你。我们做父母的，帮不了你一辈子。”曾母说，“我的建议是你可以和秀秀好好谈谈，把心结打开。也不能便宜了柳元宝那个无赖，如果不是秀秀心甘情愿的，你们可以报案，既然街上的人都知道了，遮遮掩掩也没有用，只能让那个无耻之徒更加嚣张。”

父母的开导，曾志雁听不进去。柳元宝一再欺负秀秀，自己不知道则已，知道了还当缩头乌龟，村民只会更加瞧不起他。

“爸，我想喝酒。”曾志雁一直默不作声。可怜天下父母心，孩子不管多大，即使年过半百，只要父母还健在，在父母的眼里，都还是孩子。

“少喝点，心里有事，喝酒伤身。”曾母说。

“爸、妈，我对不起你们，总想出人头地，远走他乡，我拼死拼活，不惜借钱背债务，在外乡修建的房子再漂亮有屁用，乡亲们不知道，你们无法享受。现在又摊上这么一件事。”喝了几杯酒，曾志雁眼泪流下来了，我不该一意孤行呀，我现在都不知道该怎么收场。

“该说的我们已经说了，你不是三岁的小孩，做什么事情，你自己多思量。你都是当爹的人了，应该有自己的主见。”老曾说，“你过得好，我们高兴，不管你在不在我们身边。”

曾志雁醉了，醉倒在哀愁中，醉倒在无边的痛苦中，他做了一个梦，一个奇耻大辱的梦，在梦里，柳元宝无耻地嘲笑他，你这个怂包，我把你老婆睡了，你能拿我怎么样？我还要睡你老婆，让你把绿帽子顶穿。他走在大街上，人们朝他吐口水，没有用的男人，连自己的老婆都保护不了，还好意思招摇过市？找个地缝钻进去吧。他想躲，躲进杳无人烟的山林，可没有路，人们毫不避讳地谈论秀秀和柳元宝的丑事，一个愿打一个愿挨，柳元宝肆无忌惮，秀秀却忍气吞声，不敢告发，分明就是你情我愿。这秀秀真还看不出来，表面漂亮文静，骨子里却是一个不折不扣的荡妇。人们毫无顾忌地数落他，他已经无路可逃。

曾志雁被急得满头大汗，从梦中醒来，他痛苦不堪。月光透过窗户照在床上，他无助地望着晶莹剔透的月亮，想要找到一个万全之策。夜，出奇地寂静，静得可以听见自己的心跳，静得可以听见自己血液流淌的声音。

“儿子，回去后千万不要意气用事，别干傻事呀。”曾母对儿子说，“把事情处理好，动员秀秀去报案，不要让那个柳元宝再嚣张了。”

“知道了。你们保重身体。”曾志雁头也不回地下山去了。这条不知道走了多少趟的山路，承载着他的远大梦想，承载着山民走出大山、走进大城市的梦想，然而，此刻他每走一步都将对他今后的人生产生深远的意义，人生何尝不是眼前的羊肠小道，有荆棘，也有鲜花。

十

柳元宝强奸了秀秀，又被李春花发现，心惊胆寒。强奸罪可不是闹着玩的，至少得坐几年监狱。柳元宝如惊弓之鸟，只要听见街上警笛呼啸声，他就心惊肉跳。

柳元宝决定躲进山里，对哥哥嫂嫂说："现在家里的那点土地根本不够种，要想过上好日子，只有想办法增加播种面积，又不能强占村民的承包地，租别人的土地种，交了公粮，还要给村民交，不划算。"他准备进山去开垦国有荒地，在那里种玉米、种土豆。一段时间不会回来。儿子交给哥哥嫂嫂代管。

哥哥嫂嫂说："荒山野岭多危险，播种秋收，施肥送种子，样样都要劳动力，豆腐都盘成了肉价钱。"

柳元宝心里有鬼，主意已决，听不进任何人劝告，躲进深山，也许可能躲过人生的一场劫难。

曾志雁到处寻找柳元宝，他要解心中的怨气，要用拳头告诉这个畜生，他曾志雁不是孬种。

找不到柳元宝，曾志雁垂头丧气，他不能让这个畜生逍遥法外。他走进派出所找到警察说："我来报强奸案，你们管不管？"

"强奸案？"警察睁大眼睛，"你要告谁？有证据吗？"

"我要告柳元宝，这个畜生把我老婆睡了，你们必须得给我一个说法。曾志雁说，这种让男人蒙羞的事情，我可不是自己往身上扣屎盆子。"

"你不是当事人，你来报案不合适吧。"警察说。

"有啥不合适，如果你的老婆让人给睡了，你急不急？还说人民警察为人民，我看你们都是吃干饭的。"曾志雁暴跳如雷，"你们不管，老子告到县公安局，说你几爷子不作为，我看你几爷子咋收场。曾志雁说，你们敢不立案吗？"

"小伙子，从法律角度来说，谁主张，谁举证。你不是当事人，你的举报缺乏证据。还必须得是你的老婆来报案，她才能具体陈述案发经过。强奸罪是要在违背妇女意志的前提下发生的性行为，由受害者本人举报，案件才能成立。请你理解我们的立案程序，而且我也只能将嫌疑人抓捕归案，在掌握充分证据后，由检察院提起公诉，人民法院依法判决强奸罪是否成立。”派出所所长说，“从某种意义上来讲，你也是受害者，所以请你控制好情绪，相信我们执法机关，千万不要做出损害家庭和犯罪嫌疑人的事情，如果处理不当，把自己搭进去，你会追悔莫及。”

回到家里，曾志雁脸色很难看。秀秀冷若冰霜，默不作声。

“秀秀，我们吵也吵了，打也打了，如果你要自证清白，你就去派出所报案。不要再干掩耳盗铃的事情了，街上的人们都在看你的举动，这个事情已经闹得满城风雨。你去报案，可以堵住那些爱管闲事的人的嘴，也让我的心里好受一些。”曾志雁说，“我已经去过派出所了，警察说，你是当事人，必须你去报案，他们才会受理。”

“我已经被你打得遍体鳞伤，你还不解恨吗？”秀秀说，“在这个事情上，我受到的伤害是双重的，被柳元宝强暴，身体受到极大摧残，还要经受别人的闲言碎语，还要遭受你的家庭暴力，我真是生不如死。”

“说一千道一万，你还是不想去报案。你说你是清白的，谁相信？身子都给柳元宝玷污了，你还是清白的，这不贻笑大方吗？”曾志雁火气又上来了。

“如果你觉得报案是唯一的解决办法，我去就是。反正都已经名声扫地了。”秀秀眼泪扑簌掉下来。

“我来报案。”走进派出所，秀秀对民警说，“我是怀着屈辱的心情走进派出所大门的，一个女人脸面都没有了，我受到的伤害你们懂吗？”

所长安排一名女民警详细询问了案发经过，并做了笔录，女民警安慰道：“我们都是妇女同胞，受到了伤害，能够勇敢地走进公安机关举报犯罪嫌疑人，需要很大的勇气，对这样嚣张的犯罪嫌疑人就是不能心软，你对他仁慈，就会有更多的妇女姐妹遭殃。”

听取了案情汇报后，所长勃然大怒迅速请示县局，局领导立即下命令，进山抓捕柳元宝。民警找到柳元宝的时候，他还在自己搭建的草棚里睡大觉，一大片玉米郁郁葱葱。民警给他戴上手铐的时候，柳元宝知道一切都完了。

由于案情重大，派出所将案情移交给县公安局。在接受审讯时，柳元宝百般狡辩，说秀秀和他是有感情的，如果不是邬福寿嫌弃他死过老婆，还有两个儿子，他和秀秀早就结婚了。秀秀是自愿的，如果不是自愿，为啥案发快半年了才来报案？她是受到她男人的毒打和社会上的流言蜚语不得已才报案。你们实在要管，最多算个通奸。

“一派胡言。你第一次调戏受害者，在派出所已经留了笔录。你强暴受害人，我们已经进行了大量的调查，有证人证词，在事实面前，你还敢信口雌黄。”警察厉声说道，“你的认罪态度直接决定着对你的量刑。”

柳元宝耷拉着脑袋哭丧着脸说：“警察同志，我有罪。我对秀秀一直心存爱慕之心，但我采取了非法的手段。我家里还有两个儿子，他们要是知道父亲犯了强奸罪坐牢，这对他们的打击该有多大？同学和亲朋好友的歧视，对他们的身心会造成多大的伤害。能不能不要判刑，我愿意做出赔偿，只要秀秀答应和解，她要我做什么，我都在所不辞。”

“你明知这样做的后果，你还要去做，你是咎由自取。在法律面前没有人情可讲。既然已经犯罪，就该为自己所做的一切付出代价。”

经检察院批准，柳元宝的强奸罪名成立，予以逮捕。

几个月后，县人民法院判处柳元宝有期徒刑三年。

“要做好罪犯两个未成年子女的心理疏导，县乡村各级干部要加大帮扶力度，保证两个未成年孩子正常接受教育。要求学校教育同学们不得歧视两名孩子。”县政法委工作组到乡政府开展法制宣传时，要求乡政府做好相关工作，避免柳元宝事件带来的负面影响。

柳元宝受到了应有的法律制裁，但曾志雁却高兴不起来，留在心里的阴影像一块巨大的石头，压抑得他喘不过气来。

曾志雁整天哭丧着脸，秀秀的心里不好受。“柳元宝得到了报应，你还有什么想不通的？夫妻之间没有了信任，只有仇恨，这日子还怎么过？”

曾志雁始终一言不发。也不出去打工了，就守在家里。抽烟喝酒，喝醉了，总是骂些不堪入耳的话，秀秀只能以泪洗面。

“小曾，柳元宝已经被判刑了，秀秀是受害者，你不但不心疼你老婆，天天酗酒，骂老婆，有意思吗？你以为你是什么货色？当初不也一样强暴了秀秀吗？我们心慈手软，没有告发你，现在秀秀出了事，你不依不饶，要不要她的命？”邬福寿说，“在这件事上，秀秀没有主动勾引柳元宝，从来没有和柳元宝眉来眼去，在柳元宝采取暴力的方式下，秀秀手无缚鸡之力，她像一只小鸡，被一只猛虎蹂躏。你是不是觉得事情发生后，秀秀该去跳河自证清白？”

“小曾，说实在话，我听说秀秀被柳元宝糟蹋了以后，我也非常痛苦，但看见你虐待我的女儿，我的心里更加痛苦。你自己的女人你不心疼吗？”闻玉茹说，“你一直纠缠这件事不放，喝酒发疯，无所事事，你的心里好受吗？”

“爸、妈，在处理这件事情上，我确实有些冲动。娶了秀秀，我以为只要我拼命挣钱，把欠下的债务还清，家里有点小钱，衣食无忧，做到了对秀秀的爱，很少有时间和秀秀交流，没有考虑过她的感受，没有问过她心里所承受的委屈。出了事，一味责骂，伤了她的心，我做得不好，我一定改正。但我所做的一切都是为了这个家庭、为了秀秀和我们的儿子。”曾志雁说，“柳元宝这个畜生被送进了监狱，给那些地痞流氓也敲响了警钟。”

对于曾志雁的表白，秀秀嗤之以鼻：“你是个口是心非的人，心里对我恨得咬牙，我做错了事，你无法原谅，即使嘴上说原谅，心里依然记恨我。”

曾志雁难以释怀，他甚至怀疑儿子是不是自己亲生骨肉，自从知道柳元宝强暴秀秀以后，他就经常认真仔细观察儿子，试图找到儿子和自己的相似之处，眼睛眉毛鼻子耳朵，他越看越觉得儿子像柳元宝。他绝望了，男人最大的悲哀就是养了一辈子的孩子，却不是自己的亲骨肉。曾志雁抑郁了，精神已经到了崩溃的边缘，他像一个十恶不赦的罪犯，和别人交流时，总是小心翼翼，连眼神都有些猥琐，别人只要提到婚外情，都会触及他内心莫名的痛。他会莫名其妙地大发雷霆，甚至会无缘无故大打出手。一次，在餐馆喝酒，他听见旁边有人在谈论婚外情，他觉得是在影射自己，怒不可遏，拿着酒瓶砸在那个人的头上，他因酗酒闹事被派出所拘留。民警劝导他："你已经有心理疾病了，还是去找一个心理医生看看，这样下去，你的精神会受不了，一旦如火山一样爆发，会伤及更多的人。"

"你们的意思是说我有神经病？"曾志雁骂警察，"我看你们才有神经病。"

"年轻人，我们是执法机关，对于你的家庭问题，我们无权过问，但你一旦违法，就是我们职权范围内的事情了。你这样钻牛角尖是一件很危险的事情。"派出所所长说，"柳元宝已经对他的犯罪行为付出了应有的代价，可以说是罪有应得，可在你的心里一直有这样一个阴影，总认为是老婆背叛了你，这是你心里的一个死结，你长期这样纠结，对身边人的一言一行都很敏感，不仅用言语伤害你的老婆，而且还出手伤及无辜的人，还伤害了女方的家人，已经失去了信任的爱情和婚姻，只能让你的老婆与你走得更远。要想过好日子，必须得打开你心里的这个死结。作为局外人，我奉劝你好自为之，你看看，你对我们警察都是这种态度，你能够善待别人吗？我们执法机关是说理的地方，是依法办事的地方。"

曾志雁痛苦地抱着头，警察讲的道理，他何尝不清楚，柳元宝被判处有期徒刑，他感到一丝安慰，但秀秀被强暴的事实，成为村民茶余饭后的谈资，他被推到了"舆论"的风口浪尖，这是一个男人的耻辱，他现在进行的是一个人的战争，为男人的尊严而战，为男人的荣誉而战，可是，女人已经被其他男人玷污了，他的荣誉从何而来？他如何舌战众口一词的千夫所指？噩梦像一把利刃深深地刺入他的心脏，他的心里在泣血，这是一双无形的大手，牵引着他走向痛苦的深渊，无论用哪种姿势，他都无法摆脱心里的痛楚。

曾志雁走出派出所的大门，警察的一席话还在耳畔，他的胸口被一堵厚厚的墙压着，他觉得自己快要窒息了。每个熟悉他的人和他打招呼，他都认为人家是别有用心，抑或是同情，抑或是嘲笑，他和秀秀就是现实版的潘金莲与武大郎，他在痛苦的泥潭里不能自拔。他有些精神恍惚了，他无助地望着天空，一团乌云正向他压过来，仿佛要把他压进地缝里。“天要垮了。”他喃喃自语，他无力为这个破碎的家庭撑开一片蓝天，不能顶天立地，要垮就垮了吧。

曾志雁无精打采地走在街上，不理会任何人，熟人的问候，他充耳不闻，他像一只落水狗，走在街上，任人奚落嘲笑谩骂糟践。他没有了还手之力，落寞无助，羞耻写在脸上，走在街上，任人指指点点。回家的路十分漫长，他走过的是一段心路，一段人生最艰难的旅程，他孤军奋战，在异地他乡，这个小山村本来就和他没有一点牵连。对，他就是一个外乡人，是一只任人宰割的羔羊，不会有人怜悯他，连一根救命的稻草也没有，没有。他有一个纯洁的想法，在异地他乡，有了老婆，有了儿子，这就是他一生的依靠寄托和奋斗的方向，有了一个让人艳羡的生活环境，苦并快乐着。然而，击垮他的意志和美好生活前景的竟然是老婆被别人强奸。秀秀的解释过于苍白无力，他始终认为这是一场骗局，如果不是他强迫秀秀报案，秀秀可能会对他隐瞒一辈子，这能够说明秀秀对自己忠贞不渝吗？她的隐忍，就是对柳元宝的放纵，就是对柳元宝鼓励，就是为了延续他们不要脸的勾当。“狗日的女人，不要脸的女人。”曾志雁不停地在心里骂道。他想结束这段肮脏的婚姻，但是他没有这个胆量，也没有这个勇气。

十一

曾志雁不再出去打工了，央求乡上有什么建筑工程，让他去工地打工挣钱。女人不能放养，天各一方感情终究会出问题。

秀秀在家种庄稼，农忙的时候，大家相互帮助，做饭、插秧、收割，村民之间竭尽所能，总能够顺顺利利地度过农忙季节。她没有精力也没有能力再做生意了，街上的小商店太多了，市场购买力不强，资金难以周转，小卖部老板的脸上愁云密布。

家里欠的几千元钱，债主们心急火燎地上门讨债。“你说你没有钱，鬼才相信，房子修得这么漂亮，家具家电这么高档，国家干部也比不过你们。借钱的时候，说得好听，大船都造得起，还怕买不起钉子？借了这么久了，我不来要，你们就打算不还了？我的忍耐是有限度的，再给你们宽限一个月，一千元连本带息必须还我，不然，我就找人来拖你的家具家电抵债。”债主说，“人要讲诚信，一个人言而无信，比鬼都可怕。”

秀秀又是赔笑脸，又是泡茶，又是递烟，好话说了不少，债主说：“你没有尝过讨债讨不到的滋味，我的钱又不是骗来的，都是血汗钱。”

债主扬长而去。秀秀愁眉苦脸，不知道去哪里凑1000元钱。秀秀想到老爸有10000元钱，只有让老爸来解燃眉之急。

“啥？找我借钱？我凭啥借给你？”邬福寿说，“你们借了那么多钱，现在债主逼上门了，找我借钱，我不成冤大头了？”

“你手里的钱也有我的功劳，这几年开豆花饭店、卖小百货和服装，哪一样没有我，就凭你和妈妈，你们能够挣到这么多钱吗？”秀秀说，“我是向你借，不是向你要。我们遇到的困难是暂时的，你就断定我们一辈子挣不到钱吗？”

“你就借给他们救急吧，又不是外人，自己的女儿，你忍心不帮吗？”闻玉茹说，“你把钱拿到也没有用，要带到棺材里面去吗？”

“你懂个毬，嫁出去的女，泼出去的水。小曾不是说他有能耐修房子、养婆娘娃娃吗？我的儿子我都还没有给一分钱呢，我凭啥给他？我看你真是糊涂。”邬福寿说，“这点钱，我们将来看病吃药用，还要买棺材。”

邬福寿不肯借钱，秀秀唯一的念想断了。秀秀觉得在关键时刻，老爸落井下石。

“今天债主上门逼债，气势汹汹。”秀秀让曾志雁想办法。

“我哪里去想办法？你让我去偷还是去抢？”曾志雁横眉冷眼地说，“出去挣钱，门道多的是，但我敢吗？前脚走，你后脚就红杏出墙。我一天窝在家里，钱从天上掉下来？”

“你还有没有完？这件事都过去这么久了，柳元宝也坐牢了，你还要我怎么样？要我去跳河自证清白？你心眼这么小，天天喝得醉醺醺的，回来就发酒疯，动不动就打我，这样的日子，我不想过了，你嫌我身子脏，不愿意碰我，我们马上就可以去离婚。我不是你的出气筒，把我逼急了，大不了和你同归于尽。我真没有想到你是这样的人，我瞎眼了才嫁给你。自己的老婆受了欺负，不懂得怎么去安慰，天天在伤口上撒盐，非要逼得家破人亡、妻离子散，你才罢休吗？”秀秀终于爆发了，“我逆来顺受，任你打骂，我不是你花钱买来的牲口。”

“离婚？终于说出你的想法了。你打算等柳元宝出狱后，和他结婚？做你的春秋大梦吧，老子这辈子拖也要把你拖死，你他妈不要脸的烂货。”曾志雁暴跳，脸上的肌肉不由自主地在战抖，“去你娘的，老子让你生不如死。”

曾志雁一个耳光扇过去，秀秀敏捷地躲开，抓起一根木棍劈头一棒，曾志雁顿时血流如注。“你要我死，我也不要你活。”秀秀大哭，“弄死你，我跳河去。”

曾志雁鲜血淋漓，他万万没有料到秀秀会下手这么狠，秀秀是被他逼疯了。秀秀冲进厨房拿着菜刀跑出来：“今天，我们就做个了断。”

“杀人啦！杀人啦！”曾志雁捂着头夺门而逃。

“你杀了这个畜生不值得。”邬福寿喝住女儿，“给他陪葬，没有一点价值。”

街上的人都赶过来看热闹。“哎呀，有啥要命的事情，好好商量嘛，动刀动棍的，闹出人命，咋办哦。”

“都是有钱闹的，我们住破茅屋，日子过得穷酸，也不至于闹得鸡犬不宁。”

“小曾，快去卫生院包扎一下吧。有啥子事情，两口子坐下来心平气和地解决，天塌不下来。”

“男人嘛，大度一点，婆娘的心要是伤了，九头牛都拉不回来。”

村民你一言我一语规劝。“这小子的心病无药可救。他是把秀秀往死里逼，喝烂酒，打婆娘，欺负我老邬家没有人。老子老眼昏花，当初咋没有看出他是个禽兽呢？我今天把话撂在这儿，大家给我作个证，这个禽兽经常打骂我女儿，他狗日的不过是一条丧家犬，老子总有一天要让他晓得我的厉害。他对我女儿不好，我早就不把他当女婿看待了。”邬福寿指着曾志雁的头说，“小子，过去都是你把我女儿打得鼻青脸肿，今天我女儿把你打得头破血流，算是一报还一报。”

“当父母的咋能够说这样的话呢？劝和不劝分呀。”

闻玉茹在一旁不停地抹泪：“我女儿过的是啥日子哦，你们没有眼见，真是丢人丢到家了。”

曾志雁捂着头一言不发，村民拉着他去医院包扎。

“小曾，我有必要和你好好谈一谈。秀秀和柳元宝的事情，执法机关已经依法处理了，你为什么还要揪住不放？你是怎么想的？”邬大勇听说曾志雁对秀秀非打即骂，赶回来劝解，希望曾志雁眼睛往前看，忘掉痛苦的过去，好好过日子，毕竟曾尚有马上要上小学了。

“哥，我就是想不通。”曾志雁说，“我无法接受我在外挣钱，秀秀在家被人凌辱的事实。”

“花时间去讨厌自己所讨厌的人，你就少了时间去爱自己喜欢的人，花时间去计较让你不爽的事情，你就少了时间去体验让你爽的事情，恨、烦、焦虑、难过，你让仇恨蒙住了你的双眼。在这件事情上，秀秀是受害者，你为什么还要不停地加重对她的伤害呢？”邬大勇说，“你选择痛苦终了，却要连累一个和你心手相牵的爱人，这样的痛苦，无边无际，没有回头的岸，背不动的就放下，伤不起的就看淡，想不通的就丢开，恨不过的就抚平，没有痛苦烦恼不叫人生，不要用无谓的烦恼来作践自己。”

邬大勇和曾志雁促膝长谈，曾志雁痛哭流涕，说是一定忘掉过去，抬头望天，天还是一样的湛蓝。可是，曾志雁能够放下吗？

1995年国庆，举国欢腾。刚刚忙完水稻收割的村民，欢天喜地买猪肉、买鸡鸭鱼，庆祝中华人民共和国成立46周年。

债主索债，秀秀家里已经没有什么结余了。家家户户喜气盈门，秀秀家里却冷冷清清。除了还债，家里所剩无几。

曾志雁口是心非，不愿意出去挣钱，江山易改本性难移。如果说，外债是压在他身上的一座大山，他和秀秀之间的情感裂痕则是压在他心里的另外一座大山。

秀秀买了核桃、板栗，装了几麻袋，坐客车去石棉县去销售，哪怕能够赚50元钱，也能够过上一个快乐的节日了。

凭借早年做生意的本事，秀秀很快就卖光了带到城里的板栗和核桃，扣除成本，还赚了60元钱。秀秀喜笑颜开。“要让家里人过一个舒畅的节日。”秀秀这样想，买了鸡鸭鱼，美滋滋地回家了。

一家人坐在一起，相顾无言，秀秀对曾志雁已经彻底死心，不停地给儿子夹菜，询问儿子的学习情况。

曾志雁无动于衷，只顾自己喝酒。儿子吃得心满意足，高兴地说：“已经很久没有吃到这么香的饭菜了，妈妈最能干。”

秀秀心酸得流下了眼泪：“儿子，是妈妈没有本事让你过上好日子。”

“过节，你在号丧？不要坏了老子的酒兴。”曾志雁勃然大怒。

“疯狗要咬人了，儿子，我们回房间做作业。”秀秀说，“你不要得寸进尺，我不想当着儿子的面，和你吵得乌烟瘴气。”

“爸爸，你不要这样骂妈妈，妈妈很辛苦。”儿子懂事地说。

曾志雁的脸已经喝成了猪肝色，眼睛泛红。他一杯接一杯猛灌自己的酒。

儿子做完作业睡下了。不知什么时候，窗外狂风大作，风声尖啸，仿佛要把房顶掀掉一样，伸手不见五指，狂风没有理由地呼啸不止。曾志雁踉踉跄跄站起身来，醉醺醺地说：“家里为了还钱，米都买不起了，你哪来的闲钱买大鱼大肉？”

“我自己赚的，儿子很久没有吃过好吃的东西了，过节买菜改善家里伙食，我有啥错？你还知道还债，你天天喝酒抽烟，你想到过节约还债吗？”

“你赚的？你拿啥去赚？拿你的身子？呸，不要脸。”曾志雁字字句句如针刺伤秀秀的心。

“你到底想怎么样？”秀秀忍无可忍。

“老子今天教你怎么做人。”曾志雁一把抓住秀秀顺势将秀秀压在身下，“老子今天玩死你。”秀秀动弹不得，曾志雁满足了性欲之后，骑在秀秀身上拳如雨下。秀秀痛得撕心裂肺惨叫。

闪电刺破了夜空，惊雷震撼着大地。曾志雁打累了，像死猪一样躺在地上，呼呼大睡。

秀秀浑身是伤，她绝望了，她冲进厨房提着菜刀，举过头顶，想一刀下去直取曾志雁的头颅，但她犹豫了，这样苦难的日子，她无能为力。她决定放过曾志雁，自己去找没有痛苦，没有屈辱的天堂。

秀秀哭声凄厉，但大雨淹没了她无助的呼号。秀秀站起身，整理好凌乱的衣服，化了妆，犹如出嫁的新娘，她走到儿子床前，在儿子的额头上亲了又亲：“儿子，妈不能看着你健康成长了，你要好好学习，今后有了出息，我也可以瞑目了。”

秀秀伤心欲绝。她拿出敌敌畏农药，安然地躺在床上，一饮而尽。

半夜时分，雨停了。曾志雁口渴难忍，起身找水喝。发现秀秀不见了。他走进卧室，看见秀秀睡在床上，手里还握着一个农药瓶，顿时吓得六魂出窍。

“妈，不好了，秀秀吃农药了。”曾志雁声嘶力竭地大喊。抱着秀秀就往卫生院跑，医生赶忙洗胃，但为时已晚，秀秀紧闭的双眼再也没有睁开。

“秀秀呀，你咋这么傻哟，为啥要寻短见呀？”闻玉茹扑在秀秀的遗体上哭得死去活来。

“秀秀，你抛下这么小的儿子，你于心何忍呀？”曾志雁心里清楚是他逼死了秀秀。

听说秀秀已经死亡，邬福寿提着火药枪急匆匆赶到医院，“老子要一枪毙了你这个畜生。”

在场的医生赶忙制止住情绪失控的邬福寿。“人已经死了，商量着办理后事吧。是自杀还是他杀，你们可以报案，但千万不要冲动，再闹出命案。”

暴怒的邬福寿一枪托砸在曾志雁的头上，曾志雁顿时血流如注。

医生感到事态严重，报告派出所，让民警将曾志雁带走。民警安慰邬福寿和闻玉茹：“人死不能复生，你们要节哀，现在是需要处理死者后事，我们抓曾志雁没有法律依据。”

妹妹被曾志雁逼死，邬大勇悲从中来。他赶回来看到妹妹的遗体放声大哭。闻玉茹说：“曾志雁太残忍，秀秀的身上到处都是伤，秀秀是被打得受不了才寻短见。”

邬大勇发疯一样抓住曾志雁，狂扇曾志雁的耳光，曾志雁满脸是血，曾志雁像一只任人宰割的羔羊，人们不再同情他，一个把女人往死里整的男人值得同情吗？“哎，可惜了，20几岁就自寻短见。小曾也是，不闹出人命誓不罢休，这下，他怎么不嚣张了？”

“嫁女儿千万不要嫁这样的恶棍。”

人们声讨曾志雁，邬大勇暴揍曾志雁，愤怒的人们却再也唤不回秀秀鲜活的生命。

闻玉茹给女儿净身，就像清洗刚出生时的婴儿一样，这是她最后一次抚摸女儿的身体，眼泪不停地流：“秀秀呀，你咋这么狠心抛下儿子和你爹娘，和这个畜生过不下去，咱和他离婚呀，你咋这么傻呀。”

邬大勇守在秀秀的遗体旁，秀秀像睡着了一样。“好妹妹，你太累了，你睡吧，平常哥哥和你在一起的日子不多，就让我好好陪陪你吧。你还记得小时候，我带你去掏鸟窝吗？还记得我带你去公社看坝坝电影吗？你说电影梁山伯与祝英台很好看。你还记得你到了县城一定要来看望大哥吗？”邬大勇如泣如诉。

出殡那天，树林里的树叶一片金黄。鸟儿在树枝上叽叽喳喳叫个不停，乌鸦嘶鸣着从棺木上空飞过。闻玉茹哭到窒息。邬福寿提着火药枪放了几枪：“女儿呀，是谁害了你，你把他也拉去垫背吧。”说罢，老泪纵横。

“给秀秀跪下叩头，为你逼死的女人谢罪。”邬福寿一枪托砸在曾志雁的腿上，曾志雁扑通一声跪在地上。棺材下葬，泥土渐渐淹没了棺材，一座新坟矗立在青山绿水间。

“妈妈去哪里了呀？怎么舅舅和外公外婆都那么伤心？”曾尚有不明白母亲为什么要躺在一个木盒子里被大家埋进土里。

“妈妈去了一个很远的地方，你永远也看不到的地方，但她一直看着你，你要听老师的话，好好学习。”邬大勇把曾尚有搂在怀里，眼泪噙满了眼眶。

“我要妈妈，妈妈，你起来呀，你还要给我做好多好吃的东西。”曾尚有哭喊着，令在场的人无不动容。

闻玉茹守在秀秀的坟前不愿离开。“女儿呀，你太孤独了，妈陪你多待一会儿。你在那边冷不冷？有没有钱花，需要啥就给妈托梦吧。”

曾志雁像一个杀人犯一样耷拉着脑袋，人们唾弃他，他万箭穿心般难受，他做梦也没有想到秀秀会走上绝路，夫妻之间吵嘴打架很正常，打了架就要自寻死路，不知道每天会死多少人。

山风吹过树林，山林里阴森恐怖，曾志雁仿佛看见秀秀死不瞑目，站立在云端上怒视着他，骂他是杀人狂魔。是他一步步把秀秀推上了死亡的深渊。他愧疚、悔恨，被千夫所指。父母得知秀秀的死与他有关，老父狠狠扇了他几个耳光，你再混账，也不能让我的孙子没有了娘，你何苦要把秀秀逼死？

曾志雁是个罪人，以前的朋友对他敬而远之，他感到了人情悲凉。他发誓从来没有想过要害死秀秀，虽然秀秀的死和他没有直接关系，但自己长期对秀秀的精神折磨，却是秀秀之死的直接诱因。纸钱飞舞，烟雾缭绕，曾志雁在坟前祭奠秀秀，他在赎罪，不知道该如何救赎自己肮脏的灵魂。“秀秀，我对不起你，我不是人，弄得现在家破人亡。我不知道我后半生该怎么度过？我要在灵魂的煎熬中度过余生了，我是生不如死呀，秀秀！”曾志雁痛哭流涕，在安葬秀秀的时候，当着众人的面，他不敢哭出声，任泪水横流。在人们看来，他的泪水是廉价的，是虚情假意的。现在他一个人静静地坐在秀秀的坟前，给秀秀烧纸，坦白自己的罪过。他要在人们的谴责声中过一辈子了，儿子今后知道母亲的死因后，还会把他像父亲一样尊敬吗？曾志雁在和自己的灵魂对话，和天堂的秀秀对话。强劲的山风吹得树林哗啦啦响，树枝摇曳，曾志雁仿佛感到一群幽魂正向他张牙舞爪扑来，狰狞恐怖。来吧，我是一个负罪之人，一个该死之人，理当受到惩罚。秀秀就躺在他面前的土里，他好像听到了秀秀微弱的呼吸，和秀秀在一起的 8 年时间，有过欢乐，但更多的是痛苦，秀秀的音容笑貌在他的面前渐渐清晰起来，一笑一颦，举手投足，就在眼前。现在却香消玉殒了。

邬福寿和闻玉茹始终断定曾志雁就是杀害秀秀的凶手，要求邬大勇法办曾志雁。邬大勇说：“执法机关是讲究证据的，不错，曾志雁长期对秀秀实施家暴，村民有目共睹，但他并没有直接下毒毒死秀秀，他这个人死有余辜，我恨不得食肉寝皮呢，但他没有杀人动机，我们拿他没有办法。再说，妹妹尸骨未寒，侄儿还小，把曾志雁赶走了，谁来抚养侄儿？他现在是侄儿唯一的监护人，你们年纪大了，不可能抚养侄儿长大成人，虎毒不食子，他不至于害死了爱人，再害自己的亲生骨肉呀。痛失亲人，切肤之痛，逝者已去，生者坚强，你们也不要太难过，日子总还要过下去。”

闻玉茹以泪洗面：“是我害了秀秀，当初你爸爸坚决反对秀秀嫁给曾志雁，我以为曾志雁把秀秀糟蹋了，是真心喜欢她，一定会疼秀秀一辈子，没有想到把命也搭进去了。我可怜的秀秀。呜呜呜……”

“好了，不要做事后诸葛亮了。”邬福寿心烦意乱。家里笼罩着悲痛的氛围，几天下来，闻玉茹竟然老了许多。

十二

21世纪的阳光照亮河谷山寨，春风又绿河两岸。

秀秀去世以后，邬福寿和闻玉茹不愿意住在曾志雁家里，这是他们老两口白发人送黑发人的伤心之地。一个施工队要在街上租房，他们把属于自己的两间房以300元一个月的价格租给了施工队，回去和二儿子一起居住。

柳元宝出狱后，得知秀秀已经自杀身亡，感到十分震惊。秀秀是他这辈子的梦，他一厢情愿地想娶秀秀，梦想成为泡影后，他竟然以亵渎甚至强奸的方式毁了秀秀一辈子的幸福。为了秀秀，他身败名裂，为了秀秀，他身陷囹圄，强奸犯这个罪名让他抬不起头，他遭到过服刑人员的暴揍……三年狱中生活，是柳元宝人生中最漫长、最绝望的时期。他思考了许多问题，他得不到心中的恋人，用这种可悲的方式得到了她的肉体；案发后，自己被人耻笑，被村民称为流氓，像躲瘟疫一样躲着他；更重要的是对两个儿子造成永远的伤害，他们有一个强奸犯的父亲这个事实，让他们在学校和社会上也抬不起头来，在他们心里，他们会怎样看待他们这个父亲呢？秀秀告发了他，把他送进了监狱，他恨秀秀，但更恨曾志雁，要不是曾志雁对秀秀实施家庭暴力，胁迫秀秀到公安局去举报他，他会有这场牢狱之灾吗？

柳元宝来到秀秀的坟前，坟的周围种满了花草，像一处公园。柳元宝焚香烧纸。“秀秀啊，你为啥要走上这条不归路，都是我作的孽呀，我毁了几个家庭，让你家破人亡，让曾尚有这么小就没有了母亲，我真是死有余辜啊。你知道吗？在狱中，我恨过你，为了你，我没有了尊严，受人欺负，我的心里也不好受啊。我反复想了很久，我是个罪人，我伤害了很多人，我不配得到受害人的原谅，当我听说你自寻短见后，我感到自己罪孽深重，我欠了一条人命，而且还是我深爱的女人的命，我这辈子内心都无法安宁……秀秀，你在听吗？我来接受你的惩罚来了，你要我陪葬，我也在所不辞……”柳元宝在秀秀的坟前忏悔，他没有资格到被他害死的秀秀坟前忏悔，但他还是来了，也许用这样的方式，把自己丑恶的灵魂剖析给秀秀听，求得她的原谅，才是救赎自己的最好方式。他的刑期有限，但精神上的刑期却是无限的，也许多年以后，善良的人们会忘记他耻辱的过去，但他永远也无法原谅自己。

柳元宝无颜在牛头乡居住了，他只好远走他乡洗心革面重新做人，他希望哥哥嫂嫂帮忙继续照看两个侄儿，他会定期汇款回来，希望两个儿子忘记有他这么一个强奸犯父亲，权当自己是孤儿。

曾尚有以全乡第一名的成绩考上了县城初中。“外公、外婆，孙儿要去县城读书了，你们一定要保重身体，等孙儿有出息了，一定带你们去周游世界。”

“我的孙儿给我们长脸了，给你妈妈长脸了，走的时候，去你妈妈的坟头给她烧点纸钱，让她保佑你将来有出息。”闻玉茹抹着泪，欣喜地抚摸着曾尚有的头说，“孙儿长高了，懂事了。”

儿子去县城读书，曾志雁没有了牵挂，他想去康定搞装修，城市发展了，市民都买了新房，房地产繁荣，催生了装修行业。曾志雁拉了一帮人，泥水匠、粉刷工、电工，像模像样地进城揽活。秀秀去世后，曾志雁洗心革面，想方设法挣钱，还清了所有的贷款。但是他无论怎样在邬福寿面前忏悔，邬福寿两口子就是不肯原谅他。他信誓旦旦地说：“秀秀不在了，我永远是你们的女婿，你们永远是我的父母。”

“你永远都是我邬福寿的敌人，你永远是害死秀秀的凶手，滚吧，不要脏了老子的眼睛。”邬福寿用烟袋敲着曾志雁的脑袋说，“今后永远也不要踏进老子的家门。”

经过半年的打拼，曾志雁带领他的装修团队总算在康定打出一片新天地，简单的设计，用工用料，曾志雁已经摸索出了装修门道。于是，他租了一间大大的公寓，响亮地打出了“农民装修公司”的牌子，买材料如何省钱，如何搞经营管理，他已经了如指掌。一年下来，曾志雁有了 10 多万元的收入，他鼓励大伙儿：“我们出来就是为了挣钱，钱要挣，但市民的口碑就是我们的广告，所以，任何人不能干砸牌子的事情。要让城里人知道，我们乡下人讲诚信。”

曾志雁把老家的房子新修了，父母激动异常，在有生之年还能住上楼房，真是好福气。

“我的儿子现在是装修公司的老板，谁说农民就只能种庄稼？儿子有本事了，当父母的心里爽。”老曾惬意地喝着茶，人老了，该享福了。

“是谁当年死活不准儿子下山？现在又说要享儿子的清福了？”老婆取笑他说。

“你别哪壶不开提哪壶。儿子有出息，你脸上无光吗？”老曾说，“哎，儿子虽然挣到钱了，但心里苦呀，秀秀都死了这么多年了，他一直不肯再娶，他的心里迈不过这个坎呀。”

老两口不知道如何帮助儿子迈过人生的这道坎。

县委、县政府提出不仅要坚定不移发展农村经济，还要加快发展工业经济，多轮驱动，壮大县域经济，决定在牛头乡建设大型硅厂，选址就在邬福寿的自留山。政府要征地，设计测量都搞完了，邬福寿不干了：“你们想得安逸，过去分配自留山的时候，欺负我，认为我老实巴交，说不起话，给我分寸草不生的乱石坡，今天你们想拿回去就拿回去，把我当什么？你们是土匪吗？”

“老人家，征用你的自留山是要按照标准赔偿的。我们会按照政策办，不会让你吃亏的，但你也要支持国家建设呀，我们县上大力发展工业经济，有了工业，税收增加了，村里修桥修路的钱就有了，改善村民人居环境的钱才会有，把新村建设好了，旅游搞上去了，游客来的多了，家家户户都可以搞民居接待，坐在家里就能够挣钱，政府做的一切都是为了让老百姓过上好日子。”工作组成员耐心开导他。

“我不管你搞啥开发，损害我的利益就是不行，你们不是口口声声说，农民的利益高于一切吗？吐出去的口水都能够吃回去吗？”邬福寿固执地说，“不要以为我没有文化，你们可以随便忽悠我。”

工作组按照赔偿标准一五一十地算给邬福寿听，一共可拿到 40 万元赔偿金。

“啥？40万？行，我支持你们。”邬福寿高兴地说，“但是要现过现，免得夜长梦多，你们反悔。”

拿到40万元补偿金，邬福寿立即做了安排，自己和老伴留了5万元，其余的平均分配给在家务农的儿女们，他要让自己的儿女们过上人人羡慕的好日子。

“有生之年还能够看到这么多钱。大勇，你见多识广，请年休假带我们出国去看看吧。”邬福寿说，“现在都兴啥旅游，我们也去旅游。”

邬大勇带着邬福寿和闻玉茹去了马来西亚、泰国和新加坡，坐了飞机、轮船、火车，邬福寿大开眼界，没有想到世界这么大，看够了风景，这辈子知足了。

光阴似箭，2008年夏天，曾尚有终于考上了北京的一所名校，曾志雁兴奋不已，送儿子上北京，曾志雁逢人就说：“我和秀秀生了一个聪明的儿子，儿子到首都去读大学，算是光宗耀祖了，可惜，秀秀没有等到今天，哎，都怪我混账呀。”

2008年5月12日，四川汶川发生了8.0级特大地震，死了很多人。邬福寿天天盯着电视看，惨绝人寰的灾难令人悲痛。活生生的生命说没有就没有了。“这些孤儿才造孽，今后咋过。”邬福寿喃喃自语。

电视里天天在播救灾新闻，全国各地纷纷伸出援手，捐款捐物。县上红十字会到乡上来组织募捐。一位白发苍苍的大妈挤进人群对工作人员说：“我一个老太婆，没有钱，看到当兵的娃娃拼命在救受灾群众，鞋子都磨破了，脚也磨出血了，让人心疼呀，我手工做了100双鞋垫，希望你们帮我转交，让娃娃们穿上我做的鞋垫，多救些人出来。”

众人一片掌声，工作人员感动地说：“大妈是个好心人，我们代表灾区人民和战士们感谢您。”

邬福寿说：“灾难面前见人心。和灾区人民非亲非故，大妈捐鞋垫，好样的。”他赶回家，拿出10000元现金，用报纸包好，走到人群中，朗声叫道：“我邬福寿捐10000元。”喧闹的人群顿时鸦雀无声。“大爷，你的钱是用来养老的，我们不能接受你的捐赠。”

“啥？捐赠还要分年龄？还要分级别？还要分地位？为什么不能捐？我的钱不干净？”邬福寿说，“灾区群众无家可归，还有那么多孤儿，他们经历了这么大的灾难，我们袖手旁观合适吗？国家对我们农民这么好，种地不用交税交粮，还有粮食直补，退耕还林补助，路修通了，自来水接通了，现在国家有困难，我们为灾区做点事，有啥不可以，做人要讲良心。捐多捐少代表一个人的心意，我日子好过一点，多捐一点，多解决一点灾区的实际困难。我都是80多岁的人了，钱够用就好。”

工作人员被邬福寿的诚心所感动，郑重地在捐赠记录上写道：邬福寿捐赠10000元。

县电视台得知邬福寿的义举，前来采访他。邬福寿一脸严肃：“你们认为我捐款是为了出名吗？”邬福寿拒绝接受采访，报社记者采写了《一位老人的情怀》通讯，希望大家学习邬福寿老人，将爱心继续传递，帮助灾区人民渡过难关。

邬福寿老了，头发胡子花白了，脸上的皱纹刻满了岁月的沧桑。每天他都要在住房周围的树林里转悠，听鸟儿欢歌，满目葱茏，花团锦簇。

曾尚有大学毕业后，在成都一家软件公司工作，收入颇丰。曾尚有回家，邬福寿高兴得合不拢嘴，一家人是该好好聚聚了。

喜庆的鞭炮响彻村庄，丰盛的菜肴摆满一桌。一家人围坐在桌前，曾尚有知道外公和外婆不原谅父亲，心里有些憋屈，母亲之死，他或多或少知道了一些，他对父亲当年的暴行也不能理解，一度记恨父亲，认为是父亲长期的家暴夺去了母亲的生命。过了这么多年，他在外求学，懂得了许多人生的道理，他原谅了父亲的所作所为，只要回家，他都会去母亲的坟前说说话，他曾经不止一次在坟前问过母亲，是否原谅父亲的过去。但脾气暴躁的外公却仇恨父亲，曾尚有心里感到闷闷不乐。

“孙儿是想叫你爸爸也一起过来吃团圆饭吧。你的心事都写在脸上呢。你去把你爸爸请过来吧。”闻玉茹说，“恨也恨了十几年，毕竟你的爸爸没有食言，把你培养成才了。”

“谢谢外婆，外公不会有意见吧？”曾尚有喜出望外。

“汶川地震发生过后，我也看开了许多事情，人一辈子为啥有那么多烦心事？说白了就是和自己过不去，我现在已经没有力气恨你的爸爸了。”邬福寿哈哈大笑，“我总不能把仇恨带进棺材里面去吧。”

“退后一步海阔天空，爸爸妈妈大人大量，儿子为你们感到高兴。”邬大勇说，“我们总不能一辈子生活在痛苦和仇恨中，秀秀在天有灵，她也不愿意看到这样的结果。”

曾志雁惴惴不安地来到邬福寿家里，深深地埋着头，仿佛是在接受众人的审判。

“来，女婿，坐到我身边来，人一辈子没有过不去的河，也没有放不下的恩怨，今天是我们一家人团聚的大好日子，忘记过去吧。”邬福寿说，“我都 92 岁了，还能活几年？”

“你爸爸早就原谅你了，只是他拉不下他那张老脸。这么多年了，我无时无刻不在思念我的女儿，我们恨你，但女儿还是不可能活过来。你既当爹又当妈，把孙儿带大成人，非常不容易。打断骨头连着筋，我们还是一家人。”闻玉茹说。

“秀秀去世后，我一直受到良心的煎熬，不敢面对你们，不敢面对我的儿子，经常被噩梦惊醒，梦见秀秀面目狰狞地向我索命！是我心胸狭窄，害了秀秀，我一辈子不得安宁。”曾志雁泪眼婆娑，一下子跪在地上，“我不配和你们坐在一起。”

“你再像婆娘一样没完没了，我可要冒火了。”邬福寿说，“今天让你来，就是一家人好好吃个饭，如果我们不原谅你，会让你过来吗？会这么客气和你一起端酒杯开怀畅饮吗？”

“你都四十几岁的人了，动不动就哭，像个男人吗？这么多年，你一个人也不容易，有合适的，再娶一个，男人离开了女人怎么行？”闻玉茹说。

“这么多年我都习惯了，我不想再找了。寂寞的时候，我就去秀秀的坟前说说心里话，说说我对她的愧疚”。曾志雁说，“我最大的愿望就是看到你们二老身体健康，儿子心里阳光开朗。”

“你现在的生意还好吧。”邬大勇说，“现在政策好，建设项目多，只要遵纪守法，要挣钱还是比较容易的，我们都赶上了大好时代，幸福日子才开始。”

曾志雁说，他的公司在康定已经小有名气，团队齐心，他带出去的村民都挣到钱了，回来修了漂亮的住房。

席间充满了欢声笑语，曾志雁望着窗外喃喃自语：“秀秀，你看到了吗？我们一家人又紧紧地凝聚在了一起。”

绿树环绕的楼房，溪水潺潺，曾志雁醉倒在了梦里，拉着秀秀的手，在铺满鲜花的山坡上唱呀，跳呀，蝴蝶纷飞，花香扑鼻，秀秀头上戴着一个精致鲜艳的花环，美艳动人。

乡村记忆

一

柳素芬读书的时候，没有她的哥哥姐姐那么幸运。刚解放的时候，她的父亲柳国梁是“农会主席”，哥哥姐姐都走出了农村，到了城里，当上了让左邻右舍都很羡慕的国家干部，成了邻居们十分艳羡的城里人。

素芬读书的时候，“四人帮”已经垮台了，党的十一届三中全会召开，高考恢复了，“家庭出身”已经不管用了，小学升初中也要考试，而素芬的成绩相当差。

曾经，素芬的家境好，条件很优越，素芬在别人的恭维声中一天天长大。她没有心思读书，她想，父亲有那么大的本事，只要混到初中毕业，要想去城里参加工作，那还不是易如反掌的事情?

素芬成绩不好，老师拿她很伤脑筋。老师让她用“痛快”造句，她站起来不假思索地说：“在上学的路上，我摔了一跤，我很痛快。”全班同学哄堂大笑。老师哭笑不得。

老师布置了一篇作文，记一件有意义的事情。她写她的父亲掌握大权，什么人都要央求她的父亲，不送东西不办事等等。

老师让素芬好好学习，现在已经恢复高考了，不可能再有推荐读书的好事情了，现在上学要凭真才实学。

素芬置若罔闻。她想，就凭父亲的威望："考试嘛，不就是走走过场嘛。只要自己想上学，父亲去找一下公社领导，是一件轻而易举的事情。"

素芬读五年级了，学校恢复了正常的教学秩序。国家恢复了高考，按成绩录取已经成为一种制度了，素芬知道，她的大队书记的父亲已经风光不再了。

上初中也要考试了，素芬感到了绝望，自己的成绩在班上处于倒数第几名，要想通过考试读初中，那是难上加难。

小学毕业考试，素芬的语文、数学加起来才 80 分，两科加起来要 100 分才能读初中。素芬落榜了。

柳国梁怎么也不愿意接受素芬落榜的现实。他气急败坏地来到公社，看见公社书记正在和生产队队长说事情。他劈头盖脸就是一阵乱骂。

柳国梁在向阳公社是资深的"老革命"，他当"农会主席"的时候，公社书记还在用衣袖揩鼻涕呢。

公社书记见柳国梁大动肝火，知道来者不善，不能硬碰硬激怒他，只得把那个生产队队长支走，和颜悦色地对柳国梁说："柳老革命不要动怒嘛，我们公社的工作有了您的支持，才能开展好各项工作。您不要急，坐下来喝点茶，让我给您慢慢解释。"

"你少忽悠我，我只想知道为什么我的女儿不能读书。"柳国梁余怒未消，接过公社书记递过来的茶盅，喝了一口茶。

"您先消消气，来，抽一支烟，我慢慢给您说，这些事情不是我们公社自作主张，这是中央规定的政策。"公社书记慢条斯理地说。公社书记讲了很多柳国梁听都没有听过的国家政策。他有些将信将疑。柳国梁闷闷不乐地回到家里，告诉老婆秀珍："女儿读不到书，不是公社的原因，是上面的政策规定。"

秀珍开导柳国梁说："现在好多事情由不得你了，你没有听见公社广播说，现在取消保送政策了？这也怪不得公社书记。他也没有那个胆量专门整我们。这样吧，我杀一只鸡，你整一瓶好酒，我们请公社书记到家里来吃饭，我们说点好话，公社书记觉得有面子了，兴许他会帮忙的。”

柳国梁想了想，觉得秀珍说的有一定的道理，就按照老婆的提议办。

柳国梁请公社书记喝酒，公社书记知道柳国梁的用意，不好推辞，应约来到柳国梁家。

柳国梁的老婆做得一手好菜，凉拌了一只椒麻鸡，用雪山大豆炖了猪蹄，炒了一盘花生米，一屋子香味扑鼻。

柳国梁特地拿出珍藏多年的五粮液酒，给公社书记满满地斟了一杯：“一直想请你到家里来坐坐，怕你不肯赏脸。今天邀请你来，主要是想和你谈谈心，交交朋友，你是我们公社最大的官，我呢，好歹当了那么多年的农村干部，我们都是做群众工作的，都是为人民服务的，从这点来说，你不会认为我是在贿赂你吧。”

“哪里，哪里，您是老革命，是我们做农村工作的主心骨，本来我早就应该来拜访您的，向您请教做农村工作的经验，现在的形势与以往不同了，我需要学习的太多，一直没有来看望您这个老革命，还请您多多原谅。”公社书记谦和的态度，让柳国梁心头感到十分舒坦，也很受用。

两人举杯相碰，酒一钻进喉咙，书记立刻大加赞赏：“嗯，好酒，好久没有喝到这样味道纯正的酒了，香气悠久、味道醇厚、入口甘美、入喉净爽。”

“书记果然是喝酒的行家。来，我们不必拘礼，把这杯酒干了。”柳国梁高兴地说。

酒过三巡，柳国梁想起求公社书记的正事了。“书记，你给老哥说句实话，我们家素芬真的不能上初中读书了？”

“老哥，您这不让我为难嘛，现在上学必须要经过考试，才能读高一级的学校，您是老革命了，国家的政策不是您我能够左右得了的。您实在想让您的女儿读初中，今年没有考上，明年又考嘛。”公社书记和柳国梁碰了一下杯，仰脖把酒干了。

“我在全公社还算是个有头有脸的人物，女儿读不成书，你让我这张老脸往哪儿放嘛。”柳国梁有些不甘心。

“哎呀，老哥，您想问题不要一根筋嘛，您想想，在您当那么多年的大队书记期间，您的一个女儿和一个儿子不是已经进城当了国家干部了吗？这已经是很体面的事情了。您应该比我还要清楚，女儿迟早都是要嫁人的，嫁出去的女，泼出去的水，您还指望享她的福？再说女儿嫁人，都是外姓了，您还巴心巴肝地培养她做啥子嘛？她读书没有天赋，您也不要勉强，把她留在您的身边，找一个老实本分的女婿，把她嫁出去，您有个啥子事情，可以随叫随到。说一句您不爱听的话，您那两个在城里工作的子女，要受单位的限制，您病倒在床上，他们也无法赶回来，说得难听一点，您病入膏肓，通知他们回来，冷都冷硬了。”公社书记知道柳国梁一心想让女儿读书，无非就是面子放不下。

“是这么个道理，但毕竟是自己的亲生女儿，哪个当父母的不希望孩子过得好一点。”柳国梁闷闷不乐地说。

秀珍把菜上齐了，她今天打扮得有点妖娆，穿了一件花布衣服，头发梳得很光亮，她年轻的时候是个大美人，看见柳国梁在公社呼风唤雨，是个人物，她想嫁给这么一个有着特殊地位的男人，一辈子会有享不完的福。

于是她走进了柳国梁没收地主的房子里成了他的夫人，这个房子做工考究，雕梁画栋，窗花很雅致，雕刻了不少花鸟虫鱼，再涂上金粉，整个房子金光灿灿。虽然这个房子已经有些历史了，金粉已经脱落了不少，仍然不失宏伟气派。

秀珍虽然已经是40多岁的女人了，但是风韵依旧，身材姣好，公社书记看得有些失态，秀珍不失时机地讨好公社书记说：“今天早上起来，喜鹊就在我家树枝上叫个不停，我就知道今天肯定有贵客要来，您是我们家的贵客，我虽然不会喝酒，既然是贵客来了，我无论如何也要敬您一杯。”

公社书记连忙起身，端起酒杯说：“您这么客气，弄得我都不好意思了。女儿读书的事情，我没有帮上忙，还请您和老革命见谅。”

“说到哪里去了，一个人必有他的衣禄，不是读书的那块料，就不要勉强。您是公社的一把手，以后公社有什么好事情，比如招工，或者招干之类的，您多帮我们费点心，我们就感激不尽了。”秀珍把满满一杯酒喝下去，脸上立刻飞起了红晕，更加妩媚多情了。喝了二两酒，公社书记看得目瞪口呆，心想奇丑无比的柳国梁还真有艳福，找了这么一个如花似玉的女人。

柳国梁还是决计让素芬上初中，让素芬又读五年级，素芬以最后一名终于考上了初中。

柳国梁心想，虽说素芬早晚都得嫁人，但是总不能小学毕业就回来嫁人吧，总不可能小小年纪就回来参加生产队挣工分吧。不如让她在学校里面把岁数混大一点，多学一点东西，免得以后受婆家人欺负。

农村实行了联产承包责任制，柳国梁这个大队书记退出了他曾经辉煌的舞台，他不得不和所有的村民一样，自食其力了。

素芬终于初中毕业了，由于成绩差，她没有能够走出农村。回到了家里和父母一起经营 10 来亩包产地。

讲究现实利益的村民不再像以前柳国梁大权在握的时候那样讨好巴结他了，柳国梁看见村民对他有了明显的变化，心头感到很失落。

乡政府修建了电站，需要发电人员，柳国梁找到乡党委书记，表白他对革命工作忠心耿耿，希望乡政府看在他一生为革命工作做出的贡献，把素芬招收为电站职工。

乡党委书记同意了柳国梁的请求。素芬终于成为一名电站职工，一个月有几十元的工资收入。

秀珍不想种地，她去乡政府附近租了一个门面，想经营小生意，赚点小钱。素芬在电站上班，一个月轮流上班，上不了几天班，秀珍想开一个小卖部，让素芬帮她经营。

女大十八变，素芬已经出落成一个漂亮的大姑娘了。

二

窗外皎洁的月亮已经升起来了，透过窗户照在素芬的床上，素芬没有睡意，起身倚窗望着远方，院子里的果园仿佛弥漫着一层雾霭，朦朦胧胧，燥热的空气里浸润着桃子、梨子、李子的香味，心事重重的素芬喃喃自语地说："让那些不开心的事情都见鬼去吧，我柳素芬要寻找我的幸福去了。"

村民李庆明因为媳妇儿难产去世，一心想再找一个媳妇儿。他看上了素芬，但凭他的条件，再加上他还有两个儿子，素芬不可能看上他。于是，他刻意打扮自己，穿着时髦，经常给素芬买新衣服、化妆品。他"醉翁之意不在酒"，素芬涉世不深，竟然被他迷得团团转，芳心大动，爱上了。柳国梁得知后，火冒三丈，他决不允许自己如花似玉的女儿嫁给一个死了媳妇儿的男人。柳国梁痛打了李庆明一顿，让老婆看紧素芬，杜绝他们继续往来。给素芬说："你只要和那个畜生不再交往，我送你去学缝纫技术，学会回来有挣不完的钱、穿不完的新衣服，还怕嫁不到好男人吗？"

柳国梁果然不食言，第二天就带着素芬到供销社去买了一台上海产的缝纫机。柳国梁把缝纫机搬到秀珍的小卖部，擦了擦汗水，喝着老婆递过来的茶，对素芬说："挣钱的工具我是给你买起了，能不能挣到钱，就看你的了，你读过书，有文化，比我和你娘强。你赶快去拜师学艺，只要学会了这项技术，到时候，缝纫机一响，黄金万两，我和你娘就等着收钱。哈哈。"

"你就晓得胡吹。买了缝纫机就好像天上掉钱一样，哪有那么容易？你买的不是缝纫机，是印钞机。"秀珍笑嘻嘻地说。

"你还别不信，我就相信我们素芬有这个能耐，有这个本事，是不？素芬。"柳国梁想让素芬高兴起来，一向板着面孔的他也开起了玩笑。

"放心吧，爹，我会努力去学，学会了，争取两三个月就把本钱拿回来。"素芬看见一向严肃的父亲也开起了玩笑，心情也比较好。

"两三个月太慢了，你两三个月才挣两三百块钱？"柳国梁说，"好了，不给你多说了，你按照缝纫机说明书，把缝纫机安装好，我要回去了。"

素芬拜了街上做缝纫很多年的师傅为师，这个师傅以前只做老年人的长衫，后来又做中山装，女人穿的花棉袄也做得很有型，现在学会了做西装，手艺精湛，颇得消费者的青睐。用这个师傅的话来说，手艺还是要与时俱进，如果墨守成规，老古板，就找不到饭吃。师傅让素芬把缝纫机搬到他的铺子上。

“将手轮按箭头方向旋转，把机针提到最高位置。扳起压脚提杆，让压脚提起，把布料放入压脚下面。降下压脚提杆旋转手轮 2~3 周。缝制完毕，转动手轮，将机针提起，提起压脚提杆，将布料取出，剪断缝线。如果布料难以取出时，可来回转动手轮，就能把布料轻易取出。不要急于把机子上的布拿开，可以用机子上附带的布条先练练手，来回地缝几圈，慢慢地摸索，掌握性能。等把机子的运作原理心里有个底的时候，把缝纫机针抬高，拉出布条。这个时候，你可以看到布的上面和下面是各自有一根线的，新手完全可以把两根线拉出来大约 10~20cm，挨着布条剪断。然后可以打开下面那根线的出口处，仔细地看看，看下面的那条线是如何穿到上面来的，心里有个底，免得下面底线用完了又不知道如何穿底线了。再次缝衣服的时候，把布料放在底线和上线的中间，缝布料的时候注意理着底线以免打结，最好的方法是，把两根线往后面一捋，很自然地把布放上，然后就可以开始缝衣服了。”师傅耐心地教素芬。

素芬觉得师傅像他的物理老师，在讲一堂枯燥乏味的机械原理课，这是让她最头疼的事情，初中的时候，她最不喜欢的就是物理课，所以物理几乎没有及格过。但是现在她必须要树立起信心，她承载着父母的希望，承载着自己未来的幸福。

师傅让素芬先练习基本动作，练脚法，练观察力，不能让机器反起转，掌握机器的性能，估计练得差不多了，再用废弃的布料练针法，走线不能歪歪扭扭的，一定要走直线。

日复一日，素芬勤学苦练，师傅觉得可以教素芬裁剪衣服了。他让素芬在白纸上画衣服的尺寸：“尺寸必须要精准，不然做出来的衣服就不合身，顾客就会不满意。服装的样式是一样的，区别在于尺寸大小不同。”

素芬站在一边看师傅用画笔在布料上画着尺寸，用皮尺量着衣服的尺寸：“一定要计划好尺寸，如果随心所欲，不计划好尺寸，布料浪费太多，就没得钱赚了。”

过了几个月，素芬感觉到可以另立门户了，辞别师傅，回到母亲的身边，做起了加工服装的生意。

素芬身材好，人又漂亮，这给她的生意带来不少好处。许多年轻人冲着素芬的美貌来订做西装，借口看看衣服做好没有，实际上是想找机会多看素芬几眼。

“老板娘，今天需要啥子东西不？”一个开拖拉机的年轻人在小卖部门口问秀珍：“今天的豆瓣、酱油、味精都要比前几天便宜一点。”

“暂时不要了，前几天进的都还没有卖完，这些东西不敢进多了，变质了卖不脱，就只有自己赔了。”秀珍说。

小伙子看见秀珍的小卖部有一个漂亮的女孩在加工衣服，走进去油嘴滑舌地说：“哟，老板娘的商店里还有这么一个漂亮的小妹，谁家的呀？”

“你少打歪主意，这是我的女儿素芬。”秀珍警告年轻人说。

素芬抬眼看了看这个拖拉机手，个子和自己差不多一样高，留着小胡子，不是很帅，只是看得过去，比起李庆明来，要逊色很多。

“哟，是小妹呀，来给哥哥做一套西装，好不好？别看我只是个开拖拉机的，还是很讲究的哦，不开拖拉机的时候，还是打扮得多洋盘的，穿西装，打领带，像我这种三级残废，不靠打扮，哪个女娃娃肯嫁给我。”年轻人哈哈大笑。

“你手好，脚好，身上又不缺啥子，怎么叫三级残废？”秀珍觉得拖拉机手真会开玩笑，明明是健康人，偏要说自己是残疾人，有这么傻的人吗？

“老板娘真是孤陋寡闻，身高没有达到一米七的男人都被称作三级残废。”年轻人说。

素芬觉得这个年轻人开朗、耿直，也许在外面跑的男人都这样不靠谱吧。

“小妹，我说的是真的，你帮我量身定做一套西装嘛。我不懂得欣赏，就按照你的欣赏水准给我做吧。多少钱？我给你就是了。”拖拉机手一脸诚恳地说。

“要做可以，先把定金交了，交150元，不然做好了你不要的话，我们来赔？”秀珍知道拖拉机手不会耍赖，便和他开玩笑。

“老板娘真会开玩笑，我和你打了那么久的交道，我是那种人吗？”拖拉机手不高兴地说。

“我们是先小人后君子，说断不乱嘛。你说呢？”秀珍说。

“好，好，只要小妹愿意帮我做衣服，交多少我都愿意。”拖拉机手觉得素芬太漂亮了，他不想因为自己小肚鸡肠，在漂亮的妹妹面前失了面子，让素芬看不起自己。

素芬一言不发地帮拖拉机手量尺寸。然后拿出布料的花色让年轻人选。“你给我做主吧，我还没有女朋友，如果有女朋友我就让女朋友帮我欣赏，我自己欣赏不来，你说了算。”

“青菜萝卜各有所爱，我怕选的颜色你不喜欢，还是你自己做主吧。”素芬的声音很温柔，很甜，就像山间泉水那样甘甜。

小伙子被素芬的声音和美貌彻底迷住了，他回味着素芬甜美的声音，眼睛贪婪地看着素芬，在生人面前，素芬有些腼腆，脸色绯红，十根手指光洁润滑，纤纤细手，像象牙一样洁白。

“请问你叫什么名字？我给你开一张单子，你到时候来取。”素芬甜甜地问道，声音滴溜溜的，银铃般的，让人陶醉。

“我叫文峰。”拖拉机手说。

“哟，文峰，好有文化品位的名字。”素芬觉得这个拖拉机手的名字有点特别。

“有啥子文化品位哦，父母希望我饱读诗书，跳出‘农门’，可惜我辜负了他们的好意，有辱这么好听的一个名字。”文峰还是嬉皮笑脸地说。

“你现在不是很好吗，开拖拉机，虽然辛苦点，跑的地方多，见识多，钱也挣了不少。”素芬对文峰说。

“都是混口饭吃。难啊，我有你说得那么好的话，早就找到女朋友了。”文峰说。

虽然只是一面之缘，素芬做梦也没有想到文峰竟然是她未来的丈夫。

三

文峰不知道这算不算是一见钟情，他从看见素芬的第一眼，素芬就像磁铁一样，把他牢牢地粘住了。

他知道秀珍除了开小卖部，还在开餐馆，什么生意都想做，想全面撒网，遍地开花，东边不亮西边亮，总有一样生意可以赚钱。

“老板娘，取货。”文峰把拖拉机停在秀珍的小卖部门前。

“你还是给我进一点好走的货嘛，既便宜，又好卖，还是让我挣点稀饭钱。”秀珍对文峰说。

“啥子东西好卖，白粉好卖，你敢不敢卖嘛。哈哈，给你开玩笑的，你给我开张单子，我按照你的单子去进货，我一天只管在路上跑，人家让我带啥子我就带啥子。你要说嘛。你不说，我只有随便给你进一点了。”文峰一边把货搬进小卖部，一边对秀珍说。

“你还在卖豆花饭？给我来一碗嘛。”文峰说。

“好啊，吃了要给钱哦，不能白吃。”秀珍对忙得满头大汗的文峰说。

“瞧你说的，好像我吃了你好多欺头一样，在哪里吃饭都是给钱，我照顾你生意还不高兴？”文峰和秀珍不是一两天相处，说话也就爱开玩笑。

秀珍给文峰准备好了豆花饭：“吃了不够，我又给你添。”

文峰狼吞虎咽地吃着豆花饭：“你这个豆瓣蘸水还弄得不地道，味道还可以再做得香辣可口一点。”

“就你像城里人一样挑剔。我这样做已经很不错了，我这又不是开的宾馆酒店，饭菜还要讲究色香味俱全。我这是山里人吃的，薄利多销，山里人讲究实在，吃饱为原则。”秀珍说。

“看看，不虚心接受意见了不是？你这里是交通要道，南来北往的客人很多，豆花饭又是地方名吃，你整巴适一点，吃的人多了，生意好了，钱不就多起来了？”文峰边吃饭边说。

“你真是弹花匠的女，会说不会弹。你见识那么广，嘴大吃八方，你那么会说，好久你给我露一手，让我开开眼界，也让我这个馆子的生意红火起来。”秀珍边清理文峰搬进小卖部的货，边对文峰说。

“等我下趟给你运一些黄豆来，吃个差价，这样你的豆花才有赚头。”文峰说。

“那就托你的福了。”

“客气啥呢？生意上相处久了，也就是互利互惠的朋友了。光顾给你说话了，小妹呢？我的西装做好没有？”文峰惦记着素芬，他是王顾左右而言他，怕进门就问素芬，目的太明显了，被老板娘看出端倪了不好，他知道心急了吃不了热豆腐的道理。

“晓得你小子没有安好心，想打我女儿的主意。我给你说，门都没有哦。”秀珍知道文峰看中她的女儿了。

“这有啥子不好呢？你的女儿没有嫁人，我也没有娶媳妇，青年男女交往，这很正常嘛。我知道你看不上我，一个开拖拉机的，有啥子本事？挣不了多少钱。我们相处这么久了，你应该了解我的，虽然相貌一般，但是心地善良，助人为乐。哈哈。”文峰油嘴滑舌地说。

“你再说些疯疯癫癫的话，我不准你见我的女儿了。”秀珍确实看不起文峰，这小个头的男人还没有李庆明帅呢。

“好，好，我不说了，我的条件是什么样，我还不清楚吗？攀不上高枝，开开玩笑还不行吗？”文峰笑嘻嘻地说。

“你们在路上跑的，油嘴滑舌，靠不住。”秀珍说：“把你的运费算一下，空了我给你结了。”

“不用那么急，你这点运费肥不了我。如果我能够成为你的女婿，还需要啥子运费，我挣的钱还不是你的？”文峰开玩笑说。

“你就把枕头垫高点，做你的美梦去吧。哪个稀罕你的几个臭钱。”秀珍说。

“瞧瞧，看不起我了不是？连我挣的钱都说是臭钱。是我一天到晚吃灰尘挣的辛苦钱呢。”文峰说。

和秀珍玩笑也开够了，他想进去看看让他做梦都经常梦见的素芬。

素芬自认为满意的衣服都挂在小卖部的门面上，为此招徕了不少的生意。素芬正专心一意地缝制衣服，没有注意到文峰已经走到了她的跟前。

“小妹真是手巧，你瞧瞧这衣服做得多漂亮，比城里大商场卖的还要漂亮。”文峰想尽一切好听的话，想讨素芬的欢心。

“文哥来了？辛苦了。”素芬没有看文峰，忙着手里的活。

“我的衣服做好没有？惦记着小妹给我做的新西装，我心头急，巴不得就穿在身上。”文峰说。

“早就做好了，你那么急，想穿上新衣服去相亲？”素芬把一件带竖条线的黑色衣服取下来说，“也不晓得合不合你的身？会不会让你满意？”

文峰迫不及待地穿上。在镜子前照了很久，西装笔挺，很有派。他把头发拢了一下，头发自然卷，再加上他留的很有个性的小胡子，还真有点男人味。他对着镜子自恋地自我欣赏起来。

“人靠衣装马靠鞍，小伙子穿上衣服精神了，帅气了。”秀珍在一旁赞美道。

“哈哈，谢谢夸奖，我有自知之明。你这样赞美我，是怕我横竖挑刺不想给钱？我才没有那么卑鄙呢。”文峰开玩笑地说。

“真是听不来好话的东西。”秀珍骂文峰。

“小妹，你帮我算一下多少钱？我还该补你多少？”文峰对素芬说。

“140 元，文哥，我还要退你 10 元钱。”素芬说。

“10 元钱就算了吧，你的衣服做得很好看，就 150 元吧。比大商场的还要漂亮，去大商场买，不合身，还贵得很，鬼晓得用的是啥子面料。”文峰说。

“理是理，法是法，做生意讲的是规矩，该退你多少就退你多少，我不能多收你一分钱。”素芬说。

“既然小妹不给我面子，那我给你买点小东西报答你吧。”文峰讨好地说。

素芬把西装帮文峰包好，递给他，看了看眼前这个油腔滑调的年轻人，文峰的眼睛不大，小胡子经过修剪，显得很整齐，平添了几分男人气。

文峰开着他的手扶式拖拉机走了，把他对素芬的长长思念也留在了路上。

文峰走了，秀珍的心却没有闲着，她想，文峰这小子虽然不是帅哥俊男，但是他开拖拉机会挣钱，门路广，人又精明，现在这个年头需要的就是有智慧的男人。

“素芬，娘给你说一件事情。你也老大不小了，该想想找婆家的事情了。你觉得文峰这个人怎么样？”秀珍试探着问女儿。

“他？个子和我差不多，嘴巴像抹了油，这样的男人我才不要呢。”素芬压根就没有想到母亲会看上文峰。

“人不能看外表，要看他的本事。好看的男人靠不住，在外面拈花惹草，你驾驭不住。我和你爹当年还不是这样，如果我要看外表，我会选择他吗？成家过日子，还是实在点好。”秀珍知道素芬根本看不上文峰，秀珍想的不一样，女儿找一个能干的男人，不在乎长得怎么样，只要一心一意对女儿好就行了。

素芬不再言语，默默地做她的事情。心头七上八下，不管男女，哪个不想找好看的呢？找个好看的走到一起，多有面子呀。

秀珍决定回家和柳国梁商量下一起来做通女儿的思想工作。柳国梁听秀珍一五一十地说完，文峰这个人他是认识的，经常给他们的小卖部送货，人比较耿直，不是斤斤计较的人，每次在小卖部见到柳国梁来挑剩菜剩饭回家喂猪，都要和柳国梁神侃一阵龙门阵。

“开餐馆挣钱，用剩菜剩饭养猪，一举两得，您老真有眼光。”文峰边说边递给柳国梁一支带过滤嘴的峨眉牌香烟。

“以前大集体的时候，靠使蛮力挣工分，日子过得紧巴，现在包到户了，就要八仙过海各显神通了，脑壳不灵光一点，就要受穷呢，你受穷，人家不会因为你是三老干部可怜你，只会嘲笑你说，你看看，那个龟儿子是靠‘运动’吃饭的，现在‘运动’没有了，要靠自己了，过得比叫花子还要造孽。我不能丢这个脸。你说是不是。”柳国梁接过文峰给的香烟，用火柴点燃，烟雾通过泡沫再到嘴里，感觉很舒服：“你这个烟有点贵吧，还是带嘴的。”

“不贵，也就6毛多钱一盒。你喜欢的话，我送给你一条。因为包到户了，我才有机会开拖拉机拉点东西，挣点运费，如果不是政策好，这放在以前是要当作‘投机倒把’进行批斗的。现在我开拖拉机，只要别人需要什么，我就帮他们拉什么，态度客气一点，人家对我好一点，生意也就好起来了。”文峰说：“你们开餐馆，应该多想想，怎么降低成本，增加收入，要考虑进货差价。”

“你跑得多，知道差价比，帮我们多留意一点，如果和我们这里的差价大，你帮我们拉点进来，你挣运费，我们生意好了，也不会忘记你的。”柳国梁觉得文峰这小子很机灵，不愧是走南闯北的，想法还很有点新颖。

想到和文峰多次闲侃神聊，柳国梁对文峰的记忆比较深刻。他说：“要说吧，这文峰真是其貌不扬，五短身材，个子又不高，素芬会同意吗？”

“素芬就是有点不乐意，觉得文峰不是小白脸，和她不般配。”秀珍说。

“小白脸有啥子用？中看不中用，都是他妈吃软饭的东西，今天和这个婆娘打情骂俏，明天和那个婆娘勾勾搭搭，找个好看的，一天让你提心吊胆，害怕对方是不是有外遇了，担心得多，在外人看来，感觉找了个多体面的人，其实个中酸甜苦辣只有自己才清楚。”柳国梁说。

“说事就说事，不要指桑骂槐说我。你这个人就这点毛病，我不是那种贪图荣华富贵的人，我是那种人，当初找你做啥子，我如果要找一个公社干部当男人，他们还求之不得呢。男人吧，就这德行，没有得到女人的时候呢，挖空心思，说好听的话，买最漂亮的东西，做事也很勤快；得到了吧，就暴露出男人虚伪的一面了，担心红杏出墙，担心女人在外面养汉子，你说，你们这些男人咋个这么龌龊呢？”秀珍知道柳国梁又要借题发挥，干脆给他打个预防针。

“你看看，我只不过说说而已，你那么心虚做啥子呢？你跟我这么多年，没有功劳也有苦劳，给我柳国梁生了六个娃娃，算是对得起我了。我对你也不薄，这么多年来，我们两口子也就是为了一些柴米油盐的事情偶尔绊一下嘴，我没有打过你嘛。这个家都是你在当，你想买个啥子我没有阻拦过你嘛。人要知足，要晓得别人的好。”柳国梁说。

“你这个人脾气霸道一点，对婆娘还算客气，如果你一天对我不是打就是骂，那我早就跟人跑了。我们两个说素芬的事情，扯到我们的事情做啥呢？”秀珍说。

“素芬的事情，你多做她的工作，我没有意见，只是文峰这小子太过于油嘴滑舌了，我怕这小子华而不实，素芬跟了他不幸福。要多了解他的性格，看看是不是一个心地善良的人。你是当娘的，好和女儿沟通，她有啥子想法都愿意和你说，娘母之间容易沟通一些。”柳国梁说。

“素芬虽然没有结过婚，但是她和李庆明的事情全村的人都知道，你让素芬不要再清高了，女人十八一枝花，女人过了二十五就是牛屎巴了，到时候嫁不出去，硬是只有去给离婚了的、死了婆娘的男人填二房了。”柳国梁说。

“他们的事情全村人都知道，还不是你折腾的，你看到头来害了哪个？还不是弄得你的女儿没有脸面。”秀珍想到这些事情，心里就冒火。事情都过去了，再说这些事情也没有什么意思了。

文峰照例三天两头到秀珍的小卖部来，即使不送货，他也要到秀珍的小卖部吃豆花饭，顺便看看心中仰慕已久的女人素芬。

秀珍想撮合文峰和女儿的婚事，在文峰面前也就不像以前那样无所顾忌地开玩笑了。

“小妹呢？这段时间她的生意还好不好？”文峰问秀珍。

“你自己去问她吧。一天到晚忙得没有空。”秀珍说。

“那我去看看她，你不会骂我说我是癞蛤蟆想吃天鹅肉吧。哈哈。”文峰还是油腔滑调。

“你这个人哪，就是这张嘴让人不放心，人太本分了没有出息，太油嘴滑舌了，别人会觉得你不可靠。”秀珍说。

“不和你说了，我要看小妹做衣服去了。”文峰自从看见貌美的素芬以后，动了追求素芬的念头，想万一秀珍以后真成了他的丈母娘，自己还没大没小地和她开玩笑，那多尴尬呀。

素芬知道文峰看自己做衣服是醉翁之意不在酒，虽然不喜欢他，但是也不能总表现在脸上，见到文峰进来，还是招呼文峰坐。

文峰也用不着客套，坐下来就夸夸其谈，神吹自己走南闯北的见闻，讲灯红酒绿的城市，讲时髦时尚的城里人，讲他开拖拉机如何辛苦……对文峰讲的新鲜事，素芬没有见识过，插不上话，只是偶尔应付几句。一个人做衣服，连个说话的人也没有，有个人在旁边神侃，总比一个人孤单寂寞要好一点。

文峰成了素芬身边的常客，他知道要讨素芬的欢心，光要嘴皮子，那是空了吹，他想办法买一点女人用品，比如香水、护发素、美容珍珠霜等等，买这些女人最喜欢的东西送给素芬，尽管素芬死活不肯接受，但是文峰凭借三寸不烂之舌，说得素芬找不到拒绝他的理由，只好收下。

秀珍看在眼里，喜在心头，管他文峰是真心真意，还是虚情假意，总之，文峰在给女儿买东西，在用实际行动体现他对女儿的关心，这就说明文峰这个小伙子不仅圆滑，还很会处事。

一天，文峰兴高采烈地来到秀珍的铺子上，对正在忙碌的秀珍说："阿姨，我想给你商量个事情，我自作主张给素芬买了一只上海产的宝石花手表，不锈钢的，耐磨，你听，嘀嗒、嘀嗒、嘀嗒，声音听起来多清脆的，我一厢情愿地想买来送给素芬，不晓得素芬小妹肯不肯接受。"

文峰拿出用盒子装着的女士手表，表带银光闪闪，表面看起来油光水滑，崭新的手表，让人爱不释手。

"想找我女儿处对象，现在对我这么客气了？你这个人呀，说不准，猜不透，华而不实，我怕我女儿吃亏呢。"秀珍说。

"我发誓，只要你同意我和素芬好，我的一切都是素芬的，包括我挣的钱。"文峰喜出望外，他想既然秀珍已经默许他和素芬相处，说明他和素芬结婚，那只是时间问题了。

“我不要你发什么毒誓，男人的毒誓比天上的彩虹还要变得快。你也知道，我们家素芬条件是很不错的，乡政府的一些干部都到我家提过亲，我们没有同意。为啥呢？我们不喜欢，觉得靠不住，一旦这些人进城了，就要当陈世美，就会变心，那我们家素芬不就更可怜了。我之所以同意你和我们家素芬相处，就是看到你这个人虽然长相不敢恭维，但是人精明，头脑活络，靠得住。”对于文峰和素芬的事情，秀珍想了很久，可以说是经过了深思熟虑的。

文峰把手表送给素芬的时候，素芬坚决不要，因为她觉得收了人家的手表，就等于是收了人家的信物，相当于是定情物。不答应都不行了。

文峰左右为难，他把手表放在素芬的案台上，吞吞吐吐地说：“小妹，不要嫌弃嘛，你就收下吧。好歹也是我的心意。”

“你拿走吧，我是不会要你这么贵重的礼物的。”素芬还是不肯收下。

“哎呀，我看你们都不要争执不下了，这样吧，素芬，听娘的话，你先收下，有什么话我们下来再说。”秀珍说话的时候，对文峰使眼色，意思是让他走，他来给素芬做工作。

文峰匆忙告辞，小卖部外，拖拉机的声音渐渐远去。

“娘，你咋个这么贪财呢？这个人到底怎么样？你不了解清楚，就答应了，你又不是在卖女儿，轻易就答应了人家的求婚。”素芬看不惯母亲见钱眼开，十分反感。

“素芬，你就体谅文峰的一片苦心，收下吧。你看看我们这个村，耍朋友的，哪个男人舍得给女朋友买这么贵重的东西？顶多买一件衣服，送点发夹之类的，他这样待你，你应该感到知足了。你找一个你对他好，他对你没有感觉的男人，受苦的还不是你自己。”秀珍苦口婆心地开导女儿。

秀珍一再解释说，找一个他爱你，而不是你爱他的男人，你才会幸福。他喜欢你，他就会为你付出一辈子。

素芬毕竟读了点书，比父母想问题要想得深远些，她转念一想，李庆明虽然是风流倜傥的男人，但是他靠不住，他的负担太重，没有足够的能力让自己过上幸福的日子。自己还在傻等什么呢？

村子里的姑娘们十八九岁就忙于结婚生孩子，管他死猫烂耗子抓到一个男人就结婚，哪有什么爱情？爱情都是酸文人想出来的自欺欺人的鬼把戏，给自己并不幸福的婚姻，贴上一块文学的狗皮膏药。农村里的男女，哪有什么诗情画意，花前月下的浪漫？只要把房子修好，庄稼种好，孩子养好，挣点小钱过上小日子，随遇而安，就算对得起祖宗先人了。

素芬一直固守漂亮女人所特有的矜持，东挑西选，至今还孑然一身，引来不少闲话，有人说她为了个李庆明，钻牛角尖，任何男人都看不上眼。人家李庆明已经重组了家庭，她在为人家守活寡呢。

一次，乡政府放电影，素芬一个人去看，走在路上，她问村里的一个小伙子："今晚放的电影是啥名字？"

"《嫁不出去的姑娘》。"小伙子笑嘻嘻地说。

素芬以为小伙子在嘲笑自己，气得满脸通红："放你妈屁，老娘再嫁不出去也不会嫁给你这些烂杂种。"

年轻人被骂得丈二和尚摸不着头脑，气呼呼地骂她："你这个婆娘神经病，你问我放啥子电影，我好心好意给你说，你凭什么无缘无故骂我？你以为你是西施，任何男人都对你想入非非？真是莫名其妙。"

素芬第一次在大街上失态，骂一个和自己毫不相干的男人。那天晚上果然放的是《嫁不出去的姑娘》，素芬感到有些后悔，觉得自己不够冷静，无缘无故地得罪了那个年轻人。

想到这些，素芬觉得还是不要再坚持了吧，先和这个文峰相处一段时间再说，谣言止于真相，和文峰耍朋友，让那些无中生有的是非不攻自破。

素芬打开手表盒子，拿出手表，仔细欣赏起来，戴在她洁白如玉的手腕上，平添了几分气质。

看到女儿前后反差很大的举动，秀珍的脸上露出了欣慰的笑容。

四

文峰和素芬的恋爱关系总算确定下来了。这让文峰有点喜出望外。他相信，癞蛤蟆想吃天鹅肉并不是没有可能。不管男女，一旦到了情窦初开的年龄，思春那就是很正常的事情了。在没有找到意中人之前，无论男女，心都是空的，都是心神不定的，需要一颗心来呵护自己的孤独和寂寞，于是渴望爱情、渴望成个家，便成了少男少女们急切破解的一块心病了。

当爱情悄悄来到文峰身边的时候，文峰感到了满足，他的心情好，觉得什么都好，在他看来，空气是清新的，阳光是明媚的，花草树木充满了诱人的芳香，他的眼里是素芬婀娜的身姿，鼻腔里充盈着素芬的香味，文峰的心里乐开了花。文峰把秀珍的小卖部当成了自己的家。小卖部、小餐馆、素芬的服装加工房，以前与自己毫不相干的事情，如今都和自己的生活息息相关。

“我们答应你和素芬相处，并不是说素芬就一定要嫁给你。要看看你的表现。”秀珍说。

“您就一百个放心吧。我没有啥特别的本事，就是有本事经营好我的小家庭，有魄力担当起对老婆好、孝顺老人、振兴家业的重任。”秀珍老两口答应了他们处对象，文峰很激动，当即承诺说。

“你现在到说得好听。过日子不是念决心书，一个人一旦答应和对方相恋，牵手到老的时候，过日子就变得很现实。用行动来证明自己的承诺，往往比轻易承诺更艰难。我不需要你的花言巧语，更不需要你口是心非，一个人对另外一个人好，不是在口头上，而是在行动上。以后的日子还长，但愿你的承诺能够经得起时间的检验，承诺是需要很多磨难来验证的。”素芬听见文峰对母亲和自己表白，心里有了一种踏实的感觉，不管漂亮还是丑陋的女人，都希望听到男人的承诺，哪怕是口是心非的，或者是像演戏一样的语言，总之，女人听到这样的话，感觉一辈子就有了依靠，像找到了一座能够遮风挡雨、能够抵挡一切磨难的伟岸的大山。

“你应该感受到我已经在用行动证明我的许诺了。我会把这个家当作自己的家，会为这个家分担更多的责任。”文峰说。

“你以为给我买几样破东西，我就会感受到你的好？ 以后遇到柴米油盐酱醋茶这些琐碎的家务事，你才知道生活不是你想的这样简单。”素芬说。

“好了，日子还长，你也要多赚钱，成个家，没有钱是万万不能的。你除了跑车，还是多用点心思在我们这里，你一个外乡人，我们对你不是很了解，素芬对你也缺乏那种男女之间的感觉，你们还需要时间来培养感情。现在不时兴父母包办了，我们作为父母的，只是帮助女儿把把关，让女儿嫁一个对她好一辈子的男人。至于你们能不能最终成为夫妻，那还得看缘分。还得看看你文峰是不是心地善良。”秀珍说。

文峰为了尽快取得素芬一家人的认可，除了帮助秀珍母女打点小卖部的买卖，还到素芬的家里帮助柳国梁干农活。

文峰出生在农村，农活对他来说并不陌生，样样得心应手。柳国梁想考一下文峰的农活，让他编撮箕、背篼。柳国梁家房后有一大片竹林，所以竹子不成问题。柳国梁把蔑刀交给文峰说：“你自己去砍几根竹子回来，我看看你编的撮箕、背篼怎么样？这些都是我们农村必备的农具。”

文峰的家乡也有很多竹林，编背篼、筲箕、晒席是乡里人的拿手绝活，文峰的父亲、爷爷都是一把好手，自然也教了文峰不少。文峰二话不说拿着蔑刀来到竹林，文峰虽然其貌不扬，但是他的手比所有男人的手都要巧，快捷，他的手像一把精美的梳子，他编撮箕、背篼、晒席的时候，那席篾子就像琴键一样，在他的手下有节奏地律动，倏地成了片，成了形。柳国梁在一旁眯着眼睛，抽着文峰孝敬他的过滤嘴香烟，看到文峰编的这些农具超过了他，在这个生产队都难得找到超过文峰手艺的篾匠。柳国梁微微一笑说：“小子，就应该这样，不管做啥子事情，要做就做好。我柳国梁说了一辈子人，也被人说了一辈子，做事就要做得让人看得起。”

文峰心想，找你的女儿还真难，还要过五关斩六将，像尖酸刻薄的婆婆刁难媳妇一样，幸亏我是干农活的行家里手，不然我真的和你家素芬有缘无分了。

文峰知道，在没有和素芬扯结婚证之前，他都在赶考，他在应对素芬一家人对他的人品、对他挣钱持家的能力的测试，所以他必须小心再小心，谨慎再谨慎，每说一句话都要思量再三。

桑树村的雨是牛毛细雨，密密、绵绵、无声，像牛毛一样的细雨扎在身上，软绵绵的，很润，有一丝儿的润意，没有声音，有一点点儿凉、一点点儿寒。你在田野里奔跑的时候，那雨一针一针地把你罩着，久了就有点儿痒，有点儿湿意、凉意。而后，它一点点透，那湿气慢慢浸润全身，在天光的映照下，雨丝儿有点斜，丝丝亮着。

雨后，瓦檐上的水一串一串地滴下来，先还是密密的连珠儿，后来慢慢地变缓了，晶莹着，透亮着，一嘟一嘟的，就像是白色的葡萄汁。当它滴下来的时候，地面被滴出了许多小圆坑，把地上的黄土砸成沙窝状，屋檐上雨滴的声音犹如弹琴，很有韵律，也很有情调。这样的景致让文峰想起了他的家乡，小时候和伙伴们在雨中嬉戏，弄得一身污泥，抑或是被雨淋得跟落汤鸡一样，小伙伴们打着喷嚏，出现在父母面前，而父母并不会理会孩子是否会感冒发烧，家里孩子多，怎么会顾得过来，有时候就只好用身体将湿漉漉的衣服慢慢捂干。向阳公社与自己的家乡何其相似，出产水稻、玉米、黄豆、花生、土豆、红薯，蔬菜水果自不必说，家乡出产的，向阳公社一样不少，这也是文峰选择在向阳公社成家的主要原因，除了这里的人比较陌生以外，这里的一草一木、山山水水都和家乡何其相似。

农时催人忙。柳国梁对文峰说：“你去把秧母田耕出来，要撒谷子了，误了农时，要影响今年的收成。”

文峰牵着水牛走了，才用了一个早上的工夫就把秧母田平整出来了。水牛很听话，耕田很顺当。文峰想大约是自己的诚心让水牛也感动了，连水牛都在帮他。秧母田平整得很好，让邻居们也赞不绝口。文峰的“考试”不仅赢得了柳国梁两口子赞许的目光，邻居们也夸赞文峰是干农活的一把好手。

种庄稼是费力不得好、又费马达又费电的营生，面朝黄土背朝天，辛辛苦苦干一年，顶多把肚子填饱，没有听说过哪一户人家因为种粮食种出了万元户。柳国梁对文峰说："庄稼种下地了，总算完了一件大事，你还是去经营你的买卖，多挣钱，等挣到钱了，把你的拖拉机换成农用车，看起也要体面一点。"

"换车是很遥远的事情，每趟能够把我这个拖拉机装满，能够保证有货运输，我就心满意足了。要成家，需要用钱的地方还很多，我还要和素芬修房子呢。大话不敢说，等挣钱了，我要修一个两层的楼房，我的楼房要在这个街上数一数二。"文峰说。

"但愿你能够说到做到。"素芬说。

"等我下趟跑运输的时候，我想带素芬去县城逛逛，一来开阔她的眼界，增长一点见识，二来想给她买点东西。以前都是我自作主张给她买东西，我想把她带出去，让她买自己喜欢的东西。"文峰用征求意见的口吻对柳国梁两口子说。

"该怎么做你自己决定，既然我们允许女儿和你交往，你要怎么对她，那是你的事情。"柳国梁说。

"只是要委屈你了，坐拖拉机是很痛苦的事情，又不能遮风挡雨，路况也不好，颠簸得很厉害。"文峰对素芬说。

"辛苦点算啥，不经风雨怎么见彩虹。想见世面，吃点苦，那倒没有什么。"素芬说。

康城市有 50 多万人，是一个县级市。县城高楼林立、车水马龙，商贸繁华。素芬坐着文峰的拖拉机，远远地看到了用水泥浇铸起来的现代化建筑，繁华的城市，让素芬大开眼界。

因为不急于赶路，文峰把拖拉机停放在一家旅馆。

文峰和素芬走进繁华的城市，也走进了他们向往的二人世界。都市男女穿红戴绿，时尚前卫，都市女孩穿的是牛仔短裤，头发染得跟外国人似的。衣服穿得花花绿绿，一些大胆前卫的女孩还穿开胸很低的衣服，大半个胸部都露在外面。惹得文峰的眼光偷偷往女孩的大半个胸部瞟。

"注意点影响，眼珠子不够用了吧。"素芬看见文峰的眼光始终贪婪地在美女的胸部扫来扫去，总觉得文峰以后会经不起诱惑，做出对不起她的事情来。

“不要大惊小怪嘛，她们能够穿成这样，还怕男人看吗？你总不可能让我闭着眼睛走路吧。”文峰知道素芬吃醋了。

“少贫嘴，以后你敢做出对不起我的事情，看我怎么收拾你。”素芬气恼地说。

“我向马克思保证，绝对对你忠诚。”文峰说。

“向马克思保证顶什么用，你得把手放在心口上保证，一个人要有良心才好。”素芬说。

文峰也像城里恋爱中的男女青年那样，拉着素芬的手，素芬难为情地说：“哎呀，别这样呀，羞死人了。”素芬做出一副少女般的羞涩状。

“别那么保守嘛，我们是正大光明地谈恋爱，又不是偷人，害怕见不得人？你看人家城里人，多放得开！搂搂抱抱，在大庭广众之下还旁若无人地亲嘴呢。”文峰对素芬说，“恋爱中的男女，有性冲动是再正常不过的事情了，像以前那样，谈朋友、处对象正襟危坐，道貌岸然，像不食人间烟火的神仙，猴年马月才能结婚。”

文峰这样说的目的是想让素芬对自己更亲密一点，找到恋人之间的那种感觉。

素芬不再矜持，任由文峰牵着自己的手，她的心里很清楚，男女之间，一旦有了情感，就有了想亲近对方、包容对方、接纳对方的心理，这种心理是爱情的自然流露。不需要遮遮掩掩，用不着羞羞答答。

文峰和素芬行走在毫不相干的人流中，眼花缭乱的都市风景让素芬沉醉。她和文峰出入大商场，饱了眼福，却恨身上的银子太少。素芬是很节俭的女人。文峰想在素芬的面前表现出豪爽大方，素芬看中的东西，文峰总是毫不犹豫地买下，素芬一个劲地埋怨文峰不节俭，过日子还长着呢：“你现在为了哄我高兴，兴许等到结婚以后，我想买个啥子东西，你又嫌弃我没有持家之道了呢。”

文峰说：“你放心吧，结婚以后，这个家还是你来当，女人心细，会精打细算。我这不是哄你高兴，而是真心对你好。真心对一个人好，就要舍得为她付出。”说着在素芬的手心里抠了一下。

除了以前李庆明对自己说过掏心窝的话，再也没有其他男人说过这种让人倍感温暖的话，素芬感到了幸福。不由得把文峰的手紧紧拽住，幸福的暖流洋溢在心间。

康城市是有钱人待的地方，文峰带着素芬没有目的地闲逛，饱了眼福，看够了花花世界。文峰提议说两个人去看电影。素芬说：“公社的坝坝电影你还没有看够？”

文峰骂素芬老土，电影院看电影和在公社看坝坝电影是有本质区别的，电影院看电影有档次，坐在软和的椅子上，尤其是和心爱的女人一起看电影，那就是一种享受。

素芬也懒得和文峰争执，心想好不容易到一趟县城，享受享受也无妨。素芬说：“你想怎么安排，我都听你的，不过，到时候你又不要心疼说钱花多了。”

文峰带着素芬走进电影院，至于看什么电影并不重要，关键是有素芬在身边就行。文峰无心看电影，他通过电影的微光，偷偷地欣赏着身边的美人，手不由自主地抚摸过去，在黑暗中，他弄得素芬有些意乱情迷，素芬把他的手挡开了。

从电影院出来，两人才想到还没有去找旅馆。康城市对于文峰来说，是他最熟悉的城市，因为他经常到这个城市来跑运输。虽然他开的拖拉机和别人的汽车比起来要寒酸一些，但是精明的商人觉得文峰的技术好，收费合理，很多人都找文峰运输货物。

文峰想和素芬同居，因此他颇费了一些心思，找了几家旅馆，都说要夫妻证明，他们没有，所以被拒绝了，素芬说：“我们分开住吧，还没有结婚就住在一起成何体统？”

文峰说：“你已经是我的人了，迟早都是要住在一起，难道你非得要看一个黄道吉日才和我住在一起？现在的年轻人，有哪个是结婚过后才上床？”

“反正我不习惯，觉得还没有结婚，身边就躺着一个男人很别扭。”素芬固执地说。

文峰说：“难道你对我还有二心？我那样对你，你要天上的月亮，我都尽量满足你，你还要我怎么样？”

素芬不再言语，注视着霓虹灯闪烁的城市，她想起了家乡满天繁星的夜空。文峰把素芬带到一家酒店，虽然价格昂贵一些，但是这个酒店不需要夫妻证明。

文峰和素芬住进了酒店，他们的房间是单间，有卫生间，还有一个19英寸的彩电。素芬埋怨文峰太浪费了。

文峰得意地说：“我们挣钱的目的就是为了享受，不然起早贪黑的为了啥？再说我们也不是经常这样。”

文峰看见卫生间什么都有，有梳子、牙膏、牙刷，还有洗发液、沐浴液，有淋浴的热水器。还有一面大大的镜子，几乎可以把自己的上半身全部照完。素芬没有住过酒店，酒店里面现代化的设施让素芬大开眼界。

“这真是有钱人住的地方啊。”素芬感叹道。

“今晚你也当一回有钱人。参观也参观完了，你就舒舒服服地沐浴更衣呀。”文峰说。

“那是肯定的，不过我洗澡，你不许偷看。”素芬警告文峰说。

“你的规矩真多，难不成一会儿我们不睡在一起，你让我睡卫生间？”文峰调侃道。

“有这个打算。”素芬走进卫生间的时候，从里面探出头来对文峰说，“家里不晓得啥时候买得起电视，你就好好欣赏电视吧。不要胡思乱想哦。”

文峰知道，素芬已经是自己的囊中之物了，没有必要因为自己的鲁莽破坏了美好的兴致。他嬉笑着说：“遵命，老婆。”

“谁是你的老婆？别做美梦了。”素芬边说边把卫生间的门关上了。

也许是文峰的手太热，他感觉素芬的肌肤凉凉的，摸上去像玉一样光滑。

文峰心满意足地对素芬说："我一定要和你过到老。"

这次康城之行，被文峰称作是幸福婚姻的浪漫之旅。素芬成了他真正意义上的女人，而他也成了素芬真正意义上的男人。

文峰提议给素芬的父母买点东西，素芬婉拒了，文峰说："这个钱是不能节约的，我宁愿吃得差一点，也要表达我的孝心。"

素芬帮文峰给柳国梁选了一套衣服，柳国梁是经历过新旧社会的人，旧社会男人都兴包头帕，穿长衫衣服，他一直保持着这个习惯。现在人们对穿着打扮都很讲究了，女人穿得花枝招展的，男人开始穿西装打领带了，柳国梁说，他的思想已经被打上了旧社会的烙印了，想赶时髦、穿点新潮的衣服，根本不可能了。秀珍说："你如果还是叼着一杆两尺长的烟袋、穿着长衫，包你的油污黑亮的头帕，像出土的僵尸一样，你就不要和我走到一起，我丢不起这个人。"

柳国梁骂道："老都老了，打扮得跟18岁姑娘一样妖娆，难道你还想嫁人？"

素芬知道父母迥异的审美情趣，她帮父亲选了一件蓝色的中山服，一条黑色的裤子，一顶蓝色的鸭舌帽，这种不洋不土的打扮，对于思想保守、观念落后的父亲来说应该是可以接受的。素芬帮母亲选的是一件花布衬衫，一条灰色的裤子，一个别致好看的发夹。

"你打算用这点东西就把你未来的老丈人和丈母娘给忽悠了？"素芬开玩笑说。

"日子还长，今后我们在他们的身边，可以经常孝敬他们。"文峰说，"不要说得那么难听呀，忽悠？我从来不忽悠人的。"

柳国梁两口子知道，素芬和文峰一起去逛县城，肯定已经生米煮成熟饭了，素芬的婚事不能再拖了。

秀珍对文峰说："你和素芬也该谈婚论嫁了，你把你的父母请来，你们把婚事办了吧。"

文峰也想尽快把婚事办了，以免夜长梦多。现在的年轻人太随便了，不管同居多久，说分手就分手，根本不需要理由。他怕素芬这只“煮熟的鸭子飞了”。他对秀珍说：“我一切听从您的安排。需要钱，我拿就是了。”

办婚礼得有一套程序。需要一大帮子人帮助张罗。素芬和文峰来到陶清明家里，给陶清明一份请帖，一包喜烟、一袋喜糖、一袋喜瓜子。素芬羞涩地对陶清明说：“陶老师，我和文峰过两天就要结婚了，想请您早点到家里来做客。您是村里的大知识分子，场面上的事情轻车熟路，想请您当我们婚礼的司仪和总管，不知道您愿意不愿意？”

陶清明当代课老师的时候教过素芬，所以素芬对陶清明尊敬有加。柳国梁要为女儿置办婚礼，素芬和文峰亲自来盛情邀请自己，陶清明感到了作为知识分子的价值和地位，心里美滋滋的：“你们这么客气，我都不好意思了，首先祝贺你们的爱情瓜熟蒂落，经过恋爱，终于走到了一起；承蒙你们看得起我，我就当你们的司仪和总管吧。”

素芬和文峰千恩万谢地走了。

素芬结婚的那天，柳国梁家人如潮涌，柳国梁苦心经营了几十年的人际关系如今都派上了用场。乡里的干部、学校的老师、卫生院的医生都来了，都带来了不菲的礼物。

作为婚礼的司仪，陶清明扯破喉咙叫道：

“大红的喜字贴出浓浓的喜庆，鞭炮的响声带来阵阵的欢腾，阳光的油彩涂红了今天的日子，美好的祝福在我们的心。今天是个好日子，百年的佳偶今朝成，亲爱的朋友们，此时此刻，一对新人立堂前、两心相映似蜜甜、三生有幸结良缘、四方亲朋来得全、五福临门合家欢、六六大顺庆团圆、七星高照全家福、八仙过海来祝愿、九九相依又相伴、十分美好到百年。下面让我们以热烈的掌声请出我们德高望重的证婚人张先生代表国家和政府为2位新人宣读结婚证书。”

张先生故意用缓慢的语调宣读结婚证书：“文峰，男，生于1963年12月7日，柳素芬，女，生于1965年10月8日。两人经自由恋爱，结为夫妻，婚姻有效，受国家法律保护。”

众人哄笑。

陶清明继续主持婚礼："亲爱的朋友们，爱情是古老而永恒的话题。也是不朽的人生主题。许多人已经拥有。更多的人正在追求。两位新人有着初恋时月上柳梢头人约黄昏后的热烈心跳，也有着热恋中冷落清秋伤离别的难舍难分。经历了似水柔情、如梦佳期的浪漫与温馨。终于迎来了携手共赴爱情红地毯的美好时刻。古往今来有多少美妙的爱情故事令人赞叹不已。只应书上有却到俗尘无的爱情故事，今天真实地呈现在我们的眼前。这真是红尘自有真情在，到底人间喜事多。文峰先生年轻有为、事业有成，似大江东去波滔汹涌卷起千堆雪。柳小姐纯美善良，小鸟依人，似小桥流水涓涓细流滴滴润心田，这真是云配月月配花，佳女配俊男。鸟恋林，鱼恋水，情哥恋情妹。看我们的新郎多么潇洒。再来看我们的新娘，这真是千金难买是新娘，新娘是个好姑娘，温柔美丽落落大方，老和尚见了都想得慌，新娘爱新郎情深意更长，让我们共祝愿他们地久天长。"

"亲爱的朋友们，水有源树有根，养儿育女倍艰辛，成全儿女终身事，了却爹娘一片心。今天我们问一问新郎他老妈，你盼娶媳妇盼多少年了。"

文峰的母亲害羞地说："我盼好几年了，还想早些抱孙子呢。"

众人哈哈大笑。

"新郎，你盼娶媳妇儿盼多少年了？"

"我都盼20多年了，盼得花儿都谢了。"

"花儿谢了，还可以再开，你现在不是迎娶到花儿一样漂亮的媳妇了吗？这么多年，你怎么没娶呢。"

"我妈不让啊，那时候她还画地图呢。"

"他今天终于娶媳妇儿了。新娘上前给婆婆戴上那朵盼望已久的小红花，然后再叫妈，大家向这儿看，戴花可有讲究，戴左边生姑娘，戴右边生小子。看我们的新娘多么聪明，我都没告诉她，她就把花戴在了婆婆的头中间了。让我们大家以热烈的掌声祝福他们明年能生一对龙凤胎。"

陶清明挖空心思，想了很多让人捧腹大笑的笑话，让素芬的婚礼妙趣横生，逗乐了众人。

乡党委书记握着陶清明的手说：“老陶呀，你不愧为我们乡的大知识分子，把婚礼主持得这样精彩，费心了。”

柳国梁看见乡党委书记都在夸陶清明，心里很高兴，走过来对陶清明说：“清明呀，费心了。你把素芬的婚礼主持得这样好，大家都高兴，我们要的就是这个效果，辛苦你了。”

陶清明说：“柳二哥不要这么说，我们当邻居当了几十年，感情好得像兄弟，不管以前困难也好，现在稍微好过一点也好，你和阿姐都没有把我当外人，几次把我从鬼门关上拽回来，我一辈子都很感激你们。”

五

1984年10月20日，中共十二届三中全会在北京举行。全会一致通过了《中共中央关于经济体制改革的决定》。其中提到的关于“建立自觉运用价值规律的计划体制，发展社会主义商品经济；建立合理的价格体系，充分重视经济杠杆的作用”等，为还处在观望和迷茫中的各族人民指引了前进的方向——勤劳致富不是资本主义。

“经济改革”“勤劳致富”成了1984年和1985年的热词，被写进了各级政府的工作报告。

陶清明和柳国梁是坎上坎下的邻居。包产到户过后，陶清明最先感受到党的好政策这股温暖的春风。他写了一篇《实行家庭联产承包责任制，向阳公社农民粮食生产喜获丰收》刊登在《向阳日报》一版头条。《向阳日报》是地区报纸，在向阳地区有着广泛的影响力。那天邮递员交给陶清明一封信，信件是向阳日报社寄来的，陶清明拆开信封一看，原来是自己写的这篇新闻稿变成了铅字，仿佛还有油墨味道。仔细端详着变成铅字的文章，陶清明哭了，这一切来得太迟了。

陶清明从外乡落户到向阳公社，他还是一个戴着眼镜、围着围巾、穿着中山装、细皮嫩肉的白面书生。1965年，陶清明就在《向阳日报》发表过几篇散文，让向阳公社的农民刮目相看，都说这个年轻娃娃有文化呢。

捧读自己的新闻作品，陶清明很激动，他想，既然报社在刊发自己的新闻作品，说明自己的春天到了，党和政府允许他写作了。于是他以自己的经历写了《向着春天出发》的长篇文章。《刘老汉科学种田》《桑树村的变迁》等等，一篇篇具有乡土气息的文章刊登上了《向阳日报》的副刊。

向阳乡党委周书记也喜欢文学，周书记知道向阳乡有一个喜欢写作的年轻人叫陶清明。他专门拜访了陶清明。

“你在《向阳日报》上发表了不少文章，是我们乡少有的秀才呀。”一见面，周书记就握住陶清明的手称赞道。

“不敢，不敢。是不是我写的文章给乡上惹什么麻烦了？”陶清明经历过的事情太多了，听周书记这么一说，心头惶恐不安。

“你不要整得跟惊弓之鸟似的，你就放心吧，中央做出了经济体制改革的决定，经济体制改革，发展农村工作是当前的首要任务，以阶级斗争为纲的年代一去不复返了。”周书记说，“我来呢，主要是给您卸下思想包袱，不要像小脚女人迈不开步伐，畏首畏尾。”

“谢谢周书记鼓励，只要党的政策一直这样好下去，我一定要珍惜，干出点名堂来不辜负您的希望。”陶清明激动地说。

“你是秀才，懂的文化多，现在虽然承包到户了，但是需要你这样的农业科技带头人，用靠天收成的原始落后的耕作技术，显然已经不能适应发展现代农业的需要了。我准备把你推荐为向阳市农业科技带头人，你多买一点农业科技方面的书籍看看，学到了好的种养殖技术，尽快在全乡推广。种庄稼不是靠蛮干，是要靠智慧的。”周书记殷切勉励陶清明要好好干。

陶清明做梦也没有想到乡党委书记会这么器重自己，内心五味杂陈。以前“地主”这个可悲的帽子压在头上十几年，文化对自己来说，既是一个让人羡慕的名词，又是一个容易招来杀身之祸的东西。

21世纪的春风吹绿了向阳的山山水水，中央出台了一系列惠农政策，贫穷古老的山乡正发生着静悄悄的变化。

“中央有这么好的政策，我们没有理由再贫穷下去了。”陶清明望着满目葱翠的青山，目光坚定。包干到户后，农民靠山吃山、广种薄收的传统生产方式还没有转变，产量不高，收入不稳定。要想摆脱贫穷，没有一条好的致富产业，农民无法改变在温饱线上挣扎的命运。

陶清明关注各地在调整产业结构中的新经验、新做法。城里人对蔬菜的需求量很大，这是一个很有潜力的市场，但对于习惯于播种玉米和水稻的村民来说，他们没有意识到种植蔬菜的巨大收益。陶清明眼前一亮，别人种传统粮油作物，我何不改种蔬菜？于是，他把承包地全部改种蔬菜。精耕细作，时令蔬菜长势喜人，眼看收成在即，他跑县城，联系蔬菜批发商寻找销路，和蔬菜批发商建立了稳定的合作关系。

批发商告诉陶清明，时令蔬菜品种要多样，这样才能赚钱，你还可以尝试种反季节蔬菜，反季节蔬菜的价格是时令蔬菜的几倍，利润高。

经过蔬菜批发商的点拨，陶清明幡然醒悟，农业生产不仅需要技术，还要有市场眼光。听说山东省寿光蔬菜大棚是全国建立最早的，发展势头强劲，已经形成了巨大的产业链。陶清明决定到山东学习大棚蔬菜种植技术。向阳日照和雨水充足，没有工业污染，发展无公害蔬菜的条件得天独厚。

山东蔬菜发展有限公司的技术人员告诉陶清明建设蔬菜大棚的技术要领：大棚蔬菜具有较好的保温性能，采用竹与钢为主的结构骨架，有日光温室、智能温室、拱棚三类。土墙体全钢架日光温室对土质要求高，土层要厚，水位不宜过浅，利用空间大、保温性好。

陶清明走访了多家蔬菜大棚，一边看、一边问、一边记录。精细化的种植、管理，使陶清明大开眼界。

从山东回来后，陶清明立即贷款兴建蔬菜大棚，从山东引进蔬菜种子，按照学到的蔬菜种植技术，一丝不苟地精细管理。蔬菜大棚技术颠覆了蔬菜固有的生长季节，反季节蔬菜成为城里人餐桌上的新宠。很快，陶清明收回了投资成本。庞大的钢架棚成为向阳一带靓丽的风景。向阳地区政府部门组织农业干部和村民前来参观，陶清明的种植技术颠覆了老农民传统的种植理念。

“老陶呀，你这步棋走对了，你的新思路、新理念值得推广。你要毫无保留地把技术传授给更多的农民，为全市的菜篮子工程做出贡献。”市委书记勉励陶清明胆子再大一些，步子再快一些，当地蔬菜产业发展壮大了，不仅解决了城里人吃菜的问题，而且还可以大幅增加农民的收入。

“我有一个大胆的想法，不知道是否可行。”陶清明说。

“快说，有什么想法？”市委书记关切地询问。

“我打算开办公司，初步命名叫兴农蔬菜开发有限公司，初步的想法是流转村民的土地，通过支付流转费用，增加村民收入，还可以让村民在大棚蔬菜基地务工增加收入，公司做大做强后，村民还可以参与公司分红。”陶清明侃侃而谈，“我们要学习山东比较成熟的发展蔬菜产业的经验，借助他们的技术优势、市场优势，开展广泛合作，把农民变成产业工人。”

“产业工人？好啊，你有这么宏大的构想，我支持你。希望你探索出成功经验后，在全市推广。农民要致富，就是要有你这样的领头人。你尽快拿出一个详尽的规划方案，遇到什么困难，可以直接找我。”市委书记叮嘱农牧部门和金融部门负责人，在陶清明开办兴农蔬菜开发公司的过程中，要简化手续，加大支持力度，着力培育全市第一家大型涉农企业。

陶清明按照现代企业管理流程，组建了兴农蔬菜开发有限公司，请来农业专家培训村民，加强蔬菜品牌打造，蔬菜产业规模越做越大，产值由200多万元发展到1000多万元。

公司做大做强以后，陶清明改组兴农蔬菜开发有限公司为兴农集团，并担任董事长。

“我想听听各部门近期的工作推进情况和下一步的工作打算。我们企业运营至今,有了大家的精诚团结和通力配合,现在公司打开了东北、华北、华中、华南和西南市场，为我们公司上市做好了充分准备。我代表公司董事会感谢大家长期以来的付出。”在兴农集团公司董事会上，董事长陶清明心情愉悦地说，“尽管我们在全国农产品企业占了一席之地，但全国农产品企业多如牛毛，竞争异常激烈，所以，集团所属各公司不能掉以轻心，必须要努力研究农产品企业的发展走向，开发具有自主知识产权的农产品品牌。”

“在省农博会和国际农博会上，我们已经和全国乃至国际上的一些农产品企业进行了广泛接触，并且交换了我们企业的产品，许多企业都有兴趣和我们开展合作。”营销部经理文峰说，“部分高端企业还对我们公司的品牌包装和产品质量提升给出了很好的改进意见。”

“我们已经向国家相关部委提出了知识产权保护申请，并且对市场效益好、消费者认可度高的产品申请了专利。”企划部经理张文涛说，“我们公司的产品纯天然、无污染，这在雾霾日益加重的沿海城市受到了消费者的广泛欢迎。”

“很好。我们向阳市地处偏远，没有工业污染，所有农产品都是用雪山泉水浇灌，空气清新，这就是我们的优势。改革开放快要40年了，中央十分重视‘三农’工作，摸索了这么多年，出台了鼓励家庭农场发展的政策措施，为我们涉农企业提供了更为广阔的发展空间，我们一定要乘势而上，吃透中央和省市发展农业惠及民生的政策，要虚心学习欧美发达国家农业开发的经验，补齐我们的短板。我们公司发展到今天，已经不是作坊式的农民企业了，省市领导十分重视我们企业的发展，我们公司引进了不少农业方面的硕士，要发挥好他们的智慧，把我们的企业做成带领农民脱贫致富的企业。下一步，企划部要下功夫强化品牌设计推广，营销部要加强市场调研，通过电商平台积极构建畅通的营销网络体系。研发部要组织科技力量，公司力量不够可以高新外聘，与国际市场接轨，要把我们的品牌做大做强。”陶清明侃侃而谈，“公司是我们大家一辈子的心血，不是我陶清明一个人的私有财产，我已经60多岁了，公司今后的发展要交给年轻人来做，要做良心企业。”

包产到户后，陶清明一心扑在农业增产增效上，他到过山东寿光，去过河南农村，只要听说国内哪里农业开发做得好，他都会千里迢迢去取经学习。上个世纪90年代中期，组建了兴农蔬菜开发有限公司，带领村民发展蔬菜和水果产业，开展产地直销，不仅满足了市民的菜篮子，还保证了菜农足够的利润。

公司运营需要组建一套人马，陶清明将村里有文化、懂管理的村民组织起来，根据市场需求进行生产销售。文峰新买了一辆农用车，陶清明就让他搞销售。张文涛懂营销，陶清明就让他和文峰一道去打开市场营销局面，公司的营销网络很快就覆盖了周边县市。

市委书记对陶清明的独特眼光和公司化运作非常感兴趣。向阳是农业大县，农业资源得天独厚，但由于生产方式落后，农业结构单一，全市农民人均收入居全省末位。中共十六大以后，中央更加重视“三农”工作，农业增效、农民增收，向贫困宣战，中国农村又迎来了历史性机遇。

市委组织涉农企业和涉农部门负责人到新西兰、德国、美国和国内农业发展先进的地区进行考察，陶清明参观考察后，思想触动很大，靠天吃饭，不能解决温饱，必须要走集团化、集约化的农业开发新路子。

陶清明把自己的想法向市委书记做了汇报。市委书记喜形于色："看来我没有白带你们出去参观考察，你这些想法非常契合中央和省市发展农业的决策部署，你要把你的这些想法形成可行性方案，我们请专家进行可行性论证，把你的公司做成公司 + 基地 + 农户的示范性企业。市委即将出台鼓励投资涉农企业发展的优惠政策，你要当好领头羊呀。"

市委书记一席话，陶清明仿佛看到了公司未来的发展方向。

2009 年的春节悄无声息地到来，忙碌了一年的村民欢聚在一起，亲情、友情像温暖的春风吹开了村民喜悦的心田。

"柳二哥身体还是这么硬朗，赶上了好时代，儿孙满堂，可喜可贺呀。"陶清明带着家人到柳国梁家里拜年。

"我今年都 88 岁了，要见阎王啰。"柳国梁笑哈哈地说。

"呸呸呸，新年说丧气话，清明一家来做客，你咋不说些高兴的话，这好日子才开头，你就说不吉利的话了。好了，清明，我知道你们一家要来，早准备好了一桌丰盛的酒席，只等你们来了就开席。"秀珍说，"老头子一天胡言乱语，你可不要往心里去哟。"

"哪里的话，我们相处了几十年，早已经亲如一家了。二哥，今天我带来两瓶茅台，我公关用的酒也不过如此，今天是除夕，我们哥俩不醉不休。"陶清明说。

"哈哈，难为你让我也腐败一回。"

"咱哥俩啥交情，1000 多元一瓶的酒值得喝。"

"你这人真是，生怕别人不知道你拿的啥酒？炫富吗？"高莉说，"二哥见谅，清明为了公司发展，出入官商之间，油嘴滑舌，把官商之间交往的小动作也带到家里来了。"

"陶老师是大好人，帮了我家文峰不少忙，我家文峰可以说是陶老师带出来的。”素芬说，“陶老师的公司解决了农产品销售难，菜农利益有了保障，不少菜农种菜发了财，都盖起了小洋楼，十分感激陶老师。”

“清明呀，素芬这句话我爱听，你是我们村里的大知识分子，早年我就说过，你必定要成大器……”柳国梁几杯酒下肚，泪眼婆娑。

“过去的事情不要提了，一切向前看，我们现在不是过得很好嘛。”柳国梁一席话，陶清明眼眶也有些湿润了。

“今天是家人团圆的好日子，不许抹眼泪。”秀珍说，“我们的孙子都大学毕业了，还抹眼泪，害臊吗？”

“外公，你就不要忆苦思甜了，你看看，我们现在过的好日子，你过去是做梦都没有梦到过的。来，孙儿敬外公外婆和陶老师一家，祝福我们大家过上好日子，家庭幸福美满。”文峰的儿子文德说。

“文德都大学毕业了，找到工作没有？”陶清明说，“你学的是什么专业呀？”

“我从农业大学毕业后，在市农牧局工作。”文德说。

“哦，农业大学？好呀，想过到我的企业工作吗？”陶清明说。

“人家是大学生，你是民营企业，谁愿意到你这个破公司来上班？”高莉说，“我看你是想人才快要想疯了。”

“现在单位上班，一张报纸一杯茶，混到时间等下班，一点激情都没有。”文德说，“自从高校并轨招生后，大学生就业很困难，市人才中心积压的大学生就有上万人，我只是运气好，通过考试找到工作罢了，想把专业知识运用到实践中，没有那个舞台呀。”

“我看你就跟着你陶爷爷干不会错。民营企业怎么了？市政府工作报告都说了，民营经济占了全市经济半壁江山。”文峰说，“我和陶老师一起干了这么多年，在陶老师的提携下，洋楼盖起来了，小轿车买了，儿子大学也毕业了，这么多年的经验告诉我，陶老师是一个能力非凡的能人。”

“我今天是来吃团圆饭的，不是来听你们夸赞我的。我把我的想法向大家说一下，我最近和山东寿光的企业签订了合同，由他们指导我们发展蔬菜大棚，种植有机蔬菜，我打算流转村民的土地，每亩支付土地流转金 800 元，土地流转后，村民可在我的蔬菜基地务工，每天根据劳动量支付 100 元到 200 元的报酬。我已经找过乡政府和村组干部商量，他们全力支持。”陶清明说，“山东寿光来的专家已经建起了示范性蔬菜大棚，那可是高科技呀，蔬菜种子、有机肥料，全部是空运过来的，蔬菜大棚温度即时掌控，比伺候婴儿还麻烦。我和他们的合作协议中包含帮我们培训农业实用技术。”

“清明呀，你说的这些我不懂，和我们当年的农业生产完全是两码事，不过，你的想法很好，你这个人一点也不自私，办企业不是一心想自己怎么发财，而是想着让乡亲们怎么致富。你真是高风亮节呀。想当年，乡亲们还做了那么多对不起你的事，你却不计前嫌，有了致富门路还不忘拉他们一把。”柳国梁说，“你的人生境界不是一般人能够达到的。”

“谁说不是？林水源一家把陶老师害得够惨，几乎家破人亡。现在陶老师有本事了，林水源死皮赖脸央求陶老师拉他一把，陶老师二话没有说，首先流转他的土地。要是换作我，不食肉寝皮就算对得起他了。”文峰说。

“冤家宜解不宜结。那个疯狂的年代，全国各地都一样，村民都是无辜的，我们不能把上一代的仇恨代代相传呀。”陶清明说，“现在国家专注定力搞发展，我们的个人小恩怨还有啥放不下呢？”

“就凭陶爷爷的智慧和人品，我跟陶爷爷一块儿干。”文德说。

“小子，你要想好哟，你端的可是铁饭碗。”陶清明说，“只要你愿意来，我也可以给你买‘五险一金’，但我这里不养懒人哟，我们要按照现代企业制度管理，不能搞裙带关系，不讲情面，按劳分配，如果你创造了更多的价值，我可以让你拿年薪。这个酒喝得值，我又挖到了一名大学生。”

“今天就一个字，爽，来，我们共同举杯，祝愿我们的国家繁荣富强，祝愿清明的企业大展宏图。”柳国梁高兴地说。

“2008 年，我们公司度过了不平凡的一年。我们的国家也渡过了危机。年初南方出现冰冻自然灾害，损失巨大；‘5·12’汶川大地震遇难和失踪人数 10 多万，举国哀痛；我们国家成功举办了奥运会，在国际上树立了良好的大国形象。多难兴邦，我们国家风风雨雨几十年，从灾难走向辉煌，走出了民族的自信，我们走出了那个年代留给我们无尽的阴影，村民过上了好日子，这是我们做梦都想过上的幸福生活。”陶清明感慨连连，“岁月不饶人，一晃我已经60岁了，我也有了自己的孙子了，我们的下一代赶上了伟大的时代。”

时光带走了光阴的故事，带来了村民致富的梦想。作为省市知名龙头企业，兴农集团笑傲群雄。

“在精准扶贫伟大实践中，我们需要培育像兴农集团这样勇于担当、有社会责任感的涉农企业，要通过涉农企业在生产加工、市场营销方面的引领作用，把我们的农业资源优势转化为经济优势，为村民找到更多具有市场潜力的优势产业，要让农民过上有尊严的生活，要让老百姓过上小康日子。”在全市农业发展大会现场会上，市委书记大加赞许，“兴农集团‘走出公司 + 基地 + 农户’的路子，是我们全市今后抓农业脱贫的典范，全市将进一步总结兴农集团的经验做法，为兴农集团上市创造条件。”

“老陶呀，你对我们全市脱贫攻坚做出了积极贡献，省委、市委都十分关注企业今后的发展，你要进一步解放思想，打破用人机制方面的框框条条，要以更加优惠的条件，跨区域招揽人才，不仅要引进硕士，还要引进博士，人才是企业竞争的立身之本。”市委书记将一块“脱贫攻坚突出贡献人才”的牌匾颁发给陶清明语重心长地说，“在发展壮大民营企业的道路上，你可不要当‘小脚女人’哦。”

“我们民营企业发展壮大，离不开市委市政府的倾心呵护和支持，如何引进先进技术和人才，如何培育市场品牌，如何解决农村富余劳动力资源，我和我的团队已经制订了翔实可行的计划。”陶清明说，“作为涉农企业，必须要围着农民转，围着市场转，用现代企业制度管理发展企业，永远做农民脱贫致富的坚强后盾。”

走在乡间路上，家家户户统一风格的民居掩映在绿树丛中，田野里，花香扑鼻，湖水荡漾，一行白鹭在湖光山色中自由飞翔。空气里弥漫着花香的味道，泥土的味道，这是幸福的味道。陶清明喜欢独自一人漫步乡间，寻找乡土的味道。向阳乡民居旅游已经建成国家 4A 景区，村口几个大停车场已经车满为患，国内外的游客挤爆乡村旅游，不管他们来自哪里，游客的心境和陶清明一样，他们都在寻找撒落在乡间的如画风景，曾经有过几代村民的梦想，乡村记忆如此清晰地镌刻在每个人的心里，像一首经久不衰的歌谣，从远古唱到今天，唱出了农村人的豪迈，唱出了农村人的自信和尊严。

情 殇

一

阿英出生在一个书香门第家庭，父母大学毕业以后主动放弃优越的生活和工作条件无怨无悔地来到藏区。父亲是学畜牧专业的，通过多年的努力，攻克了很多困扰畜牧业发展的技术难题，为藏区的畜牧业发展做出了卓越贡献，成为当地小有名气的畜牧科技专家；母亲是一个师范学校的高级教师，教的学生遍及藏区的各个领域，父母在各自的领域成为举足轻重的领军人物，阿英在父母的教诲下，从小受到书香气息的熏陶，成绩出类拔萃，一帆风顺地走进了大学校园。

阿英的性格有些内向，凡事都谨小慎微。阿英相貌出众，但她温柔得有些自闭，从不和男生说一句话，只是和身边最要好的几个女生交往，说话温柔得几乎让人听不见，这可急坏了阿英的追求者。阿英对于那些狂热追求她的男生却视而不见，一个多情的男生改写了一首歌词唱给阿英："樱桃好吃树难栽，阿英貌美却难追，问阿英芳心为谁动，情窦为谁开？我愿等她到地老天荒……"学校的男生都知道，中文系有一个冷面美人叫阿英。

阿英郁郁寡欢的性格注定她的情感生活不会像其他同学那样多姿多

彩——同学们在校园里成双成对、花前月下抒写青春的激情与浪漫。在大学校园，男女生恋爱是司空见惯的，而且有的恋人一手拿文凭，一手拿结婚证书。对于阿英来说，那不是她所向往的，青春期的爱情，除了一种莫名的躁动，会天长地久吗？

平平淡淡的大学生活就这样日复一日简单而枯燥地重复着，坠入爱河的青年男女认为大学校园就是他们追梦爱情的伊甸园，爱情的收获也是他们在大学期间的一个重要成果，因为爱情，他们的大学生活才充满了七彩阳光。

冷面美女阿英无情地拒绝了许多男生不懈的追求，她并不是心如止水的女孩，二十来岁的女孩，谁不向往诗意浪漫的爱情呢？阿英想留一片清净的空间给自己，爱情那种牵挂虽然幸福，但是却也痛苦，对于前程渺茫根本不知道就业去向的她来说，不想因为寂寞而把幸福托付给同样不知道前途命运的男生。她觉得，大学校园的爱情虽然绚丽多彩，就像高原的彩虹，却是瞬间即逝。

大学生活就要结束了，阿英决定回到草原的一个小县城去实习，她的父母一身正气，从不追名逐利，献身高原，阿英觉得她应该追寻父母的足迹，回到那片贫瘠却风光无限的高原。几个月的实习，同样也平淡无奇，同样没有留下什么刻骨铭心的记忆，只是那里落后的教育条件，教师奇缺而且教师待遇很低的现状，让阿英的心灵受到了强烈的震撼，阿英决定毕业以后一定要到高原上落后的县城去教书，这是她的责任。

上万人的大学校园像一个热闹的小城镇，虽然同在一个校园，但是很多同学相见却不相识，为了增强同学之间的友谊，增强学生对学校的感情，毕业生实习回校进行毕业论文答辩期间，各系都要组织大型的文艺晚会，送别即将离开大学校园的学子。校园到处弥漫着团结友谊的气氛。熟悉的校园生活，朝夕相处的同学，转眼间就要成为对青春、对校园生活的美好回忆了，在即将走出母校的同学心里，却有一种无法言说的伤感，恋人之间带着一种莫名的失落相拥而泣，不知道几年的爱情是不是也随着学业的结束而结束。

阿英所在的中文系经过精心筹备，举办了一场名为“放飞梦想·感恩母校”的大型文艺晚会，这是一场对中文系学生才艺检阅的盛会，相声、小品、歌舞、诗朗诵、歌剧等多个文艺节目都是学生自编自导，因为中文系做了大量的海报宣传，因此学校领导和师生都很期待这台文艺晚会，演出的那天晚上，数千人的学校大礼堂座无虚席，艺术气息在学校大礼堂尽情流淌。

还有一个多月，阿英就要和这个朝夕相处了四年的学校告别了，但是对于她来说，这四年没有给她留下什么值得铭记在心的故事，她的处世态度就像她的表情很少有什么明显的变化。

为了一睹同学们的才艺，她和最要好的几个室友早早地来到学校大礼堂，找了一个最佳位置，好看中文系的同学们编排的这台“文艺盛宴”。

大幕拉开，主持人落落大方向大家问好，让阿英惊讶不已的是那个油头粉面的男主持人竟然是自己的高中同学，而且他们曾经还是同桌，他叫文勇，他们不仅是同学，而且双方的父母还是世交。

阿英抑制不住激动的心情，很想立即和老同学打招呼，这个发现让她感到很意外，学校真是太大，四年了，阿英居然不知道高中同桌就在一个学校，而且都在中文系。这是一个不小的发现，她感觉到文勇成熟了许多，是一个英俊潇洒、风流倜傥的白面小生了。

文勇举止大方得体，多才多艺，在主持中不乏幽默，引得观众阵阵喝彩。

看过了同学自己作词作曲的节目以后，文勇在舒缓的音乐中，激情飞扬地朗诵了徐志摩的《再别康桥》：

轻轻的我走了，正如我轻轻的来；

我轻轻的招手，作别西天的云彩。

那河畔的金柳，是夕阳中的新娘；

……

在康河的柔波里，我甘心做一条水草！

那榆荫下的一潭，不是清泉，

是天上虹，揉碎在浮藻间，沉淀着彩虹似的梦。

……

夏虫也为我沉默，沉默是今晚的康桥！

文勇极富感情的朗诵，让坠入爱河，又不得不分开的恋人，感叹唏嘘。“悄悄的我走了，正如我悄悄的来；我挥一挥衣袖，不带走一片云彩”，仿佛是恋人之间柔情似水的倾诉，文勇淋漓尽致、声情并茂的发挥，让这些饱读诗书的学子们沉浸在长久的享受之中，片刻，全场爆发出雷鸣般的掌声，这场晚会让文勇一举成名。文勇成为众多女生追捧的偶像。

那场意犹未尽的晚会，对于阿英来说是刻骨铭心，演出刚一开始，她就见到了高中的同学文勇，见识了他卓越的才华，那次相遇，注定了她和文勇会发生割舍不断的情感。

她不知道是不是因为那场精彩纷呈的晚会喜欢上了文勇，还是因为文勇英俊的外表吸引了她，总之，时间可以改变一切，包括对一个人的重新认识。文勇的才华在高中时代，阿英是没有发现和意识到的。阿英隐隐约约感觉到自己沉睡多年的爱情可能会在这一瞬间被文勇唤醒。阿英终于找了一个恰到好处的理由，一个恰到好处的地点，和文勇见面了。

“高中毕业以后，我们就杳无音讯，都不知道对方去了哪里，没有想到快毕业了，通过那场晚会见到了你。”在公园式的校园园圃里，在古色古香的亭台座椅上，阿英又和文勇坐到了一起，仿佛又回到了四年前的高中时代。

“我也感到很意外，时间真会捉弄人，一晃眼我们四年没有见面了。每次放假回家，我都想问父亲，你在什么学校读书，又觉得难为情不好意思问父亲，因为父亲认为，学生应该以学业为重，不能因为儿女情长荒废了学业。”文勇注视着阿英说。

“不是不好意思问，你是压根儿就没有把我放在心上吧。”阿英说出这句话的时候，马上就后悔不迭了：我怎么这么没有出息？说出这样让人脸红心跳的话？文勇会不会看穿我的心思，以为我爱上他了？想到这里阿英的脸色就绯红了。

“没有想到你用你的才艺征服了所有的同学，你很出众！”阿英很快就打破了尴尬的局面。

“你也不错，听说你还是学校里面很多男生的偶像。比念高中的时候要漂亮多了。”文勇由衷地赞美道。

“你怎么知道有很多男生在追我，难道你早就知道我在中文系？”阿英穷追不舍。

“我也是才听别人说的，如果早知道你也在这个学校读书，我早就来找你了。”文勇觉得阿英真是厉害，善于抓住别人的疏漏之处。

四年后的聚会，让阿英和文勇沉浸在对高中生活的无尽的回忆之中。在他们的心里，有一种感情是可以继续的，那就是相互倾慕，相互吸引，这种情怀天长地久。

那次意想不到的际遇成就了阿英今后的爱情婚姻，文勇觉得阿英是一个外冷内热的女孩。

在即将走出校园的一个月的日子里，文勇和阿英像其他热恋中的男女一样，把恩爱的身影留在了校园的每一个角落。校园的一草一木记住了他们炽热的爱情。

阿英决定回到草原教书，而文勇却因为才艺出众，已经有多家大都市的用人单位找他签约，包括电视台都市频道，准备让他去担任节目主持人。俊男靓女担任主持人，往往是很多电视台为了提高收视率使出的撒手锏。文勇深爱着阿英，希望阿英和他一起留在大都市，都市现代气息浓郁，这里才能追求到他们的人生梦想。

可是阿英觉得大都市可以留住一个人的躯体，却留不住一个人的灵魂，她的人生理想在草原，她惦记着草原上那些纯真的牧童。因为缺乏教师，那里的牧童得不到良好的教育。“人各有志，一个人的人生追求和爱情无关，爱情可以追寻，人生态度却是不能改变的，希望你考虑清楚，不要因为我，而耽误了你的美好前程。”

文勇陷入了两难选择，电视台节目主持人炙手可热，不仅是公众人物，而且收入还很可观；梦寐以求的美女就在身边，也是唾手可得，但是鱼和熊掌不可兼得，他必须要做出二选一的痛苦决断。经过了一番激烈的思想斗争，在美人和事业面前，文勇决定选择美人，他向阿英表示愿意和她一道回草原教书，阿英终于破涕为笑。

走出了校园，也走出了校园童话般的爱情，阿英告诉父母，她准备和文勇结婚。父母没有更多的忠告，因为他们是看着文勇长大的，和朋友的联姻是一件好事！

在双方父母的祝福声中，文勇和阿英在那个放鞭炮全城都能够听见的高原小城举行了他们的婚礼。

没有大都市青年男女结婚仪式那么时髦隆重，也没有烦琐的礼仪，文勇和阿英兴高采烈地接受了当地藏族老乡的良好祝福，爱情便多了一层新的含义。

“穿上嫁衣，我就是你的新娘。”阿英含情脉脉地说。

“无论富贵贫穷，我对你的爱矢志不渝。”文勇握住阿英的手，把象征爱情恒久远的结婚钻戒替阿英戴上，信誓旦旦地对阿英说。

婚后的生活没有了学校花前月下的浪漫。面对几十个天真可爱的孩子，文勇却没有激情，他很快厌倦了没完没了的批改作业、备课、上课的日子。破烂的教室、破败的宿舍，让文勇感到了一种强烈的失落感，一种不安分的想法在文勇的脑子中活跃起来：“两人的工资加在一起才 400 多元钱，而房价却突飞猛涨，这点工资要买房，还要养家糊口根本不现实，与其饿死，还不如铤而走险辞职做生意去。”

有了这样的想法，文勇却不敢和妻子商量，他知道阿英是一个循规蹈矩的女人，不愿意冒险，只想过平平安安的日子，他不知道怎么样才能做通妻子的工作。

时间一天天过去，文勇过着索然无味的日子，转眼又是暑期，文勇告诉妻子，很想到外面去看看，这样恶劣的环境让人仿佛与世隔绝，这样的日子他已经受不了了。阿英知道文勇是个思想很活跃的男人，到高原小城执教，完全是为了她，为了这个家庭，阿英无言以对，她不忍心让丈夫就这样消沉下去，出去看看对于缓解工作和生活压力也许会有一定的好处。阿英说："你按照你的想法去做吧，一个人应该有属于自己的空间和想法。"

二

文勇终于到了车水马龙的大都市，见到了几年不见的大学同学，那些同学春风得意，生活过得有声有色。他见到了一个辞职经商的同学刘强，刘强的身上早已经没有了学校时浓郁的书卷气，谈吐之间多了商人的敏锐气息。刘强告诉文勇，从学校出来，微薄的工资已经不能满足他的正常开支，读了那么多年的书，最后挣的钱还不够养家糊口。现在他已经不用工作了，照样大把地挣钱。他知道文勇在高原小城教书，直摇头说："想当年，我们这位仁兄，指点江山激扬文字，让多少美人竞折腰？现在沦落到荒野之地寻求所谓的理想，可惜啊！"

被刘强一番奚落，文勇感到有些汗颜，其实在他的骨子里是想在外面过舒适安逸的生活的，但是为了阿英这个让多少男人梦寐以求的美女，他放弃了这个贪婪的想法。

看到文勇窘迫的样子，刘强安慰说："你也不必为自己目前的处境感到困惑，大丈夫能屈能伸，我给你指一条路，我们联手做生意可以改变你目前的困境。"

"我能够有什么出路？我在高原小城教书，两耳不闻窗外事，没有什么门路，发财的美梦与我无缘。"文勇垂头丧气地说，但是他隐隐约约地感觉到也许这位几年没有联系的同学或许会改变他的现状。

"高原被称为是中药材的王国，盛产黄芪、大黄、虫草、雪莲花、贝母，这些宝贝在沿海一带很赚钱。"刘强说。

"那些药材我都听说过，而且也知道有人在收购。"文勇来了兴趣。

"这就对了，我是想让你先帮我了解药材收购的行情，争取以最低的价格收购，因为这些药材在当地还没有进入市场流通环节，所以我想产地的价格应该是很低的，你只需要帮我收购药材，怎么样打通内地药材收购渠道的事情，不要你管。本钱的事情，你放心，我想办法，不需要你出本钱，我们赚了钱，我给你 15% 的报酬，比例是很高的。"刘强蛮有把握地说。

文勇高兴地说："有老同学的无私提携，我还有什么后怕呢？我这可是空手套白狼呀，做无本生意，你还要分红给我，天上掉馅饼的好事情，我还有什么顾虑呀。"

"做生意可是一荣俱荣、一损俱损的事情，只要我们同心同德，钱就有赚的。好了，既然你没有什么意见，我们就算达成共识了，生意上的事情先不谈，等你入门了再说，晚上我带你去看看外面的花花世界，开开眼界，长长见识，省得你对高原小城恋恋不舍。"刘强以一种生意成交的喜悦口气对文勇说。

文勇在高原收购药材，有一层同学情谊，而且文勇对生意还不是很熟悉，没有那些商人所特有的奸诈，文勇是他最好的生意合作伙伴。对于刘强来说是一举多得的好事情。

刘强把文勇带到酒吧、歌厅去消费，眼花缭乱的都市生活让文勇乐不思蜀，漂亮得让人热血喷涌的陪酒小姐，娇媚迷人的跳钢管舞女郎，都市生活的繁华与高原小城生活的单调形成了强烈反差，文勇觉得自己一下子就进入了人间天堂。心里有一种人生得意的畅快！在兴奋之余，文勇怀疑自己当初为了美貌的阿英，舍弃人人向往的都市生活是否值得。文勇的思绪如都市霓虹灯闪烁不定。

那次难忘的都市之行，让文勇的内心受到了强烈的震撼，都市人一掷千金，过着纸醉金迷的生活，而草原上却有大量贫困的失学儿童，文勇觉得很多东西是不能用公平来解释的。物欲横流，却不断有人随波逐流，不管怎么说，他却坚定了与那个同学联手做生意的想法。

回到家里，他告诉阿英，那个经商的同学如何富有，笑谈之间，艳羡的表情自然流露。他准备和刘强一起联手做药材生意。

阿英觉得文勇是不务正业，教书虽然清贫，却有一种桃李满天下的成就感，是阳光下最高尚的职业，是人类灵魂的工程师。

看过了都市的繁华，体验了奢侈的生活，文勇决心不再做出退让："追求高品质生活，人人向往，不能因为我们在高原小城教书就放弃这种理想。

我现在只是利用课余时间做一点生意，而且不需要本钱投入，又不是干什么非法买卖，这没有什么不好呀！”

文勇不顾阿英的反对，做出一副大义凛然的样子，他在街头贴出了收购黄芪、大黄、虫草、雪莲花、贝母等中藏药材的海报。

文勇刚贴出海报，立即就有许多藏族老乡送来药材，由于文勇给出的价格比其他商贩给出的价格略高，很快就收购了一批药材，文勇要求刘强赶快联系好买家，预收了买家的部分订金，然后放心大胆地收购药材。

时间一天天过去，十一黄金周即将来临，文勇告诉阿英，想利用黄金周学校放假把药材运送出去，刘强和收购药材的老板在都市等他。

看到文勇一心想经商，阿英的心里有一种说不出的滋味，她已经无法找到那个在学校意气风发的书生的影子了，但是为了这个家，为了即将出生的孩子，阿英只好默许了。她不断在心里诘问自己：“是不是我的观念太落伍了？市场经济就该允许所有人在法律允许的范围内经商做生意。”想到这里，她觉得没有必要再为难文勇了，只是提醒他一定要多长一个心眼，不要当奸商，当没有良心和违法乱纪的商人。

文勇信心满满地租用了一辆汽车，把药材如数交到了刘强的手里，刘强看见如此多的药材，不禁心花怒放，高兴地对文勇说：“这次我们一定要发大财了，你放心，药材脱手，我马上给你一个存折，你会有一笔不小的收入。”

过了两天，刘强果然给了文勇一个存折，并告诉文勇那上面有5万元，文勇将信将疑，当他到银行去核对无误以后，激动得差点昏死过去。5万元，这是多么诱人的数字？他和阿英站在三尺讲台上，劳累一年，为了所谓的升学率殚精竭虑，一年下来两人加起来才1万多元。

文勇有一种茅塞顿开的顿悟，刘强毕竟在生意场上见多识广，文勇的激动心情他是理解的，当初赚到第一笔钱，刘强的心情比文勇还要激动。

刘强对兴奋不已的文勇说：“你一年到头都在高原小城难得出来，难得一见外面的花花世界，既然出来了，就要抛开一切保守的想法，尽情玩乐，享受人生。我们既是同学，现在也算是生意上的朋友，大家心往一处想，有钱大家赚，我们好好合作，今后会财源滚滚的。”

文勇被刘强说得心花怒放：“老同学不遗余力地帮助我，我却无以为报，几次出来，你还破费让我看尽人世浮华，我真不知道该怎么感谢你了。”

入夜，大都市华灯初上、车水马龙。刘强叫了一些生意上的朋友准备和文勇欢聚。王朝酒店气势恢宏，五星级酒店的气派让文勇受宠若惊。

刚一坐定，刘强立即向客人介绍了文勇，并说文勇是今晚的主角，于是两名美若天仙的美女立刻站立在文勇的两边，颔首微笑，文勇喝酒，美女斟酒，气质优雅高贵，文勇觉得好不惬意。人生得意须尽欢，商人欢聚，讲究的是斗富，那些花钱如流水的老板，个个意气风发，春风得意。相比之下，文勇感到有些窘迫和汗颜。

刘强看出了文勇的心思，豪爽地说：“今天来的都是生意上多年来的朋友，你也不必拘谨，大家都是朋友，生意上相互提携，生意才会兴隆。”

文勇和老板们觥筹之间已经醉意浓浓了。刘强和那几个富商把文勇带去了一个只有富商才会去的娱乐场所。

在那里，文勇切身体验到了什么是骄奢淫逸。当绝色女子主动投入他的怀抱的时候，文勇忘记了阿英，忘记了当初与阿英的爱情誓言，忘记了他那即将出世的孩子。香艳的美女让文勇忘记了爱情的重要，文勇彻底放纵了自己，所谓的背叛不过是一念之间。

在刘强的盛情款待下，文勇心满意足，觉得刘强真会过日子，明白了他和刘强的差距，商人的价值在于受到各种人的尊敬，包括达官贵人。

回到闭塞的高原，已经是一派滴水成冰的季节了，萧条荒凉，与大都市相比形成了强烈的反差。文勇不禁在心里诅咒起来，可是想到在外面做了对不起阿英的事情，一种强烈的负罪感困扰着他，文勇怕有朝一日阿英会知道他的这些秘密。

现在，文勇像打了胜仗的将军一样，喜滋滋地把5万元的存折往阿英的面前一放，颇有成就感地说：“没有出一分钱的本钱，我小试牛刀就赚了这么多钱，以后啊，只要我稍微动一下脑筋，用心去赚钱，我们的小日子就会过得越来越幸福，我们的生活就会像芝麻开花节节高。哈哈。”

阿英发现文勇自从开始做生意后完全变了一个人，唯利是图，极端享乐，对于教师这个职业，文勇已经早就感到厌烦了。她感到一种悲哀，钱对于每个人来说都是至关重要的，但是一旦满身都充满了铜臭味，这和行尸走肉没有多大区别。阿英看见文勇喜滋滋的样子，却怎么也高兴不起来，她隐隐约约觉得文勇和她之间有着一种如平静的大海下隐藏的汹涌波澜，阿英想过平静不惊的日子，而文勇却一心一意想过荣华富贵的日子。想到这里，阿英深深地叹了口气。

看到阿英没有一点喜色，文勇百思不得其解：“现在我们有钱了，孩子出生以后，我挣更多的钱，你就安心带孩子，我们在大都市去买房子，我们要过所谓的白领生活。”

“钱可以改变人的一切，钱多了会让人感到空虚，让人感到无聊，让人觉得生活没有意义。我很喜欢你在学校潇洒倜傥的样子，而你现在变得我都快要不认识了。”阿英觉得有些无奈，“要是留恋大都市的浮华生活，当初我们都不该回来教书。”

文勇想到即将出生的孩子，怕阿英生气，没有再说什么，自己在外面干了一些背叛阿英的事情，也就只好一味迁就，做出一副模范老公的模样，说了一些暖心窝的话，让阿英感到了一种为人妻子和为人母的满足与幸福。

寂寞的日子度日如年，别人都说孕妇是最美丽的女人，而文勇却觉得，身材已经走形，不如姑娘那般苗条的女人，不知道美在何处？文勇有时候也怀念在外面和老同学过的花天酒地的日子，心里充满了憧憬和向往，阿英快要临盆，为了保障孩子的安全和妻子的身体健康，那方面的事情已经成为一种美好的记忆了，文勇有一种激情在燃烧，那种迫切需要释放的感觉犹如一触即发的火山，可是他必须得把那团火焰熄灭下去。

在患得患失的期待中，阿英终于生下一个白白胖胖的儿子，文勇喜出望外。

儿子的降生，文勇有了一种光宗耀祖、封妻荫子的成就感。

文勇立即把喜讯通知了双方父母，孙子的降生让双方父母也激动不已。

在阿英坐月子期间，文勇尽心尽力，看到文勇小心翼翼地为孩子换尿布，小心翼翼地为孩子洗澡，家务事做得井井有条，阿英感到了一种作为母亲和妻子的幸福。

“你也别累坏了，我们迟早都要请一个保姆，我看我们还是趁早请一个吧。”看见从来没有带孩子经验的老公累得大汗淋漓，阿英心疼地说，“以后我们都要上班，孩子总得要有人照看。”

“以后再说吧，我总要尽到做父亲和丈夫的责任呀。”文勇温柔地对阿英说。

丈夫温暖体贴的话语犹如一股暖流滋润着阿英的心田，此时此刻，阿英觉得她是天底下最幸福的女人。

孩子满月了，家里的事情照样很多，文勇除了上课，还是照例和刘强联系做药材生意，刘强告诉文勇，沿海的虫草价格贵如黄金，可以抓住机会多收购一些，可以多赚一倍的钱，如果本钱不够，他可以把预付款打过来。

妻子刚刚生了小孩，身体有些虚弱，为了不影响妻子的情绪，生意上的事情文勇尽量不向妻子提及。

虫草收购了很多，因为孩子才几个月，文勇无法脱身，只好让刘强亲自到高原来。

刘强如约而至，文勇在县城最好的酒店给老同学接风。

“这是我的夫人阿英，你应该知道，我们是一个学校的，而且我和她还是高中同学。”文勇向刘强介绍说。

“在学校就见过，不过那时候，你的夫人是出了名的冷艳美女哦，一般的男生是不容易和她接触的，还是你能干，把仙女一样的美女追到手了。”刘强爽朗的笑声让酒桌充满了欢快的气氛。

阿英对于这种油头粉面、油嘴滑舌的生意人很是反感，碍于情面，她只好说：“听我老公说，在他所有的同学当中，你现在最有出息，腰缠万贯了，过的是上流人的生活，让人真是羡慕。”

“同学之间互相帮助是应该的，我经商的经验比文勇多一些，他和我合作，可以少走很多弯路，你放心，我们做的不是什么毒品买卖，做的都是正正经经的生意，有钱大家赚。这次过来，感觉到这里的文化生活和物质生活比大都市要匮乏得多，当然人各有志，也许这就是你们的理想生活。你们喜得贵子，结婚的时候没有联系上，今天我把你们结婚和生子的两份礼都补上，这一万元给你们，就算是我的一点心意吧。”刘强豪爽地说。

阿英觉得刘强把他们之间的交情生意化了，心里很不是滋味：“多年不见的朋友，出这么大的礼，我们怕是受用不起，请你理解，孩子还小，我先走了。”

阿英匆忙告辞，文勇显得有些难堪：“你不要在意，女人就是这种德行，没有见过大世面，这几年连省城都很少去。”

“可以理解，她可能觉得给现金是对她人格的侮辱，这样吧，你我既然是同学，我到时候把这个钱划入你的账户，毕竟我们的感情不仅仅在生意上。”刘强有些固执地说。

给孩子这么多钱，本来是好事，不能因为阿英的不辞而别弄得大家不愉快，文勇只好说：“我们既然兄弟情谊非同一般，如果再推三推四，就显得见外了，这样吧，我替孩子先谢谢你。”文勇和刘强碰杯把一杯酒一饮而尽。

巍峨险峻的大山、洁白如玉的冰川、绿意盎然的草原，草原上星星点点的帐篷，三五成群的牦牛，这些在外面根本见不到的风景让第一次来高原的刘强击掌叫好。

刘强领略了独特的高原风光，把那批虫草带走了，过了一个多月，老同学打电话告诉文勇，那批虫草脱手了，价钱卖得很好，他已经在文勇的账户上存了 21 万元，1 万元是给孩子的礼物。

听到这个喜讯，文勇激动得快要发疯，做药材生意，财源滚滚来，他决计要向老同学学习，辞职专心一意做生意。

孩子开始牙牙学语了，文勇为孩子和妻子买了电脑，他对妻子说：“虽然我们的生活环境很闭塞，但是网络却可以扩大我们的视野，你也可以通过网络查找资料，掌握外面先进的教学方法。我本打算让我们都过得好一点，你却说我丧失了追求，希望有一天你能够明白我的良苦用心。”

文勇辞职做生意的决定让阿英无法接受：“如果你是不安于现状的人，那么你当初就不该和我到这个高原小城教书，如果你要追求灯红酒绿的生活，你选择我，就是你一生的失误。”

自从和在生意上有所建树的老同学刘强邂逅之后，文勇对生活的认识有了大彻大悟的觉醒：“如果说学校很单纯，单纯得像一个美丽的童话，那么社会就是一个万花筒，一个你任何时候都无法琢磨透彻的万花筒，生活的富足与你的人生追求并没有多大的冲突，拒绝文明进步，拒绝富裕的生活，我们是不是要退步到原始社会？”

文勇打算辞职做生意，阿英无法接受，夫妻之间开始了冷战，阿英弄不明白，当初为了自己甘愿抛弃一切的文勇，现在怎么变得如此贪婪？阿英感到一种莫名的失落和恐慌，她预感到她和文勇的婚姻并不像以前那样烂漫。

尽管高原小城也在与时俱进，也在发生着翻天覆地的变化，房地产市场也如火如荼地发展壮大起来，可在文勇看来，小城虽然也高楼，但是与大都市的发展差距是永远也无法弥补的，他做出了一个大胆的决定：赚了钱到省城买住房，如果阿英不同意，到时候再说。

去意已决，文勇教书也心不在焉，期末考试他教的班级名列全校最后一名，校长找他谈话：“学生成绩是衡量一个教师水平的重要方面，你教的班级成绩这么差，学生和家长都有意见，你要好好总结一下教训，全县教育系统是要排定名次的，不要因为你班级的教学质量影响了我们学校的声誉。”

“自从我踏进学校大门的时候，我就发现我的职业和学校的升学率紧密相连，我理解，在应试教育时代，教学质量是关系学校和老师生死存亡的大事，不过请你放心，为了学校的声誉，也为了我自己，我打算辞职！”文勇平静地对校长说。

文勇的决定让校长大吃一惊，校长以前也听说文勇因为做生意赚了一笔钱，教师是一个很辛苦却很少有人能够理解的职业，各方面的压力都很大，但是文勇也不至于为了钱，可以不考虑自己的前途命运呀。校长急了：“你不要冲动好不好？如果我的谈话方式不对，你可以提出来，现在你的孩子才一岁多，你的妻子又是教学骨干，你也是我们学校为数不多的本科教师，你不要草率从事，将来后悔莫及！”

“我辞职做生意与家庭稳定无关，也与我本人以及我老婆的能力无关，这是我的个人决定，我并不是一时冲动，我想了很久，是经过了深思熟虑的，学校和校长您待我不薄，你们的恩情我铭记在心，我也不为难您，感谢校长您长期以来对我们的关心。”

校长见文勇说得如此坚决，惋惜地摇了摇头：“年轻人不要意气用事，有一个单位总比四处漂泊的好，你现在虽然可以大把大把地挣钱，但是有很多风险，我希望你冷静思考一下，为了你的前程，也为了你的家庭，不要感情用事。”

阿英知道再和文勇争论去与留的问题实在没有多大的意义，当初文勇追求自己是因为自己的美貌，随着时间的推移，感情已经被金钱所取代。现在自己为文勇生了儿子，文勇完成了传宗接代的任务，算是如愿以偿了，想到这里，阿英不禁泪水涟涟，自己不过是文勇泄欲和传宗接代的工具，如今爱情付之东流，把文勇强留在自己身边不过是一具没有感情的行尸走肉而已！

文勇准备离开高原小城去寻求他的发财梦去了，临走，有些依依不舍：“我想有一天你会明白我的选择是对的，我们吃苦受累无所谓，一切都是为了孩子美好的未来！你想想，高原上的教学质量多差，考上本科的凤毛麟角。你忍心让我们的孩子在这样的环境里接受教育？”

“我知道，你决心已定，劝你也没用，为了我，也为了你的孩子，但愿你能够心想事成。出去做生意，多动脑筋，生意场多险恶，不能讲书生意气，很多东西是在学校里无法学到的，你要多加小心。这几年你赚的钱，你带上，如果你决心要在大都市买住房，我也不反对，不管你走多远，心里时刻惦记着我们母子，我就心满意足了。”阿英把存折交到了文勇的手里，仿佛把她们母子的未来也交到了文勇的手里，泪水在眼眶里打转。

文勇的泪水突然涌出来了，有一种风萧萧兮易水寒，壮士兮一去不复还的悲壮。

三

文勇没有了事业上的牵挂，全心全意收购药材，通过刘强也了解了一些药材市场行情，在价格的把握上，也算是得心应手。

文勇又收购了一批黄芩、天麻等药材，兴冲冲地找到刘强，刘强知道文勇已经辞职一心一意做药材生意，高兴地说："你能够走出这一步，真是难得，闻一多为五斗米折腰，李清照晚年贫寒潦倒，杜甫茅屋为秋风所破，历史上很多文人留下不朽佳作，都与他们的贫穷生活密切相关，你不会留下流芳百世的传世之作，所以也没有必要过穷困潦倒的生活。"

"商场多风险，既然迈出了这一步，需要的是胆识，而且更需要智慧，现在我们都别无选择，很多东西，比如医疗、养老、子女等这些我们都必须要依靠自己。这样吧，现在外面的房价还不是很贵，你现在有能力买一个100多个平方米的住房，先住下来，生意上的本钱，你不用着急，有我在，你就什么也不用担心。"刘强一番两肋插刀的话语让文勇感到了友情的力量。

"放心吧，面包会有的，一会儿我让你认识电视台一名大红大紫的主持人，开开眼界，放松放松嘛！"刘强故作神秘地说。

文勇当然知道老同学所谓"放松"的意思，虽然文勇知道，刘强利用他挣了不少的钱，自己最多也就是跑跑腿而已，这样的朋友也是难得的。他不好再拒绝什么，外面灯红酒绿的世界，无论怎么放松都符合外面的游戏规则，没有所谓的出轨和愧疚，只有尽情玩乐。

文勇假意推脱，刘强却说："将在外君命有所不受，你既然出来做生意了，场面上的事情一定得学，如果要瞻前顾后，我看你还是只有在高原小城当一个称职的老师算了。人都具有双面性。道貌岸然地伪装去生活，那是一种不健康的表现。其实现在很多女人都很清楚，所谓的山盟海誓不过是青春期冲动的宣言，只要男人赚钱养家，有舒适的家庭环境，谁还在乎老公在外做什么？你以为固守所谓道德的、爱情的底线就是对老婆的忠诚？其实内心的不安分注定你不会过那种清贫的日子，事实上你也用行动证明了这一点。"

文勇感觉刘强说中了自己龌龊的想法，也就不再推辞，其实他已经见识过所谓的上流社会的生活，纸醉金迷、花天酒地、虚情假意，那种糜烂的生活方式并不是一般工薪阶层所能承受的，文勇知道，自己和刘强之间，除了那层平淡如水的同学关系，更多的是一种生意上的交情，而自己也正追随刘强的足迹走向一种以前自己也嗤之以鼻的堕落生活。

“这是都市频道栏目著名主持人叶菲！”刘强向文勇引荐电视台节目主持人的时候，口气掩饰不住自豪。

“果然是惊世美女，看见你应该说是在享受一道视觉盛宴！”文勇握住美女主持人的如凝脂般润滑的手说，“我叫文勇，上大学的时候，曾经想过当一名主持人，一家电视台也曾经向我发出过邀请，可是我为了追逐纯洁的爱情到了高原！”

叶菲年轻漂亮，气质不凡，举手投足间尽显优雅和时尚，白皙紧致细腻光洁的肌肤，让人浮想联翩，不由得让人想起精细的瓷器，她斟酒时显露出婀娜轻盈、曲线玲珑的身段，文勇在心里直嘀咕：“这是个勾人魂魄的妖精呀！”眼光不由得贪婪地在叶菲身上扫来扫去。

叶菲也被眼前这个帅哥深深吸引：“帅哥是要美人不要江山的痴情种，嫂子有如此福气，应该是天下最幸福、最漂亮的女人。”

文勇不置可否地苦笑了一下：“所有的志向和目标，如今都荡然无存了。”

刘强说：“帅哥美女相见，说话也有一种糜烂的文字腐臭味，你们再说那些让人起鸡皮疙瘩的话，我可要受不了了。”

有了以前对阿英的背叛，文勇觉得其实这也没有什么，那种海誓山盟厮守一辈子的爱情早就已经一去不复返了，很多事情没有必要把自己搞得很紧张，生活在自相矛盾中会很痛苦。只要自己泰然面对，不需要自责，眼前的幸福才会唾手可得。想到这里，文勇频频和叶菲举杯，把刘强晾在了一边。

“看来帅哥是只爱美人，冷落了兄弟。”刘强觉得作为帅哥，文勇有着同样的通病，觉得天下的美女都是自己的，过于膨胀的自信心暴露出自己盲目的狂妄。

文勇知道自己失态，显得有些窘迫：“哪里，哪里，如果不是老同学竭力引荐，我怎么能够认识这位倾国倾城的大美女呢？”

文勇只管自己饮酒，对于他来说，饮酒可以掩饰自己贪婪虚伪的一面，即使失态，那也是酒后，别人不会计较的。最后究竟喝了多少酒，和叶菲说了些什么，文勇已经全然不知。第二天睁开眼睛的时候，他发现头有点痛，叶菲居然睡在自己的旁边，文勇感到莫名其妙：“这到底是怎么回事，叶菲会怎么会和我睡在一起？”就在文勇忐忑不安的时候，叶菲已经醒了，眉目含情地看着文勇，俨然是一对如胶似漆的恋人。文勇却不知所措：“对不起，我昨晚喝多了，很多事情都已经记不得了，我不知道究竟做了什么，请你原谅我的冒失。”

“如果你已经做了什么，现在后悔又有什么用？我又没有谴责你，你没有强迫我，都是我自愿的，昨晚你确实喝了很多酒，醉得很厉害，我和你的那个同学把你送回酒店的，我让他先回家了，我留下来照顾你，后来你吐了，我帮你打扫干净，你依偎在我的怀里，嘴里却絮絮叨叨叫着你老婆的名字，你很爱她，却又对自己的行为很自责，你活得很累！”

“我没有和你做什么吧？”文勇显得有些惊慌失措。

“即使有，你又能够做出什么样的补偿呢，你认为我会借机敲诈你吗？”叶菲笑吟吟地说，根本没有一点责怪文勇的意思。

文勇把头埋得很低，一副被人捉奸在床甘愿受罚的样子，他不敢抬眼看眼前这个绝色女子。叶菲却落落大方地靠在他的肩上：“不要这样自责好吗？我又不是那种风尘女子，不会轻易和陌生的男人上床的，我不会敲诈你什么，也不需要你对我负责什么，我是自愿的，我知道你不愿意放弃你的家庭，我也不愿意，可是我们却能够相互吸引，我们没有任何约定，不存在任何交易。”

文勇鼓起勇气抬起头来，发现叶菲的眼里有一团欲望的火焰，眼光有些迷离，文勇读懂了叶菲眼里的暗示，他什么也没有说，灼热的嘴唇堵在了叶菲香甜的嘴唇上，文勇感觉到了叶菲剧烈的心跳，感觉到了叶菲的身子在战栗。

文勇在清醒状态下和叶菲进行了一次完美的交合，他感到了前所未有的满足，这种感受是阿英无法带给他的，叶菲主动激情满怀地向他示爱，这是文勇想都不敢想的事情，电视台大红大紫的主持人，此刻正赤身裸体地躺在自己的怀里，美女在怀，文勇有些得意忘形了。

一番缠绵之后，叶菲已经打扮得光彩照人了，文勇看见眼前的美人，惊得目瞪口呆，恍若做梦一样，他甚至觉得叶菲的美貌是无可挑剔的。

叶菲给文勇留下了联系方式："记住，我只是你的情人，而不是招之即来的风尘女子，有空的时候，多和我联系。我今天要出镜，主持一档情感类的节目，晚上需要播出。"

说完，叶菲温润的嘴唇在文勇的嘴唇上碰了一下："我会想你的！"

文勇还沉浸在激动之中。"所有的单我都买了，我知道你现在处于创业阶段，经济还比较紧张，但是请你放心，我不是把你当作吃软饭的那种男人！"

一席话说得文勇面红耳赤，文勇一时不知道说什么好："你是上天赐予我的红颜知己。我把我们的相逢当作是可遇不可求的，这段感情是我生命中最宝贵的情感。"

叶菲婀娜多姿地从文勇的眼前消失了，一缕醉人的清香让文勇感到陶醉。

叶菲走后，文勇一直蜗居在酒店，哪里也不想去，也没有和刘强联系，他还在做梦，这个如花似玉的美女主持人如果成为自己的老婆该有多好？可是文勇很快又否定了这个幼稚的想法，女人太漂亮了是祸水，她能够和老公以外的男人上床，也不是什么高贵的女人。文勇无所事事，思绪就这样杂乱无章地胡思乱想着。

晚上九点，文勇准时打开了叶菲主持的节目《都市情感空间》，叶菲光彩照人地和嘉宾讨论都市人的情感，文勇饶有兴趣地观看着他们讨论的话题，心里却在想："漂亮的女人总是经不起诱惑，肉体的出轨比精神上的背叛更为恶劣。"文勇甚至恶毒地想，叶菲这样倾国倾城的美女，她的老公是否能够容忍她的背叛呢？想到这里，文勇仿佛闻到了叶菲真实的体香。脸上不禁露出了狡黠的笑容。

住酒店对于文勇来说还是比较奢侈的，和叶菲萍水相逢，也不可能让叶菲经常为自己买单，文勇迫切需要买一套住房，他仔细阅读了都市的楼市广告，想寻找既经济实惠，又理想的居住环境。就目前而言，他的理想就是要把应该属于自己的一切弥补回来，如果说当初是为了虚无缥缈的爱情追逐荒原的话，那么现在他不再为了苍白的爱情恪守什么誓言，都市人灯红酒绿的生活让他艳羡，他发现其实他一直没有放弃过对名利的追逐，如花似玉的阿英最终成为他的老婆，佳丽在怀，文勇感到了一种满足，但是美女只是养了他的眼，却满足不了他对优越生活的向往。在那个荒凉得让人窒息的小县城，整天面对着学生，文勇对自己的价值取向发生了动摇，他知道，一个人动摇了信念，无异于行尸走肉，他感到了一阵悲凉！

“树影婆娑，花草缤纷，廊庭轩榭，溪流在园区蜿蜒流淌，沿着溪流漫步，耳畔微风轻拂，鸟儿婉转啼鸣，清新的空气，带着花草的芳香，吹醒每个早晨，让你的梦想从这里开始起飞……”文勇看见售楼广告上充满诗情画意的溢美之词，听着美丽的售楼小姐温柔的讲解，一幅美丽的生活画卷在他的眼前一一呈现……

文勇因为做药材生意赚了不少钱，房地产的价格不是很坚挺，所以买房自然不成问题。他把买房的消息告诉了远在高原小城教书的妻子，阿英并没有表现出太多的惊喜，阿英说：“既然那是你梦寐以求的生活方式，我和孩子都尊重你的选择，你自己三思而后行，多比较、多选择，自己拿主意吧。”阿英不想在这件事情上与丈夫无休无止地争吵了，阿英以为既然已经是夫妻，就应该相互包容，宽容可以使婚姻天长地久，这个准则适用于对待朋友，当然更适合对自己最亲密的爱人。

阿英对文勇在都市买房并没有表现出更多的反对意见，这多少让文勇感到一点欣慰。文勇除了忙生意以外，腾出一部分精力关注房地产，他的足迹几乎踏遍了都市的大街小巷，比较房产公司推出的楼市，敲定了住房，又跑装修公司，文勇感到身心疲惫。

经过长时间的一番忙碌，文勇总算定下一套三室两厅的住房，他把这个消息也告诉了叶菲，叶菲让文勇装修的事情先不要心急，她可以通过电视台房产栏目的同事帮他介绍一家好一点儿价格比较合理的装修公司。

数月以后，文勇在都市的新家就华丽登场了，气派的新家让文勇有了一种强烈的成就感。这个新家也就成了文勇和叶菲温情的栖息港湾。每次和叶菲激情过后，文勇总是感到无限的惬意，感到什么叫人生得志、什么叫人生得意须尽欢。

在和叶菲频繁的交往中，文勇渐渐地忽略和冷落了老同学，只是因为生意上的事情偶然通一下电话。

文勇除了做药材生意，叶菲也通过各种渠道让文勇做一些其他生意。在文勇华丽的居室里，一番温存以后，叶菲对文勇说："做生意应该广开门路，你只做药材生意，其实是很危险的，俗话说见好就要收，如果遇到药材市场异常波动，或者发生意想不到的事情，那你很有可能就血本无归了。"

文勇觉得叶菲说的不无道理，文勇虽然是一介书生，但是通过这几年和生意人打交道，他也悟出了生意场上多险恶，并非到处都充满了鲜花和掌声，并不是一条金光大道。

"你说的这些道理我也早就想过了，我之所以一直做药材生意，主要是有固定的合作伙伴，除了我那个老同学帮我引荐，我自己也结识了一些生意上的朋友，做生意，肯定有风险，可是我不做药材生意，又能做什么呢？"文勇忧心忡忡地说。

叶菲想了片刻对文勇说："我看不如这样，现在都市有钱的人都在炒房地产，这是一个只赚不赔的买卖，不如我们也当炒房族，我可以通过朋友拿到比市场价略低的住房，我们等房价涨价以后再抛出来，这可是一本万利的买卖！"

"炒房需要很多资金，我刚买了住房，积蓄基本上花光了。再说，眼下的房地产市场扑朔迷离，你怎么知道房价一定会翻倍地涨？"炒房族这个新名词文勇还是第一次听说，虽然叶菲说得很诱人，很具有煽动性，但是文勇还是心存疑虑。

"亏你还是生意人，这点资金就把你难住了？你动动脑子呀，你把现在这套住房拿去抵押贷款，然后再买住房，资金的问题不就解决了？至于房价为什么会翻番？目前都市的房地产正在处于快速升温时期，城市建设步伐加快，外来人口大量涌入，城市人口收入大幅度增加，急需购买住房的人群急剧增加，所有的迹象表明，房地产升温不是遥远的事情。你呀，这方面的知识太欠缺了，我们都市频道专门有一个房地产栏目，你有时间多看一下，或者有时间我找一个房地产专家给你好好上一课。”

听叶菲这么一说，文勇觉得叶菲是自己的红颜知己，一个不图任何回报的女人没有理由害自己呀，文勇对叶菲说：“你对我这么好，我们虽然不是夫妻，但是感情却超越夫妻，炒房的事情就有劳你全权帮我费心了。”

“你真够懒惰的，就只想坐收渔利？好吧，为了能够实现你的富人梦，我就动用我的人脉资源帮帮你吧。我也准备再买一套住房，现在物价上涨这么厉害，炒房产是一个比较好的投资。”

叶菲处处为自己着想，不图任何回报，他们之间不存在任何交易，没有任何约定，这让文勇感动、感怀，红颜不一定是祸水，有时候还是救命的稻草。文勇不禁有些感叹，当初凭自己的综合素质，他是完全有可能混迹于电视台主持人这个行业的，所有的未来都因为一时的冲动灰飞烟灭了。如今失去的一切又回到了自己的身边，文勇觉得命运给他开了一个玩笑。

见文勇沉默不语，叶菲充满柔情地抚摸着文勇的脸：“在想什么呢，在为你这段婚外情忏悔吗？”叶菲知道文勇的心思。很多男人在外拈花惹草，又要背负对家庭不忠的道德十字架，在忏悔中一次次纵容自己的越轨行为，叶菲觉得这样的男人实在有些可怜，在爱情与婚姻的背叛中宽恕自己、放纵自己，在她看来，婚姻只是一种形同虚设的约束，她和文勇不过是相互倾慕的男女而已。这种牵挂不需要任何付出。

叶菲这么一说，文勇感到无地自容：“你对我这么好，我只是觉得不知道该怎么报答你。”

“我并没有让你对我们这段感情承担什么责任，男才女貌，我们互相欣赏、互相吸引，这就是我们能够在一起的动因所在。”叶菲一席话让文勇不知道说什么好。

四

文勇现在如愿以偿地住在自己的住房里，在他看来，这只是美好生活的开端。

“老婆，告诉你一个好消息，我们终于在大都市有我们自己的家了，你暑假就和孩子出来看看我们的新家吧。”文勇抑制不住内心的喜悦，他觉得应该让千里之外的老婆和孩子分享他在外劳碌奔波所取得的成果。

“你还知道打电话回来，我以为你不要这个家了呢，生意再忙，总该有时间打电话回来问候一下吧？就算你对我无话可说，儿子你该问候一下吧。”文勇很少打电话回家，阿英总觉得文勇在外面有不可告人的秘密。

“你不要疑神疑鬼的好不好？这段时间我又要跑生意，又要买房子、装修房子，可以说是身心疲惫，你不安慰我，还这样说我，夫妻间连起码的信任都没有，我们的婚姻还能长久吗？不管你怎么想，我下决心辞职做生意，摸爬滚打，终于有了一点小小的收获，我觉得这是值得我们高兴的事情。”文勇本来想给阿英一个意外的惊喜，阿英却对他一通指责，文勇感到无比懊恼，自从和叶菲有了那种情人之间的关系以后，文勇就有一种负罪感，觉得对不起阿英和孩子。

做生意虽然存在很多风险，商人之间尔虞我诈，只有纯粹的利益驱使，但是文勇觉得他现在没有了上下班的束缚，没有了单位上人与人之间钩心斗角、明争暗斗的算计，时间尽在自己的掌握之中，对于喜欢自由自在的他来说，这是一个最好的选择，他甚至想等把孩子今后读书的钱以及他们夫妻养老的钱赚够了，他就收手不干了，享受舒适安逸的生活。

终于放假了，阿英带着孩子来到久违了的都市，看到华丽的住房和小区公园般的环境，阿英感到十分惬意，追求卓越的生活品质，不能说明一个人精神颓废，不能说明一个人玩物丧志，她觉得自己以前对待文勇是否有些苛刻了。

看见妻子心情比较舒畅，文勇知道阿英对目前的生活环境比较满意，心里也就释怀了，坦然了，高兴了。

文勇一家三口漫步在芳香馥郁的小区内，鸟语花香，蝴蝶纷飞，溪流潺潺，清新的空气仿佛让人触手可及。

在影视剧中才能看到的美好生活环境就在身边，阿英感到很知足，她不是贪图享乐之辈，但是她也不拒绝有品位的生活环境。

“风从身边吹拂过，我听见了微风的声音，如情侣般窃窃私语，带着芳草的清新，吹醒一个美丽的童话，纯净的花草气息，迷人的芬芳，碧波荡漾的池水，清澈了我的眼睛，清澈了我的心灵……”面对如画的风景，文勇随口吟诵。

“爸爸说得真好！”孩子天真地对文勇说。

“儿子现在就要好好学习，今后长大了，有出息了，买一套更大的住房。”文勇拍着儿子的头说道，眼里流露出慈父的目光。

“真是在商言商，现在你就教育儿子为人民币而奋斗？现在就让他知道怎么算计别人。”阿英觉得文勇的教育方式充满了铜臭味，心里很不舒服。

“你不要那么片面、那么偏激好不好？现在你觉得我背信弃义，违背了当初和你回高原的誓言，辞职做生意，你感到跟着我就没有安全感了，觉得我是一个唯利是图的小人，我说什么话，你也觉得我居心叵测，我教育儿子，你也看不顺眼，欲加之罪何患无辞，我当哑巴还不行吗？”文勇刚刚激发起来的诗兴被阿英的指责破坏掉了，心情沮丧。

“你对孩子向来就是不闻不问，按理说我们都是大学生，孩子应该接受更好的教育，而你却为了追求所谓高品质的生活，回家的时间屈指可数，家在你的眼里到底是什么？是想来就来，想走就走的旅馆？你想过我们母子的苦处没有？”想到文勇自从开始做生意以后，他们夫妻之间就聚少离多，阿英虽然也能够理解文勇在外奔波之苦，但是也不至于连打电话的时间也没有呀？阿英隐约感到文勇是不是在外面有了女人，想到这里，阿英感到委屈和愤怒。

“好啦，爸爸妈妈不要吵了，好不容易出来玩，我可不想听你们吵架！”

孩子看见父母吵架噘着小嘴不高兴地说。

“好！好！好！我们宝贝好不容易出来，爸爸妈妈应该让宝贝玩开心一点，高兴一点，对不对？”文勇不想因为夫妻之间不好的情绪影响了孩子的兴致，扮着鬼脸逗孩子开心。

孩子兴高采烈地到小区儿童游乐场玩去了，看见孩子可爱的身影，文勇对阿英说：“咱们的孩子多可爱，外面的条件比高原小县城哪点不好呢？为了孩子，我可以通过生意上的朋友帮忙，把你调出来，你如果还是喜欢教书，我给你联系一个好一点的中学，让孩子上最好的学校。通过这么几年，我也看开了很多，你说人到底是为了什么？说得高尚一点是为了事业，说得通俗一点是上为父母，下为孩子，你可能又要骂我说，我这是充满铜臭味的人生哲学。可能我们的认识永远也不会同步。以前我在学校也算是潇洒倜傥之流，然而进入社会，我发现书生意气，激扬文字，那是少男少女时代的憧憬，没有经济基础，精神寄托也就是无源之水、无本之木。”

“我们没有必要再争论这些了，你现在已经找到了你的奋斗目标，而我是不会改变我的奋斗目标的，也许你认为高原上的孩子不讲卫生，有许多和都市孩子格格不入的东西，正因为如此，我觉得我不能离开他们。我的父母在高原工作了一辈子，无怨无悔，没有索取，不图回报。我们目前这样的生活对于他们来说，那是一种奢侈，他们不是抱着贫困装作清高的知识分子，虽然他们现在生活很普通，但是他们的精神世界却很明媚，哪怕他们去世的时候，只有一抔黄土，对于他们来说，值得欣慰的是他们的女儿继承了他们的事业！”阿英感觉到男人的变化比昙花一现还要快，追求不到的东西总是要孜孜以求，追求到了又如同鸡肋，食之无味，弃之可惜。

“既然这样，我也不想再说什么，我们总是在所谓的人生观和价值观上无休无止地争吵，你觉得这样有意义吗？现在我们有了比较好的生活环境，让父母出来享受一下，也是我们作为子女应尽的义务，我从来没有想过要放弃这个家庭，如果有这样的想法，我为什么要放弃一切和你回到高原。”文勇感觉到他和阿英认识上的差距正在逐步加大。

没有更多的语言，双方都陷入了沉默，不约而同地望着玩兴正浓的孩子。

文勇放弃了一切生意上的事务，一心一意陪伴老婆和孩子，文勇带着老婆和孩子去游乐园，去水景公园，去海底世界，让老婆和孩子开开眼界。虽然他和阿英在认识上已经产生了很大的分歧，但是文勇不想影响大家的情绪，因此他尽力克制住自己，见面就争吵让人感觉压抑和郁闷，他想尽力以良好的心情来让阿英和孩子感受到一家三口在一起其乐融融的幸福，也是对自己多次出轨的一种补偿。

文勇想带着阿英和孩子走出都市，去感受别样的风光风情，改善一下他和阿英之间的尴尬，到哪里去游玩呢？雪山草地对于阿英和儿子来说，已经见惯不惊，文勇决定带老婆和孩子去海南看海。

经过两个多小时的飞行，文勇一家三口在一片夜色中来到位于海边亚龙湾的一家酒店。这家酒店临海而建，文勇刚进入酒店来不及听服务员交代的注意事项就迫不及待地打开房间阳台的门，清新湿润的海风迎面拂来，文勇仿佛嗅到了海水的咸味。月光下，椰树婆娑，远处渔火星星点点，涛声拍岸。文勇激动地说：“我们去看海吧，大海就近在咫尺啊！”

“晚上很危险，我们还是早上去吧。”阿英站在阳台上在月色中遥望波涛汹涌的大海，“终于看见烟波浩渺的大海了，这样的景致也只有在电视剧里面才能看见。”

儿子听见父亲说马上去海边看海也恨不得马上就扑入大海的怀抱，但是母亲又提出早上再去，儿子很不情愿，文勇觉得阿英说的有道理，旅游安全第一，千万不能乐极生悲。只好把儿子抱起来指着近在眼前的大海说：“儿子，你听见潮水的声音了吗？”儿子拍着手，欢快地说，“听见了，我好想去海边捡贝壳。”

“乖儿子，爸爸妈妈明天早上带你去捡贝壳，好不好？”阿英柔情地说，“晚上去很危险，又看不见大海。”

清晨，文勇拉开落地玻璃窗的窗帘，海天一色，蔚蓝如宝石般的海水，洁白宽阔的沙滩，一切都是那么清新美妙。文勇兴奋地吻了一下妻子：“亲爱的，赶快起来吧，我们去海边看海，我们终于到了传说中美丽的童话世界！”

文勇和妻子来到海边，踩着软软的细沙，看潮起潮落，波浪拍打着足踝，内心的感动便随着波浪慢慢荡漾开去，除了浪花的声音，文勇的内心泛起柔软的情愫。

儿子兴高采烈地在海边拾着五颜六色的贝壳，童心童趣在海边蔓延开来。

海浪一浪接着一浪涌过来，远看有雷霆万钧之势，到了沙滩却又偃旗息鼓缓缓退去，文勇来了兴致，拉着老婆的手迎着白色的浪花跑去，波浪顷刻淹过他们的腰部。随着波浪渐渐后退，文勇感觉到自己的双脚陷入柔软细沙里以及轻轻划过脚背的贝壳，洁白的浪花成为一道诱人的风景，蔚蓝的大海仿佛是一个巨大的舞台，而此刻只有他和阿英在这舞台上尽情表演，他觉得他和妻子犹如出色的芭蕾舞演员，让激情在蔚蓝的大海上演。文勇陶醉了，海水湿透了他们的衣服，阿英的身材曲线毕露，丰满的乳房和深深的乳沟看得文勇热血喷涌，阿英从亭亭玉立的少女到现在韵味十足的少妇，文勇觉得每个时期的阿英都有一种让他冲动不已的激情，受到这种想法的感染，文勇尽情地和阿英在海边嬉戏，他甚至感到初恋的少男少女不过也是这样的浪漫情怀……文勇一家三口尽情在海边嬉戏打闹，累得筋疲力尽，然后躺在软软的沙滩上，静静地观看潮起潮落，观看海天一色的美丽景象，孩子拣了很多贝壳，兴奋之情洋溢在充满童真的脸上。

夜幕降临，凭海临风，在皎洁的月光下看大海别有一番情趣，文勇又来了吟诗作赋的兴致：“海岛的月光啊，让我们擎杯对月，凭海临风，在这属于你我的夜晚，我的心伤感着你的爱恋，我们亘古不变的爱情啊，从雪山到大海，绵延万里，燃着烛火的双目啊，是夜空中唯一不灭的星焰，枕着涛声，我们守望依然，心旌摇曳，让这幸福的感觉，从四肢流向心田……”文勇拥阿英入怀，动情地吟道。

月色下的大海很美，阿英陶醉在文勇极为抒情的吟诵中，感到了爱情的甜蜜，她幸福地依偎在文勇的怀里，静静地回味着炙热的情话。文勇已经很久没有向她表白炽热的情话了，幸福的感觉弥漫过她的眼睛，她的心田。阿英情不自禁地伸出温润的手握住了文勇的手，文勇感觉到妻子的手心已经有些许香汗了，文勇动情地搂住了妻子，阿英主动送上香唇，他们热烈地接吻，任情感像海水一样泛滥，此刻，他希望时间就此停滞，让大海见证他们的爱情……

文勇带着孩子和阿英吃过海鲜之后，回到临海的酒店，孩子玩了一天累了，很快就进入了梦乡。文勇拥着妻子走出阳台，隐隐约约可以听见涛声。

酒店外椰树树影朦胧："夜色真美，还可以听涛声，看万家渔火，可以想许许多多心情舒畅的事情。"文勇深情地注视着妻子，阿英感觉到文勇眼里有一团火焰在燃烧，这团火焰也燃烧了自己，她幸福地闭上了眼睛，享受着丈夫忘情的亲吻，耳畔依稀听见潮水的声音，还有阿英急促的呼吸和忘情的呻吟，阿英感受到了久违了的激情，文勇和阿英在夜色中演绎着完美的爱情，成为夜色中最为动人的华丽乐章！

在海南的几天，文勇和阿英来到三亚市著名的景点鹿回头岭。相传，峒主想吃鹿茸就逼迫青年猎人追杀一只坡鹿，青年猎人穷追不舍，追到大海之滨，坡鹿进退两难之际，瞬间变成绝色美女款款向青年走来，他们在大海边山盟海誓，真情感动了王母娘娘，坡鹿终于和青年猎人结成夫妻。如今三亚市在"情"字上大做文章，情人岛、夫妻树、海誓山盟石碑、山盟亭等等景点，让多少情侣在此感慨万千！

海南的浪漫之旅让文勇感慨很多，仿佛让他找回了初恋，阿英和孩子开了眼界，心情愉悦了不少，回到都市，文勇又带阿英和孩子去附近景区游玩。

通过一个假期和文勇在一起，阿英找到了家的感觉，阿英很想和文勇在大都市长相厮守，结束牛郎织女般的分居生活。和文勇在一起，文勇的一些异常举动让阿英感到意外，文勇听见自己手机传来短信的声音就有些紧张，接听电话总是鬼鬼祟祟。阿英感到文勇可能隐瞒了一些秘密，由于没有真凭实据，阿英也不好质问文勇。

假期快要结束了，文勇一心一意陪伴妻子和孩子，阿英感到无比欣慰，她想，也许这就是理想的生活吧。

五

阿英带着孩子回到了高原，回到了孩子们中间。文勇也开始了他生意上的奔波。

自从阿英带着孩子来到都市度假，文勇和叶菲就只有短信往来了，每当叶菲发短信过来，当着老婆的面文勇竟然有一种被捉奸在床的羞愧，幸亏文勇会掩饰没有引起妻子太多的怀疑。

叶菲知道文勇的妻子已经回去教书去了，立即打电话向文勇问好："嫂子走了？你们小别胜新婚，还是要适可而止哟。"

"刚走几天，对不起，这段时间因为她在，就很少和你联系。"文勇听见叶菲在电话那边暧昧的笑声，眼前又浮现出叶菲多情的样子，心里感到一阵燥热。

"应该的，你们是合法夫妻。陪老婆、陪孩子是你应尽的责任。"

文勇一时不知道说什么好，沉默不语。

"好啦，我又没有怪你，给你开玩笑了，别太认真。我告诉你，炒房的事情有些眉目了，我通过关系搞到了两套住房，房价每平方米比市场价低200元，我让做房产栏目的同事帮我搞定的，现在你需要做的事情就是把住房贷款尽快办下来，可能马上就要交房款了。你马上就要坐收渔利了，怎么感谢我呀？"叶菲的语气里有一种急切，一种需要满足的强烈愿望。

"你对我这样好，我只有让你感受到我的阳刚之美，让你飘飘欲仙，算是我的报答吧。哈哈。"文勇在电话中对叶菲进行挑逗。

"别说那么肉麻了，只要我们在一起的时候，你对我热情点就行了。"电话中传来叶菲隐隐的笑声。

"你有空就过来吧，你是当红主持人，我可不敢安排你的时间。"

很久没有在一起了，叶菲给文勇的感觉是耳目一新的，叶菲比阿英年轻漂亮，文勇觉得叶菲就是学生时代的阿英，清新靓丽的，像夏天的小树，苍翠欲滴、活力四射。

“一个多月不见，不认识我了？”文勇痴痴地看着叶菲，眼里充满了暧昧的眼神。

“我何德何能，不过是一个落魄的文人，竟然有如此美艳的女人对我这样钟情。”叶菲坐在文勇的身上，文勇用手抚摸着叶菲光滑乌黑的秀发，一副很知足的样子。

“我不需要你华而不实的表白，我需要你全身心的投入，现在就满足我吧！”叶菲急不可耐地和文勇滚在了一起，房间里春情荡漾。一番缠绵之后，叶菲更加妩媚动人。叶菲对文勇说：“你不是说草原雪山风光是何等的动人心魄吗？这样吧，我那个栏目也预备了几期节目，我给栏目制片人请假，我们自驾车去高原玩两天怎么样？”

“好啊，我给你当导游！不过我目前还没有车，只好有劳你的爱车了。”文勇高兴地说。

“我们谁跟谁呀，我出车，你当司机。”

文勇很快把住房贷款办理下来了，准备炒房赚钱的想法文勇并没有告诉阿英，他认为大丈夫应该有主见，不一定事事都要请示老婆。

叶菲向制片人请假，制片人考虑到叶菲平常很辛苦，很爽快就答应了：“我们节目讲究的是收视率，我们栏目组是抱成一团的，一荣俱荣，一损俱损，这么多年，大家有了团队精神和奉献协作精神，我们的节目在电视台才有较高的收视率，你请假我没有意见，不过你的手机必须 24 小时开机，有新闻线索，我马上给你打电话，你必须尽快赶回来。”

“谢谢领导怜惜我，我尽快回来。我到高原，随便看看高原上有没有适合我们栏目的节目素材。”制片人没有为难叶菲，叶菲喜出望外。

文勇驾着叶菲的爱车一路春风地向森林温泉度假区奔去。

风景秀美的景区以雪山、森林为背景，具有浓郁的高原民族风情。在高原的晴空下，蓝天无云，阳光尽情挥洒，森林、草场，满目的绿色充盈着游客的视觉，饱览了丰盛的视觉盛宴以后，文勇和叶菲津津有味地品尝着当地的特色烧烤，虫草鸡、贝母鸡、天麻肘子、酸菜腊肉和野菜等绿色食品，美味佳肴，吃得叶菲直叫胃已经撑不下了。

文勇和叶菲入住温泉酒店，原始森林近在咫尺，叶菲觉得空气不但清新，而且还有绿色的味道，她把这种感觉告诉了文勇。文勇哈哈大笑：“宝贝，颜色是要通过嗅觉来闻的吗？”

“这你就老土了吧，高中不是学过朱自清的《荷塘月色》吗，‘塘中的月色并不均匀，但光与影有着和谐的旋律，如梵婀铃上奏着的名曲’。眼睛看的东西通过听觉来表现，这叫通感！”

“好，好，我孤陋寡闻了，我记得他还说，‘叶子出水很高，像亭亭的舞女的裙。层层的叶子中间，零星地点缀着些白花，有袅娜地开着的，有羞涩地打着朵儿的，正如一粒粒的明珠，又如碧天里的星星，又如刚出浴的美人。’一会儿我就要看看我这个刚出浴的美人究竟是什么样？哈哈。”文勇诡秘地刮了一下叶菲的鼻子。

文勇和叶菲来到只能容纳两个人的情侣温泉池，周围小树环绕，森林就在身边，灯光透过树林，温泉池就有了诗意的美感。

“真是情侣幽会的好去处。”文勇搂着情意绵绵的叶菲，温泉冒着水泡，他们感到无比惬意。

满天的繁星睡了，绿色的森林为他们静静地守候，此刻，文勇知道了什么叫日月之精华，大地之精华。

文勇和叶菲尽情享受自然之圣泉水，他们泡得大汗淋漓，文勇不知道是温泉水温高，还是一番激情消耗的体力所致。

“美人要出浴了。”文勇打趣地对叶菲说。

沐浴过温泉，叶菲更加光彩照人，“美人真是国色天香，贵妃出浴也不过如此！”文勇一下子觉得叶菲是惊世红颜，不由得由衷地赞叹。

清晨，远处的雪峰上白雪皑皑，在阳光的照射下闪闪发光，温泉池不断升腾起袅袅水雾，温柔无比，好似身在神仙瑶池。畅游森林、温泉之间享受着天然健康、延续生命的世外桃源。

森林、雪山、温泉，美轮美奂的景致留在了叶菲的梦里，和文勇的这次浪漫之旅成了叶菲美好的记忆。

文勇第二套住房已经顺利拿到手，他把住房租出去，每个月还有一千元的收入，几年来的商场沉浮，文勇已经习惯于用商人的眼光看待一切事物，叶菲动员他炒房，精明的眼光可见一斑，文勇认为叶菲是一个很不一般的女人。

手里有了多余的住房，文勇比任何时候都关心都市的楼盘涨跌情况，无论生意上再忙，他都要抽出时间观看电视台的楼市节目，或者买一份房地产周刊杂志来认真研究。

数月过去，叶菲和文勇期待的楼市价格猛涨的情形出现了，每平米已经比他们买的时候贵了 1000 多元，文勇欣喜若狂地告诉叶菲这个好消息。“放心吧，这才开始，以后还会猛涨！”叶菲让文勇沉住气，不要急于出售住房，“炒房比炒股票划算，把握机遇只赚不亏！”

生意有了起色，文勇也在都市有了安身之地，几年来的奔波，总算小有收获。文勇有一种成就感，也许他和阿英走的是两条路，阿英是一个为了所谓的理想事业，甘于固守清贫的人，而自己现在是一个不折不扣的商人，虽然还不是那种唯利是图的奸商，还没有沦落到见利忘义，但是文勇觉得他已经很难找到大学时代书生意气的样子了，不知道这是不是一种悲哀。这样矛盾的心理对于文勇来说只是暂时的，转瞬即逝的，目前他的生活，只是和大都市的所有人一样，追求的是卓越的生活品质，从某种意义上来讲，他辞职做生意，不仅考验了他的胆识，同时他的能力也得到了相应的印证。

一天，刘强突然给文勇打来电话：“文总现在是生意越渐红火，美女在怀，就把我这个老同学抛到九霄云外了？”

“哪里！哪里！你有恩于我，竭力促成我生意上小有收获，滴水之恩涌泉相报，我怎么敢忘记你的恩情呢，再说我们还有无人可比的同学情谊呀！这样吧，过两天我做东，我们好好聚一下。”很久没有和老同学联系，文勇觉得理亏，小心翼翼地向刘强赔不是。

“这是制药企业的刘总，这是我的老同学兼生意上的合作伙伴文勇。”

刘强向一个大腹便便的中年男人介绍说。

“文总是我见到的生意场上最帅的男人，是少妇倾慕的对像呀。恭维的话，我就不多说了。你们做药材生意，我呢，是做成品药生意，我们制药企业实力比较雄厚，今后我们可以加强合作，互利互惠嘛！”刘总爽朗的笑声透出事业飞黄腾达的自豪。

“我嘛，还没有脱掉书生气，只是能够混口饭吃，还完全仰仗我这位老同学悉心周到的关照，刘总这么豪爽，我想我们会成为朋友的，成为亲密无间的合作伙伴！”文勇不卑不亢地笑着对刘总说。

“我知道高原上的药材具有很高的药用价值，我可以向我们企业建议研发以高原药材为主的药品，比如保健药品，比如抗癌药品等等，如果真有那种可能，我们就有更广阔的合作空间。”刘总侃侃而谈，“你们现在做药材生意，我建议你们利用好优越的人际资源，帮助推销药品，多管齐下，包管你们生意兴隆，财源滚滚！”

刘总一席话让文勇茅塞顿开：何不利用叶菲的人际资源？推销药品如果成功的话，会获得很大的收益。

打定主意，文勇春风得意地向刘强和刘总频频敬酒。这次聚会让文勇有了意外的收获，又多了一条赚钱的门路。

时隔数月，文勇忘记了准备和刘总合作的事情，刘总倒主动找上门来：“文总吗，那次聚会以后怎么没有您的消息了？是不是觉得我这个朋友不够意思，还是觉得我这座庙小了，你不屑和我合作呀？怎么把我忘记了，我倒时时刻刻想着兄弟你呀，听说你们高原的虫草比较多，我们企业准备研发这类的保健药品，想请你帮忙大量收购虫草，不知道老兄意下如何呀？”

“收购虫草倒是没有问题，但是虫草要受季节限制的，而且现在虫草的市场价格比较高，贵如黄金呢，需要大量资金，投资比较大，我想您是不是再考虑一下？”

“这你就不懂了，在北京、上海、广州这些地方，虫草价格是以克计算的，只要货真价实，品质好的虫草可以卖几百元一克。”刘总说。

“虫草既不是生活必需品，也不一定有起死回生的疗效，怎么会比黄金还要贵呢？”文勇百思不得其解。

“虫草生长在高寒地带，据古代中医药书籍记载，虫草在肌体免疫功能、平喘、保护肾脏方面有一定功能，在增强造血功能、延缓衰老等方面具有较好的药理作用。冬虫夏草含有草虫素、草虫多糖、草虫酸等独特的药用成分，草虫素具有阻止肿瘤复发，转移以及扩散功效，草虫多糖能够增加肾小球过滤，使受损的肾功能恢复。冬虫夏草的药用成分相互组合，构成一个多成分多通道多靶点治疗的天然大复方，在肿瘤、肾病、肺病等方面具有独特的疗效。”刘总侃侃而谈。

“刘总真是博览群书，无所不晓，听君一席话胜读十年书。”文勇十分佩服刘总的见多识广。

“随着虫草药效的普及，越来越多的消费者把虫草作为一种高档保健品，消费群体主要集中在东南沿海和东南亚华人区，有钱人用虫草泡茶、煮粥，有这么好的市场前景，因此，我们公司通过可行性论证已经决定上这个项目了，资金不是问题，不过虫草质量就要靠老兄帮我们把关了，我们不会亏待你的。”刘总以不容置疑的口气对文勇说。

文勇知道一旦和刘总达成收购虫草的协议，那是一个黄金万两的买卖，他的财富梦想就会实现。

文勇把收购的第一批虫草送交给刘总，自然得到了不菲的回报，文勇喜在心里。

文勇有了一批固定为他收购虫草的藏族年轻人，让他省心不少，因为这些年轻人不仅会挖虫草，而且还会辨认虫草的真伪，他们交给文勇的虫草文勇是深信不疑的。

扎西做虫草生意已经很多年了，凭借半藏半汉的语言，别人以为他智商有问题，可他在装疯卖傻中赚了不少的钱。

文勇和扎西在收购虫草方面有往来，知道文勇在大量收购虫草，扎西找到文勇：“我有比较广的虫草货源，我们可以一起做生意。”

“做生意必须要诚信为本，这样我们才能合作长久！”扎西的狡诈，文勇早有所耳闻，他不想让自己在生意场建立起来的诚信丧失在他的手里。

依据多年来做虫草生意的经验，阴险狡诈的扎西知道如果完全出售真虫草，货源有限，而且价格还比较高，最近他通过内地的朋友，搞到了一批几乎没有什么药用价值的虫草，这类假虫草他已经脱手一批了，专门向毫无识别能力的游客兜售，假冒的虫草虫体形似蚕，稍粗大；表面为棕红色；有明显环纹，粗细相近；腹部有伪造的足；质脆、易折断，断面颗粒状、黄白色；气微，味淡。没有专业常识的人是无法分辨出来的。

扎西偷偷在文勇收购的虫草中放了一些假虫草。没有引起文勇的注意，扎西胆子也就大了许多。一次他竟然在交给文勇的一批虫草中投放了接近三分之二的假虫草。

这批掺假的虫草给刘总的企业造成了重大损失，由于接到消费者举报，经过有关部门检验，虫草补品没有什么价值。刘总的企业被迫停产整顿。

追根溯源，竟然是文勇出售给他的虫草出了问题。刘总盛怒之下把文勇告上了法庭，要求文勇赔偿巨额损失。

文勇知道是扎西害了他，出了事情以后，扎西消失得无影无踪，文勇有口难辩，毕竟是在自己这个环节出现了严重问题。文勇无话可说，为了避免牢狱之苦，文勇提出甘愿接受一切经济处罚，他不得不变卖了自己的两处房产，向朋友借了一部分钱总算结束了这场官司。

因为这场假冒伪劣事件，文勇吃了官司，好不容易打拼的财产顷刻间化为乌有，更要命的是通过媒体曝光，文勇在生意场上已毫无诚信可言，致命的一击，让文勇落魄潦倒。

他的遭遇被叶菲知道了。叶菲爱莫能助，一个人如果连起码的诚信都丧失殆尽，这样的人还能够做朋友吗?

他们的见面有些尴尬：“你的事情我听说了，你也是这个事件的受害者，可是没有办法，人一旦出现了闪失，别人就会以固定的思维模式来看待你，现在你的处境很艰难，我也不能袖手旁观，毕竟我们朋友一场，一旦有机会，我会竭尽全力帮助你走出低谷！”

“你什么也不用说了，这个事件通过媒体报道已经闹得满城风雨、沸沸扬扬了，我只不过又给大家多了一个不守诚信的反面教材，这是我罪有应得。”文勇绝望地说，“你也不用可怜我了，认识你以后，我们在一起度过了很多美好时光，你对我的帮助是连我的老婆也无法达到的，我会把这段感情珍藏在我的生命里，回味曾经彼此拥有的美好的东西！”

“你现在身无分文，我希望你能够振作起来，尽快走出情绪低谷，我先给你两万，帮助你渡过难关，就算我借给你的，以后你有钱了，要还给我也可以。觉得我这个女人可以交往，你有什么需要我帮助的，一定不要客气。等过一段时间，大家都淡忘了这件事情以后，我推荐你去一家广告公司搞策划，你有这个实力的。”叶菲看见文勇萎靡不振的样子，觉得一个人在重大挫折面前，其实是不堪一击的。

六

对于文勇来说，巨大的财产损失和在朋友中的声名狼藉无异于是天塌地陷的事情，文勇显得很无助，让他无法面对的是出现了许许多多的变故，他从来没有告诉过阿英。他知道，阿英知道后一定会很伤心，但是继续隐瞒下去是不可能了，他必须要面对妻子，哪怕妻子坚决不原谅他，只要说出自己的不幸遭遇，也算是对阿英有个交代。

夏日的高原小城凉风习习，杨柳依依，河水清澈，蓝天无云。高原小城有一种让人激动的吸引力，然而文勇却无心欣赏眼前的美景，他不知道怎么样向阿英解释突如其来发生的一切。

“发生了这么多事情，你居然对我只字不提，是你的心理承受能力太好，还是你根本不把你这个老婆放在眼里？你自己说说，自从你辞职做生意以来，你什么时候心里有过这个家？一年半载难得打一次电话回家，对于一个女人来说，这意味着什么吗？你把我当作是患难与共的妻子了吗？”阿英的情绪有些激动。

“出现那么多变故，我没有告诉你，主要考虑你在家带孩子很辛苦，一个人操持家务不容易，不想让你为我担心，既然事情都出了，对你说了，只能徒增你的烦恼，于事无补，还不如让我一个人承受算了。当初没有听你的劝告，我只能是自作自受。”文勇长吁短叹，显得很无奈。

“你倒说得轻描淡写，你是没有把我当你的妻子，你炒房的事情总得给我说说吧，如果不是因为这次事件，你是不是打算一直隐瞒下去？是不是让情人也拥有一套住房？你到底还有多少事情向我隐瞒？”阿英气愤地质问文勇。

“炒房的事情，我没有征求你的意见是我的不对，但是请你想想，既然做生意已经成为我别无选择的职业，我有必要每天向你汇报我的生意进展情况吗？你也不可能每天告诉我你在学校的教学情况吧？不管你认为我有外遇也好，我有多少财产对你隐瞒也好，总之，我劳碌奔波，一切都是为了你和孩子，一切都是为了这个家！”文勇想通过自己心平气和的解释，能够化解阿英心中的怨恨。

“现在孩子一天天长大，你却为了过所谓上流社会的生活远离家，我们现在已经家不像家了，你什么时候才能脚踏实地的过日子？你不要再异想天开了，别再做那些不切实际的美梦了，回来我们踏踏实实过日子吧，你现在还借了朋友那么多钱，相当于我们向银行贷的款，我们慢慢还，好不好？”阿英知道事情已经到了这个地步，埋怨太多只能让他们的婚姻迅速瓦解。

“我现在连一个乞丐都不如，没有工作，没有正当职业，难道我一个堂堂男子汉竟然沦落到让老婆供养的地步，连自己谋生都很困难，还谈什么养家糊口？”文勇感到了绝望，“我就不相信我从此一蹶不振，我回来只是向你解释所发生的一切，我还是要继续去做我的生意，这个城市不能容纳我，我就到另外一个城市去发展，你给我一点时间好不好？最多一年，我会把失去的一切重新夺回来！”

“你不要自暴自弃了，你现在三十岁都还不到，正是有所作为的年龄，你虽然没有了工作，但是你可以通过考试找到工作，藏区缺少像你这样的全日制大学本科生，你不要一错再错了，我和孩子经不起你的折腾，只要有一个温暖稳定和谐的家，就是过得清贫一些，生活也是幸福甜蜜的。”阿英觉得生意破败这个打击快要让文勇精神崩溃了，为了这个家，也为了孩子，她不想让文勇再出现其他意外了。

文勇没有再说什么，长时间的沉默，让屋子里的空气有些沉闷。

第二天，阿英和孩子都上课去了，文勇起床以后，认真地整理了房间，他整理得很仔细，把家里打扫得纤尘不染。

中午，阿英回家看到家里窗明几净，心里有几分感动：“看来文勇准备好好过日子了。”阿英的脸上露出了欣慰的笑容。

阿英高兴之余却没有看见文勇的身影，以为他去买菜去了，心想：“文勇经历了商海沉浮，经历了这些挫折，成熟了许多。”

孩子忽然高声叫道：“妈妈，你快来看，爸爸给你留了一张纸条！”

阿英接过纸条越看越伤心——

亲爱的英并可爱的儿子：

请原谅我的不辞而别，昨晚看见老婆你熟睡了，我却一夜无眠，我想了很多，你让我去考公务员，我知道凭我的知识水平应该问题不大，但是你知道，我向来是不服输的，早知今日何必当初？如果还想在单位上干，我又何必辞职呢？老婆，我对你爱之深，对孩子爱之深，我不想因为我的失误，让你们过贫寒的日子，我走了，希望我能够重整旗鼓，有发达的一天，你给我一年的时间好吗？如果一年过后，我没有任何起色，我也不耽误你，我们离婚好了，你也可以脱离整天为我提心吊胆的生活了……

看完纸条，阿英的泪水夺眶而出。孩子看见妈妈抹眼泪，不知道发生了什么事情，安慰妈妈不要哭。

“儿子，快和妈妈一起去车站。”阿英拉着儿子出门，打的赶往车站。

车站熙熙攘攘的旅客，和进进出出的客车，根本无法找到文勇的影子，阿英不甘心，打文勇的手机却已经停机了。

阿英喃喃自语：“他还是走了，终于走了。”

“爸爸走哪里去了呀？”儿子问。

“不知道，去了很远的地方。”

“他还会回来吗？”

“不知道……。”

几个月过去了，文勇一直杳无音讯，就像突然从人间蒸发了一样，没有任何联系，阿英感到了绝望，文勇会不会出现了意外？学校里的老师也议论纷纷，有的说文勇做生意发了大财，在外面养了女人，抛弃了妻儿；有的说文勇奸诈狡猾，做生意吃了官司，进了监狱。

阿英和孩子就这样生活在莫须有的流言蜚语中，身心受到了很大的伤害。没有文勇的消息，阿英整天只有以泪洗面。

父母不忍心看见阿英饱受这样的精神折磨，父亲动情地对阿英说：“孩子，要坚强一点，人生在世不如意的事情很多，本来你们的婚姻应该是很美满的，文凭学历相当，我和文勇的父母算是世交，我们是看着文勇这孩子长大的，我和你妈都认为，你们生活在一起会让我们少担心，没有想到，文勇这孩子执迷不悟，现在行踪不定，家不像家，只有等他以后出现了再做决定吧。”

“爸，这不能怪你和妈，现在我们都为人父母了，现在出现了这么多事情还让你们这么担心，当女儿的不孝，让你们为我担忧了。我会坚强起来的，会把孩子抚养成人的。”

阿英的父亲深深地叹了口气：“我和你妈相信你，有什么困难就告诉我们吧。”

父亲走后，阿英掩面痛哭：“文勇啊，你究竟到哪里去了？一点挫折就让你抛弃妻儿远走他乡，难道我们的婚姻就如纸一样薄吗？”

小城一片静寂，月亮爬上山头，明净如镜，小城在月色中有些惨白，阿英的脸上挂满了泪珠，脸色惨白。

除了孩子，阿英已经一无所有了，黑夜对于阿英来说，是寂寞的，冷酷的，没有一点温度的，其实在她的内心，需要的是一种呵护，就像当初文勇追求她那样，花前月下，形影不离，但是那一切都成了美好的回忆了，初恋的浪漫，灼热的眼神，都成了过去的记忆了……

文勇失魂落魄辗转来到了另外一个城市，他想通过这几年经商积累的经验，他会东山再起的。可是初来乍到，人生地不熟，没有资金来源，生意并不是他想象的那么好做，文勇如履薄冰。

在一家大型服装市场，文勇结识了一个卖服装的女人，女人打扮得很妖艳，起初文勇是到这个女人的服装店买衣服，女人为了推销衣服，说尽了好多好听的话，眉目传情，让文勇身心荡漾。

正走投无路的文勇想：要在陌生的城市站住脚，没有资金，没有人际资源，谈何容易，干脆想尽办法和眼前这个女人套近乎，帮她卖衣服，能够挣多少算多少。

文勇的帅气也深深吸引了这个妖艳的女人，女人对文勇的话也就多起来了，文勇大大方方地给了女人一千元钱，让女人把服装包装好，他要这套衣服了。

女人喜出望外，高档服装卖出去一套就会有很高的利润，女人对文勇大献殷勤：“大哥，不仅人长得帅，出手也很大方，真是爽快的帅哥。”

“多谢夸奖，你的生意应该不错吧？做服装生意，利润是比较大的。”文勇边看衣服，边对那个女人说。

“风险很大呢，有时候一天不能开张，要担心房租、水电和生活开支，急得饭都吃不下，觉也睡不好。”

“同感，我也有过类似的经历。”勇漫不经心地说。

“大哥也做过生意？”

“是呀，但不是做服装生意，所以做生意的酸甜苦辣我知道。不影响你做生意了，有空的时候，我们再联系，我请你喝咖啡！”文勇拿过衣服很有礼貌地向女人告辞。

“把你的联系方式给我呀，有空了我好给你打电话。”

文勇终于和那个妖艳的女人坐在了一家格调高雅的情侣咖啡屋，虽然才第二次见面，但是他们已经像知己一样彼此都不设防了，文勇向女人讲述他痛心疾首的生意上的惨败，女人向他讲述她失败的婚姻。夜色渐浓，他们的感情也越来越近。

“到我的服装店来帮我吧，我会给你很高的工资的，至少能够帮助你偿还一部分债务。”女人脉脉含情地对文勇说。

这正是文勇求之不得的好事，但文勇却假意推脱说：“那怎么好意思？我是打算到这个城市来看看有没有合适我做的生意项目，能不能在这个城市有所发展？”

“现在做什么都难，只要你不存二心，我们齐心协力，我们的服装生意就会越来越好。”此刻女人已经无所顾忌，头靠在文勇的肩上，眼里充满了憧憬。

文勇在妖艳女人那里暂时找到了一份工作，还当起了女人的临时丈夫。

在文勇一心一意的帮助下，女人的服装生意一天比一天好，但是女人清楚地知道，这个来路不明的男人不可能和自己过一辈子，她不得不防着他一点儿。

文勇欠朋友钱，知道文勇已经穷困潦倒，朋友都怕他还不起钱，通过各种方式打听到文勇的下落，纷纷打电话催要欠款。

文勇总是好言解释，表示宁愿饿死也要当君子不当小人，钱是一定要还的。

文勇把自己的处境向妖艳的女人和盘托出："我和你在一起也快一年了，一年来，我们同甘共苦，生意上有了一定的进展，但是不瞒你说，我还是准备回去了，你知道我和老婆还没有离婚，我得回去和她有一个了断，我欠别人的钱，别人也在催我还钱，我不想连累你了，如果有缘分，等我处理完一切事务，我再来找你，继续我们的感情！"

女人沉默了一会儿，闷闷不乐地说："你现在提出要走，我还真有些舍不得，虽然我知道，我们现在的关系不伦不类，我曾经想过，我们应该有一个比较好的名分，能够组成一个名副其实的家庭，可是你的经历不简单，你的很多棘手的事情迫切需要处理。一个女人希望的就是家庭稳定，累了，心情郁闷的时候，有一个坚强的臂膀可以依靠，但是目前你还不能给我这样一个生活环境，我希望你能够彻底把你的事情处理好，无牵无挂地好好和我在一起。我做服装生意积蓄也不多，我给你三万元，希望你能够把欠账还一点算一点。尽一点半路夫妻的心意，希望你不要嫌少。"

文勇感慨万千，本来辞职做生意想过上流社会的日子，没有想到现在却沦落到替人打工的悲惨境地。他接过女人给他的三万元现金，觉得这是他应得的工资，对女人还是充满了一点感激："谢谢你收留了我，还给我发了这么多工资，我不知道该怎么报答你，如果我们还有缘分，你坚信我能够重整旗鼓的话，你等着我回来找你吧。"

女人没有让他继续说下去，而是用嘴堵住了文勇的嘴，此刻语言已经多余，只有激情在燃烧！

文勇把女人给他的三万元现金先还给了催命一样的朋友，毕竟还差很多，他想到了一个可怕的念头，回去见阿英，如果阿英要提出离婚，就让她拿三万元来了断他们的婚姻，这样才能解决他的燃眉之急！

阿英的爱情是在那个月华如水的晚上死掉的，除了八岁的孩子，她答应那个曾经让她爱得死去活来的男人，她愿意为了这段婚姻付出三万元的代价，也许这就是她和那个男人这段婚姻的总价值，那个曾经发誓爱阿英一辈子的男人，竟然为了三万元，答应买断他们曾有的海誓山盟。阿英的眼里不再充满柔情，而是充满了哀怨，她不过是一个买家，一个用三万元买断这个男人丑恶灵魂的买家。她怎么会嫁给一个没有廉耻的商人呢？只要给钱，文勇就完全不顾他们多年来的夫妻感情，是不是有人给好价钱，他就会毫不犹豫地把自己卖掉？

文勇失魂落魄地坐在客厅的沙发上，一年了，阿英憔悴了，文勇不辞而别，她顶住了很多流言蜚语，泪水流干了，长期以来独守空房，形单影只，遭遇烦恼的时候，没有亲近的人可以倾诉，阿英对文勇的一切幻想早就破灭了，这还是大学时代意气风发、铿锵激昂、散发着书卷气的文勇吗？

“一年了，我对你的忍耐已经到了极限，我望眼欲穿，等你回心转意，等你像大学毕业分配那样回到我的身边，可是我现在等来了什么？既然你觉得我是生活在梦里，生活在理想的童话之中，你活得比较现实，比较能够把握住机会，那么我们分手吧！”一年来的相思，化作了一腔怒火，阿英知道一切努力都挽救不了他们岌岌可危的婚姻了。

“也许这是我们比较明智的选择，其实我们之间的不和谐已经通过很多琐事显现出来了，我好高骛远，我争强好胜，我刚愎自用，我知道我有很多致命的弱点，这些弱点导致了我今天的穷困潦倒。我尊重你的决定，不过请你看在曾经的夫妻情分上，能不能帮我一把，先借给我三万元，等我把难关渡过了，再还你，等我有了办法，我再来照管儿子……”

“文总真是在商言商了，你真会算计，几年来，我们的婚姻的总价值就只区区三万元？好，我答应你，三万元，让我看清了我们婚姻的价值，看清了我们所谓的爱情，很好，金钱就是爱情的砝码，我给你就是了，不过请你放心，我再也不要听你的忏悔和诱人的谎言了，孩子不需要你照管，只希望你早点结束穷困潦倒的生活……”

第二天，阿英去银行取了三万元现金，她交给文勇的时候，文勇没有丝毫的歉意，阿英感到很悲哀，是什么让文勇变得这样厚颜无耻，变得这样恬不知耻？阿英把钱交给文勇时一样没有一点表情："下午我们去把离婚手续办了，坚守着名存实亡的婚姻已经没有多大的意义了。"

办完离婚手续，阿英冷冷地望了文勇一眼："现在我们没有了婚姻的约束，我用三万元替我们的婚姻买单了，希望你今后不要再好高骛远了，凭你的能力，到外面的公司应聘企划或者文职人员应该不是很大的困难，你好自为之吧……"

"英……"看见渐渐远去的阿英的背影，文勇不禁失声叫道，"在床头柜 里，我给你放了一封信……"

阿英头也不回地走了，微风中，阿英感觉一股热泪淌了出来。

回到家里，阿英找到了文勇留下的那封信。

亲爱的老婆：

请允许我最后一次这样称呼你，我知道我们的分手已经成为定局，你没有任何过错，主要过错在于我，我错得一塌糊涂，错得无法弥补，我伤害了你，也伤害了无辜的孩子，我没有听从你的劝告才酿成今天的万劫不复。我知道咱爸妈对我是恨铁不成钢，本来我想当面向他们赔罪，可是我无颜面对他们，我这个不称职的女婿让他们担忧，没有让他们过一天好日子，我罪该万死。我伤害的人太多了，我只有走得远远的，让自己扭曲的心灵得到洗礼，一个人孤独地承受着道德的谴责……你满怀希望地嫁给我，我没有给你带来幸福，反而给你带来这么多伤害，我走了，希望你能够尽快走出这段阴影，寻找自己的幸福……

阿英看完文勇留下的信，长长地叹了口气，没有一点感动，默默地把信纸烧掉了，看到信纸化为灰烬，她觉得她和文勇的婚姻就像眼前的信纸一样化为灰烬了。

"爸，我和文勇的婚姻已经结束了，这段婚姻留给我们的伤害太深了，让您和妈也寝食难安，孩子现在没有了爸爸，各种传言在学校闹得沸沸扬扬，我不想让孩子生活在不健康的环境里，我想到大城市去应聘老师，重新开始我们的生活。”经过了婚变，阿英变得更加坚强了。

“你自己做决定吧，我和你妈永远做你坚强的后盾，不管遇到什么困难，不要怕我们担忧，一定要告诉我们，虽然我们帮不了你什么，但是我们可以帮你出出主意……”父亲有些伤感，女儿遭遇这样的事情，虽然不是什么奇耻大辱，但是给女儿的打击却是沉重的。

“等我安顿好了，我就把你和妈接出去，你们辛苦了一辈子，也应该过幸福的晚年了。”

阿英带着她的唯一寄托、一个只有 8 岁的儿子和自己行尸走肉般的躯体远走他乡，她不想让高级知识分子的父亲替自己担心，她顺利通过应试到了一个繁华的都市小镇当了一名老师。她想背井离乡，走过昨天的阴影，走出那段用金钱买来的婚姻的痛苦，她知道，她的青春被明码标价出卖了。这场交易她得到了一个儿子。阿英把这段糟糕的情感永远埋藏在了心底。

5 年过后，阿英卓越的教学能力和管理才能得到了教育局领导的赏识，经过综合考核，被任命为校长。

那段不愉快的婚姻，让阿英成熟了许多。阿英通过自己的努力，买了一套住房，把父母也接到了大城市居住。

“好孩子，坚守自己的梦想和原则，这是一个人基本的准则，你安心奔波你的事业，我和你的母亲可以帮助你照看孩子，振作起来，要向前看，遇到合适的男人，重新组建一个家庭吧。”父亲说，“你和文勇离婚已经这么多年了，总不能单身一辈子，家庭的意义就在于风雨共担，冷暖两相知。”

“爸爸，我的事情我知道该怎么处理，这么些年来，无论遇到多大的困难，您和妈妈都不断鼓励我、安慰我，让我走出了人生最艰难的低谷。现在我们能够在大城市立足，不为经济所困，你们好好安度晚年。”阿英目光坚定地说，“没有克服不了的困难，经历了风雨，才能见到彩虹。”

文勇销声匿迹，阿英已经无从打听到他的下落，既然婚姻已经不存在了，还去打听他做什么呢?

走在环境优雅的校园里，阿英的梦就在前方。

骗　婚

一

牛庆丰整天在外漂泊，村里人很少见到他，连他的瘸子老娘一年到头也难得跟他打上一回照面。儿子漂得无影无踪，老娘已经习以为常了。

“都说养儿防老，我是养了一个现世宝。35 岁了，还像一个傻子一样漂得不见踪影。没有文化，没有技术，哪个婆娘瞎眼了才肯嫁给他。”牛庆丰的母亲艾芳不无忧虑地说，“家庭条件这么差，又没有祖上留下的基业，自己还是个残疾人，儿子没有一技之长，甚至连种庄稼也不会，他自己却像个混世魔王，这辈子何时是个尽头。”

艾芳是个残疾人，刚生下来时就发现脚踝骨异位，那时候整个公社只有一名赤脚医生，看个感冒发烧还马马虎虎，对于艾芳这样的怪病，他束手无策。赤脚医生双手一摊：“神医都没有办法，这是命中注定，你们认命吧。”艾芳的父亲却不以为然，管他瞎子、瘸子，想找媳妇的光棍多了去，别说艾芳是瘸子，就算祖坟冒青烟，她将来成为博士抑或成为高官，和自己没有半毛钱关系，因为他笃信，嫁出去的女，泼出去的水。一个算命先生说，你这辈子要养一个残疾女儿，因为她先天残疾，所以，你的儿子才能在官场平步青云，最终成为家族的荣耀，所谓福兮祸之所倚，凡事不必强求完美。赤脚医生这么一说，艾芳的父亲内心反而感到无比踏实，医生都这样说了，你命中注定，不要怪我心狠手辣。父亲心中坦然，便心安理得，于是，从婴儿学步起，艾芳便无法像正常人一样走路。

“唉，要是有今天这样先进的医疗设备和医术精湛的医生，我也能够像正常人一样生活，也许我的命运就不是这样了。”艾芳悲戚地望着天空，乌云压顶，马上要下大雨了，黑压压的云层压在艾芳的头上，像顶着一座大山，黑夜仿佛就要提前来临，她跛着脚，一瘸一拐地将晒干了的稻谷装进蛇皮口袋，慢慢地往堂屋里拖。她已经习惯了这样的生活，有人安慰她说：“你也不要整天怨天尤人，比你造孽的残疾人和瓜娃子多得很，他们连饭都弄不来吃，比死了还要难受。上天给你堵上了一道门，就会为你打开一扇窗。”

艾芳只是一个平凡普通的农妇，她这一生波澜不惊，平淡无奇，每天都是这样，麻木地迎来朝霞满天，又迷惘地送走最后一缕晚霞。春种秋收，这一来一往，一辈子就差不多过去了。

艾芳刚把粮食收完，一道刺目的闪电撕开厚厚的云层，将黑暗的大地照得透亮，惊雷震耳欲聋，大地都在战抖。闪电、雷鸣是暴雨来临的前兆，艾芳一个人孤零零地坐在客厅，显得有些落寞。

暴雨如注，像决堤的海水一样倾泻而下，顷刻间在路面上形成了一道道小溪，让人感到一丝恐惧，强劲有力的雨水在干燥的水泥地上激起了一朵朵的洁白浪花，仿佛要将水泥地砸穿一样，如此强劲的大暴雨，庄稼肯定要遭殃，不知道哪里又要遭洪水、泥石流了。艾芳这样想着，赶快将大门紧闭，以免雨水流进屋里。她蜷缩在沙发上，不知所措。

二

艾芳的三个儿子都已经长大成人了，但都不在她的身边，大儿子牛利伟今年 38 岁了，仍孑然一身。牛利伟读完小学三年级后，回到家里务农，虽然没有多少文化，但他十几岁就开始闯荡社会，油嘴滑舌，待人接物很有一套，学会了开挖掘机的技术，还会一点泥水匠技术，工地老板经常高薪请他去开挖掘机，一个月的收入还算不错，就是没有女人喜欢他，家境贫寒，还有一个身体残疾的母亲，哪个姑娘愿意睁着眼睛往火炕里跳呢？二儿子牛庆丰在外一会儿卖猪肉，一会儿打工，一会儿又在居民小区当保安，没有一样像样的手艺，一年四季，天马行空，天边上都是他的脚印。三儿子牛小桦到了读书的年龄，在外当官的舅舅说："你们家里太穷，都没有文化，必须要有一个'明白人'，小儿子还算勤奋，有出息，你们没有钱，我出钱供养他读书。"牛小桦看到两个哥哥没有文化，在社会上难以立足，刻苦读书，初中毕业后考上了藏区"9+3"，在内江一所职业学院读书，毕业后找到了一份工作，公司把他的全部保险买完后，还有 3000 元的收入，这点钱除了房租和生活费也就所剩无几，但牛小桦懂得母亲的辛苦，每个月无论如何也要挤出 500 元钱邮寄给母亲。

艾芳没有读过书，这是她的猎人父亲艾尚泉害的。艾尚泉本来就重男轻女，有这么一个残疾女儿，他气不打一处来，他想，女孩迟早都要嫁人，还读什么书？老老实实待在家里，待在老子身边，随便找一个男人嫁了，农村的女人都是这样过来的，只要老子还有一口气，没有哪个敢欺负她。艾尚泉脾气火爆，又是土生土长的本地人，公社和生产队都有他的人，家族势力大，没有人敢惹他。

艾芳 18 岁的时候，一个外乡死了老婆的男人在工地上烧砖，艾尚泉对这个男人说："你在外挣钱也不容易，给别人打工，老板发的工资只够喝稀饭，你 30 多岁的人了，就想一辈子喝稀饭？干脆你给我当女婿，老子虽然不是大富人家，但家境在整个公社还是数一数二的，不过，你不要贪图老子的家底，老子的家底是留给儿子的，但你到了我们公社，我可以帮助你落户，前提条件是你必须要对我的女儿好，如果你敢在老子眼皮底下对我女儿伸脚动手，老子保证把你像猎物一样杀掉。你好好想想，你一个死了婆娘的男人，老子的女儿还是黄花大闺女，你算烧高香赚了。”

这个男人大艾芳十多岁，还有一个儿子。虽然艾尚泉霸气外露，让他不寒而栗，但能够找到这么一个黄花闺女，虽然有残疾，也算自己有福气。男人想都不想就说：“我何德何能，难得你这么高看我，我要是敢欺负你的女儿，那不是在太岁头上动土吗？你的威望在整个公社无人能匹，谁敢在你面前说一个不字。”这个丧偶的男人有一定的文化，据说是1970年代甘孜师范毕业生，曾经当过老师，拿过国家工资的，但为什么后来没有能够站在三尺讲台上成为一名教师只有他自己知道了。

老男人和艾芳悄无声息地结婚了，那时候没有电视，没有娱乐，天黑了他们就只晓得“造人”，艾芳像母猪一样，几年时间连续生了三个儿子，包产到户的时候，他们一家分到了10多亩土地。和很多农村妇女一样，艾芳和这个老男人过着吃不饱饿不死的日子。老男人没有什么本事，甚至连种庄稼也是外行。身体又多病，一天萎靡不振，成天烟袋不离手，烟抽完了，又去烟农那里买，整天像毒瘾犯了一样无精打采。男人窝囊，艾芳的日子也不会幸福。艾尚泉却不以为然地说：“现在你们已经自立门户了，你们一天懒得晒蛇吃，总不能让老子只剩下一把老骨头来养你们一家人吧？”

男人没有本事，艾芳只能认命，她的命运是老天和父亲安排好了的，她没有选择的权利。她和这个老男人没有一点感情，这个老男人对她来说，就像小时候父亲给她买的衣服，她不能挑三拣四，只有接受。

想到这里，艾芳长长地叹了口气，没有人知道她内心的痛苦，她的叹气声在这个屋里显得那样卑微，只有她自己能够听见。老男人已经死了20多年了，她就这样默默无闻地过到现在。那只大花猫无精打采地蜷缩在沙发上，耗子猖狂地在客厅里窜来窜去，它也视而不见。

“你这个病猫，我养你来做啥，给你肉吃，你眼睛放绿光，吃饱了就像死了一样。耗子都要和你成好朋友了。”艾芳抬手拍了一下大花猫，大花猫慵懒地叫了几声并不理会艾芳，它懒得只会向主人撒娇。

屋外大雨小了很多，也不再电闪雷鸣了。艾芳反而觉得孤单落寞，哗哗啦啦的雨水声其实也是一种语言，来自大自然的声音，如泣如诉，驱散黑夜的寂　寞。雨水停了，她落寞地打开电视，看电视剧。这是牛小桦告诉她的，雷鸣电闪的时候不要开电视，以免电视机被烧坏，一旦被烧坏，他两个月的工资就没有了，儿子不才，挣钱也辛苦，老娘要懂得儿子的艰难。

“还是我的牛利伟和牛小桦两个儿子对我好，他们会挣钱给我花。”艾芳自言自语地说。

三

艾尚泉知道牛利伟在外面找了不少钱，过春节的时候，外孙穿得跟绅士一样，脖子上系了条方格的围巾，拖着皮箱，洋里洋气地回来了，艾尚泉在大街上当着众人的面就把他骂得狗血淋头：“你神气活现的做啥？看你这个宝器模样，你以为你是归国华侨？你以为你扛了座金山回来了？家里的房子都要倒了，揭不开锅了，你穿给哪个看？你怎么不戴一个金丝眼镜，满街的人都会把你当猴子一样看，真是猪鼻子插葱装象。”

艾尚泉一阵劈头盖脸的乱骂，让有衣锦还乡之感的牛利伟无地自容。只得默默地跟在艾尚泉身后回家。

“外公，你歇着，我给你弄吃的，你一个人在家里，有啥事就让我妈过来。”牛利伟讨好地说，外婆去世得早，外公一直没有再娶，一个人孤零零地过了几十年。其实，牛利伟说这话是言不由衷的，他在心里记恨外公，外公并没有力所能及地帮助过他们，但他的儿子有本事呀，在官场上呼风唤雨，都说大树底下好乘凉，他这个舅舅又帮了他什么？一句话的事儿，甚至一个眼神别人也懂，但他从来没有依靠舅舅挣过一分钱，他今天有这样的打扮，全靠自食其力，外公有什么权利指责自己？

“你不要说那些光面子话了，你妈那个样子都需要人照顾，养了你们几个一年都难得回一次家的现世宝，还不如多养几头猪。几头猪养肥了还可以卖几千元钱。”艾尚泉向来在他们兄弟面前表现得很强势，他的女婿就是个窝囊废，儿子也不会有什么大智慧。

牛利伟心中有万般怨气，也只得尊崇天下礼为先的古训，只得一言不发地听着艾尚泉的数落，他已经习惯了。不一会儿，牛利伟做了几个菜，从皮箱里拿出两瓶“五粮春”说是孝敬外公的。

“你也就只有这个能耐了，我啥子酒没有喝过？你的舅舅在当官，每年给我带回来上千元一瓶的酒多了去了，没有办法呀，人家要用他，不收的话，于情于理都说不过去。我知道，你们兄弟对你舅舅有怨言，这我理解，正因为这样，你们才要理解他，不是因为你舅舅，县乡村的干部会对我这么尊敬？你们不要以为我和你舅舅没有关照你们，所谓打断骨头连着筋，你们过得不好，我也睡不着安稳觉，你的妈妈和你舅舅，那可是血浓于水的亲情。你在外挣钱也不容易，不要乱花，你给我报一下，你一个月能够挣多少钱？在外面开销是多少？” 艾尚泉口气有些缓和了，接过酒走进卧室，取了一瓶“五粮液”出来说，“这是你舅舅孝敬我的，今天看你态度还可以，你陪我喝几杯吧。”

“做工程我们可是虎口夺食呢，那些贪官将工程层层外包，到了我们这里基本亏本，老板要保证他的利益，到了我们手里，连乞丐都不如。”牛利伟一五一十地说了他能够挣多少钱。

“钱呢？怎么没有见你带一分钱回来？听说你一天在外面吃喝嫖赌，拿钱养不三不四的女人，就图人家跟你睡觉，把钱给你骗完了，一脚把你给踹了，你还不是光棍一个。”还没有开始喝酒，艾尚泉就开始唠叨了。老人需要有一个展现自己足智多谋的机会，你只需要用耳朵去听，可以全然不顾他的絮叨，在老人面前，展示自己的口才和智慧，无异于自戕。

“外公吃的盐比我吃的饭多，人前人后闲话多这个道理你比我都懂，我不出去打工，窝在家里，可能连盐巴钱都找不来，张口问你要，你又要骂我没有本事，我能够自食其力，还能带点钱回来，对家庭是一种贡献，也实现了我的价值。”牛利伟百般狡辩。

“你这个猪脑子，我不是说你出去挣钱有错，你和有家有室的女人纠缠不清，你就是自寻死路。找钱养有夫之妇，这比找小姐还要花钱。” 艾尚泉觉得跟外孙说找小姐这一类的话题有些不妥，“嗯，找小姐也不是什么好东西。这样，你每个月除了正常开销，把剩余的钱都寄给我，我给你保管，你放心，我不会打你那点钱的主意，你舅舅一个月要给我 3000 多元，我还用不完。我帮你把钱存起来，好好修个房子，讨个婆娘，好好孝顺你残疾的妈妈。唉，你那个不争气的短命的父亲去世得早，你们的妈妈瘸着腿好不容易把你们拉扯大，你们要晓得她的好歹。你的母亲我这辈子亏欠她，总以为找一个百事无成的男人，平平淡淡过一辈子，没有想到年纪轻轻就守寡。”

“我老爸死的时候我才 18 岁，一晃 20 年过去了，那时候，家里穷，没有钱治病，去跟人家借钱，人家谅他还不起，说你的婆娘是残疾人，三个儿子乳臭未干还要花钱，你拿啥子来还，说借钱还不如说要钱。唉，句句如刀子剜心呀，他们真是狗眼看人低。老爸连几十元钱的药费都借不到，只有回家等死。想想我那背时的老爹，在摇摇欲坠的烂房子里走完了他的一生。”牛利伟几杯酒下肚，悲从中来，不禁眼泪长淌。其实，他是在指桑骂槐，外公有钱，但他见死不救。

“不许你在我家里哭丧，不要喝二两酒耍三两酒疯。你老爹现在骨头都敲得梆梆响了，他只能活那么大年纪，怨不得人。你是家里的长子，好好想想怎么过你的日子吧。”艾尚泉呷了一口酒，意味深长地说，“你以为老子一天过得逍遥？你外婆 50 岁不到就去世了，我一个人过了快要 40 年了，连个说话的人都没有。在外人看来，儿子当官，光宗耀祖，我享不尽的荣华富贵，我过的清苦日子，谁知道？”

“让舅舅给你请一个保姆吧，你都是 88 岁的老人了，万一出现意外，不可想象呀。”牛利伟说。

“我都快要入土的人了，当了一辈子农民，不能在上西天之前，给你舅舅授人以柄。”艾尚泉看也不看牛利伟一眼说，“你在外面挣钱，农忙季节还是要回来把庄稼弄好，多去帮忙，我也让亲戚朋友多帮助你们。”

牛利伟对外公和舅舅长期以来只有敬畏，他们除了罚他跪以外，别无他益，他人微言轻，只不过是外公和舅舅眼里的灰尘而已。

寒来暑往，又过了几年，牛利伟也挣了 7 万多块钱了。艾尚泉说：“挣到钱了，就要修大房子，要在村子里炫富，你在城里买别墅，过的神仙一样的日子，村里人不知道，还以为你在外面当乞丐。现在，你要找一个明白事理的人，帮你计划一下要买多少材料，把材料备齐了，我去乡政府帮你申请宅基地。”

艾尚泉不费吹灰之力就把宅基地申请下来了，牛利伟就哪里也不去，请了几个交情很深的朋友帮他修房子，他本身是泥水匠，很多事情都由他自己“操刀”，他修建了4个卧室，一个十几平方米的大客厅。外墙贴了乳白色的墙砖，房子就像女人穿了婚纱一样，熠熠生辉，抬高了不少身价。牛利伟买了一台50吋的液晶电视，沙发、茶几、电视柜、洗衣机、冰箱等等都是崭新的。说是要把新家布置得漂亮一点，让母亲享受享受。

新家落成，艾芳激动得看了一个通宵的电视。每天把家里收拾得整整洁洁，她高兴地说：“儿子，你有出息了，我们住上了这么好的房子，你赶快把媳妇给我领回家，我想抱孙子呢。”

我和你有个约定，只在今生，不再来世，不要问我等多久，一个眼神足以守候一生。这是文人的浪漫情怀。牛利伟的爱情高不成低不就，姑娘嫌他是个“小老头”；离婚或死了老公的女人多则几个娃娃，捡个婆娘还要给没有血缘关系的娃娃当爹，人心隔肚皮，不是你亲生的孩子，始终感觉隔着一层皮，那些婆娘不是和你有真感情，而是图你能够挣钱，能够帮她养孩子。你以为你是谁呀？刘德华？醒醒吧。牛利伟这样劝告自己，让母亲对他的婚事不要期望太高。

新房落成，送走前来贺喜的客人，牛利伟拿出“长兄为父”的气质对两个兄弟说：“牛庆丰不要再东一榔头西一棒子，你比我小三岁，也该醒眼看人世了。你没有找到婆娘的时候，就在家里住，但我不能养你一辈子呀。你还是要像我一样，有计划地存钱，房子不管大小，只要有，你才能成家立业。这样吧，你挣的钱交一部分给我保管。差不多了，我帮你修房子。”

“你是怕我赖在你家里一辈子影响你找老婆吧。你放心，人各有志，兄弟大了，哪有还在一个屋檐下的道理。我会想办法的。”牛庆丰说，“我没有办法照管妈妈，就看你和老三了。”

“你要搞清楚，我们现在不是分家，再说，父母也没有一样值钱的东西让我们分，你们不要理解错了。我是家里的老大，以前家里穷，任人欺侮，我们自己要争气。”牛利伟说，“俗话说，人心齐泰山移，我说你几句，你就给我拧，有本事你去给糟蹋你的人去拧，有本事你就像我一样修个新房子眼气他们。”

“你们的眼里还有没有我这个老娘？兄弟好不容易在一起，能不能好好说话？见面就吵，有意思吗？”艾芳说，“你们不要觉得我是你们的累赘，我虽然腿脚不方便，我一年养的猪和鸡，卖了够我的生活，我一年下来还是能够攒几个钱，现在国家政策这么好，病了有新农合政策可以报，我花不了几个钱。我自己能够做来吃，你们在愁啥呢？听着你们吵闹我都害羞。”

牛利伟当仁不让地把家里的事情处理妥当，继续外出挣钱。他的梦想在远方，一个眼睛无法看到的远方，梦想托举着未来。

四

牛庆丰读完小学一年级，感觉自己根本就不是读书的料，上课打瞌睡，读书如读天书，父母如果强求他读书，那是对他生存权的一种掠夺。父母拿他没有办法，回来就回来吧，能够做多少算多少，又不需要挣工分，都已经包产到户了，不需要看任何人的眼色。他年纪轻轻干不了大事，在家混日子。混到了 17 岁，他买了好烟、好酒，割了一斤猪肉，找到村里最好的杀猪匠拜师学艺。

“我是不收徒弟的，你就免开尊口吧。”杀猪匠师傅傲慢十足地说。

“师傅如此小气，连起码的包容心都没有，单凭品行这一点，你还不配做师傅。我知道你不愿意教我的原因是怕我在你的碗里抢饭吃，如果连这点可怜的自信都没有，所谓的‘一刀’，不过是浪得虚名。”牛庆丰说，“杀猪又不是什么高深的技术，都是有眼之法，多观察一下就行了，其实，我完全没有必要来拜你为师，腊月间的时候，我去帮人家按猪，好酒好肉管够，手艺也偷到了。”

“无名小辈，口出狂言，还没有学到手艺就心高气傲，一旦学会了，你还会认师父吗？”杀猪匠说，“你这样心比天高、命比纸薄的人，我们还是不要打交道的好。”

牛庆丰本来想用欲擒故纵的战术，一心想拜师，又要做出满不在乎的样子，没有想到说出来的话，句句刺耳，把自己的路给封死了，杀猪匠说什么也不愿意收他为徒。

“凡事皆讲求一个缘字，既然你不愿意和我成为师徒关系，我也不用和你礼让三分。今天，我把话撂在这儿，你的生意，我抢定了。”牛庆丰说，“你真是狗坐箢篼不识抬举。”

“你给老子滚，你是找上门来挑事的，是不？你动不动就出口伤人，你不会有什么好结果。”杀猪匠知道牛庆丰是有爹妈生，没有娘老子教的东西，不愿意和他计较。

牛庆丰灰溜溜地走了。他偏不信邪，杀猪又不是杀人，有那么难吗？他想都不用想立马置办了一套杀猪的家什，用自己家里的猪当试验品。一刀下去，猪没有死，还在哀号，只好补第二刀，猪死不下去，拼命挣扎，帮忙按猪的人，累得精疲力竭。

牛庆丰好不容易将猪弄死，众人好像在和猪搏斗一样，累得不行，按猪的人在旁边指指点点，好不容易才把猪打整出来，光光生生地挂在房梁上，牛庆丰按照母亲的要求开始割肉。

“庆丰，你娃娃干不了这个，还是不要拉命债了。主人家最忌讳的就是补第二刀，你这样差的技术，哪个敢请你哦。”

“你的眼睛是不是有问题哦，你看你割的肉，弯弯曲曲，不成形状，整啥子嘛。”

“你们不要屁话多，找你们来帮忙，不是让你们给我泼冷水的，真是狗嘴里吐不出象牙。难道你们生下来就能够走路？”牛庆丰说，“我刚开始学习手艺，都有一个过程，你们不要给我泼冷水，应该多给我鼓励嘛。”

“大家因为是邻居，没有把你当外人，才好生说你，你还不识好歹。大家不要往心里去，我弟弟不会说话，大家累了，忙完了，我们兄弟请大家喝酒。”牛利伟说。

经过一段时间的摸索，牛庆丰算是无师自通，自认为可以忽悠山民了。腊月间，他背上杀猪的家什走村串户招揽生意，因为每个村子都有杀猪匠，人们总是怀疑他的手艺，由于人们都想在大年三十之前杀猪，早不忙夜心慌的农户请不到杀猪匠，心头有点发慌，牛庆丰便有了机会。

牛庆丰到处打游击挣了不少钱，现在物价高，部分率先富裕起来的村民，不在乎十几元钱的杀猪工价。牛庆丰数着厚厚的几千元钞票，从头到脚穿了一身新，荣归故里。有了钱，牛庆丰找到了当“土豪”的感觉，在别人面前腰杆也硬了，底气也足了。

俗话说，人是桩桩，全靠衣裳，牛庆丰经过一番包装后，有了几分精神，和以前邋里邋遢的形象判若两人。村里的、街上的少妇、寡妇都会主动和他搭讪。让他有一种征服女人的快感。

牛庆丰已经是30多岁的人了，他也有七情六欲，他也需要爱情。爱情和文化程度没有关系，在他的心里，女人就像春天盛开的花朵，开得最艳丽，花香扑鼻，能够引来许多蝴蝶和蜜蜂的，一定是最好看的。什么是最好看的？他不知道，总之，能够让自己看了一眼，还想看第二眼，甚至眯着眼睛也能够想象出样子的那个女人，这样的女人，他在青春期到来的时候就这样想过，想了十几年，这个梦一直没有醒过，可这样的女人始终没有出现，甚至在梦里也没有梦见过。他走在大街上，走在偏僻的乡村，美若天仙的女人多的是，既然是仙女，她们就和自己生活在两个世界里，仙女们的理想是嫁“高富帅”，嫁达官贵人。牛庆丰有自知之明，家境不好，自己又没有文化，不会算账，甚至连自己的名字也不会写，如何去讨女人欢心？

牛庆丰会挣钱了，他到泸定，到康定和姑咱，随着城市人口的激增，猪肉生意一天比一天好。他想办法在猪肉市场找了一个摊位，买了电子秤和计算器，在别人的指点下，能够运用自如，每次常客来买肉，他都显得很大度，多一两，或少收别人一元钱，肉也卖完了，人心也收买了。

姑咱是出“土豪”的地方。这些依靠打矿和包工程一夜暴富的土豪们，每隔十天半月，便成群结队地骑着摩托车，或者开着皮卡车来到镇上，买簸箕大的鞭炮，买一箱一箱的焰火，夜幕降临，五光十色的焰火把姑咱的夜空照得瑰丽多姿，他们一放就是半个小时以上。乖乖，半个小时，得烧掉多少钱？牛庆丰没有这个概念，那绽放的烟火，分明是一张张百元大钞呀。牛庆丰羡慕嫉妒恨。人家烧钱，他却还在为挣钱发愁。

街上有一个卖男装的妖艳少妇，是很多男人的梦中情人。牛庆丰有了几个钱，总是喜欢照顾她的生意。男人穿得光鲜一点，让女人对你捉摸不定，以为你就是“高富帅”。那个女人叫叶子，不知道是不是她的真名，牛庆丰也难得理会，他们只是萍水相逢，没有必要刨根问底了解对方的祖宗十八代。

叶子长得楚楚动人，像花儿一样好看，牛庆丰有了青春期那种久违的躁动，只要猪肉卖完得早，他就到叶子那里，不买衣服，看看这个美人也是一种享受。

女人一颦一笑，勾人心魄。

生意闲暇的时候，叶子像一个怨妇，絮絮叨叨地倾诉她的过往，她是个苦命的女人，她那短命的老公，已经查出来是酒精肝了，还拼命地喝酒，喝得去见了阎王爷，给她丢下一个 9 岁的儿子。老公早逝，所谓寡妇门前是非多，男人都不是什么好东西，整天像苍蝇一样围着她转，图的就是想和她睡觉。现在生意也不好做，全民都在电子购物，实体店的生意一天不如一天，有的人明目张胆地在你的店里试穿，然后用手机扫描二维码，扬长而去，你还不敢说他什么。还赔着笑脸，欢迎客户货比三家，或者索性按照别人扫描的价格同价出售。

牛庆丰说："你长得像花儿一样好看，不愁嫁不到男人。你放心，有我吃的，你们母子就不会饿肚子。"

"你省省心吧，要找有钱人，姑咱的土豪这么多，只要我向他们抛一个媚眼，他们就能够把我的店面买下来。我不想被别人像一只狗一样豢养着。"叶子幽怨地说。

牛庆丰知道追女人要像熬中药一样，要用慢火，要润物无声，不能让女人一眼就看穿你别有用心。叶子似乎把他的门堵上了，但他并没有灰心，他默默地讨好叶子，做得不动声色。

叶子的心不是石头做的，她感到了牛庆丰如火一样的温暖。他们终于"滚床单"了。牛庆丰把叶子当老婆一样，孩子交学费、服装店交税费、房租费，甚至买服装的钱，只要牛庆丰有一分钱，他绝不隐瞒。

牛庆丰想，既然和叶子睡在一张床上，已经是事实上的夫妻了，不如扯了结婚证，把叶子带回家，让那些一天说东道西的村民们眼珠子都要羡慕出来。每当牛庆丰提出这个想法的时候，叶子总是莞尔一笑，这风情万种的一笑，牛庆丰便六神无主了。

五

电站大坝截流成功，湍急的河水像一面明镜，江山竞妖娆。

征地拆迁，实物赔偿，村里川流不息的工作组试图以他们的三寸不烂之舌，说动淳朴的村民一夜之间就能够在相关合同书上签字画押。愿望很美好，现实很残酷。村民们笃信会哭的孩子有奶吃这个道理，政策就在那里，村民们却我行我素，认为法不责众，大家都不签字，能奈我何?

据说征用住房会按照面积赔偿，不知道能够赔偿多少，但千年一遇的捡钱机会，村民们却不肯放过。于是，一夜之间便会有不计其数的“新房”落成，有人哭就会有人笑，他们眼巴巴地等着工作组给自己送来一沓钞票，有的人得到了数万元，甚至几十万元的赔偿，拿到赔偿款，村民相信天上竟然会下钞票。然而，更多的人却是竹篮打水一场空。魔高一尺道高一丈，你牵着口袋装钱，我宁愿修改图纸，也不从你的房屋跟前过。

牛庆丰傻人有傻福，他的父亲病逝后，艾芳便把家里的土地分了，每人有 3 亩多地。这次拆迁，牛庆丰要被征用两亩土地。青苗费、土地占用费、林果赔偿费，林林总总加起来竟有 10 多万元。

这是一笔为数不小的赔偿款。为了严防村民将赔偿款拿去赌博，政府和村民签订了建房合同，不得挪作他用。

牛利伟得知牛庆丰有一笔不小的赔偿款，用不容商量的口吻说：“就用这笔钱修建一个住房吧。筑好巢才能引来金凤凰。”

牛庆丰说：“赔给我的钱，凭什么你给我做主？”

牛利伟说：“就凭我是你的大哥。我不能眼睁睁地看着你把钱拿去养毫无结果的婆娘，到最后你还得讨口。”

牛庆丰说：“你是狗拿耗子多管闲事。我的事不要你管。”

艾芳说：“这个事情你的大哥干得漂亮，你不要狗咬吕洞宾不识好人心。你不服，去找工作组，看他们支持谁。”

牛庆丰即使有一万个不愿意，艾尚泉、艾芳、牛利伟已经替他做主修房。

村民们得到了可观的赔偿，一幢幢统一设计、风格统一的楼房矗立在青山绿水间。

牛庆丰的房子相形见绌，但也还算过得去。

“我们费尽心思把房子给你修好，家里的陈设就需要你自己想办法了。”牛利伟说，“我当大哥的对你算是仁至义尽了。”

牛庆丰不以为然地说：“土地也没有了，我守着漂亮的房子也是喝西北风，我还是要出去继续闯江湖。”

叶子和牛庆丰不明不白的关系，让牛庆丰心里不是滋味。“妈的，总不能为了晚上能够和她睡觉，自己就这样耗着。过两年，叶子翻脸走人，自己怎么办？”

天下没有不透风的墙，牛庆丰和一个寡妇同居，挣钱养着寡妇，艾尚泉、艾芳、牛利伟都听说了，把牛庆丰骂得狗血淋头，牛庆丰却不以为然：“我又不是强奸别人，你情我愿的事情，法律都管不到，你们算老几？”

艾尚泉说：“你不要脸，老子就让你不好过。”

艾尚泉出其不意地来到叶子的服装店，这天，叶子的生意极好，很多女人、男人都在买衣服。

“你就是叶子吧？”艾尚泉问。

“哟！大爷，你也赶时髦想买衣服呀？”叶子笑眯眯地说。

“老子要买你这个不要脸的烂货。”艾尚泉劈头盖脸地一阵乱骂。

“大爷，我和你无冤无仇，你为什么要来砸我的场子？”叶子感到莫名其妙。

“你这个不守妇道的东西，以为我孙儿的钱是风吹来的？要和他在一起，又不和他结婚，你这种骗人钱财下三烂的伎俩别以为我看不出来。”艾尚泉闹得乌烟瘴气，客人们躲出门外看热闹。

叶子有口难辩，眼泪长流。毫无招架之功。

艾尚泉骂得理直气壮，骂得扬眉吐气。众人像看猴戏一样把叶子的店门口围得水泄不通。

巡警闻讯出警赶走了看热闹的人群，教育艾尚泉要理性表达诉求："人家一个寡妇，做生意也不容易，一个巴掌拍不响，要不是你孙儿天天到这里来死缠，人家怎么会看上他？再说叶子在我们镇上也没有什么行骗的记录。"

艾尚泉心头爽快，骂骂咧咧地走了。叶子受了莫大的侮辱，仿佛被捉奸在床一样难堪，伤伤心心地哭了一场。

牛庆丰听说外公不明就里跑来招惹叶子，知道捅了马蜂窝。赶忙来到叶子的服装店，人还没有进门，叶子早已将牛庆丰的衣服摔在了马路上："你给老娘爬，老娘还从来没有受过这样的侮辱。"

牛庆丰怔住了，半晌说不出话来。他默默地从地上捡起一堆衣服，诚惶诚恐地说："没有想到我外公为老不尊，跑来欺负一个寡妇，我绝对不知情，让你受委屈了。"

叶子头也不抬地说："老家伙让我颜面扫地，我是不能在这里继续做生意了，我的孩子无法忍受别人指指点点，我们丢不起这个人，我也准备回老家了。你好自为之吧。"

牛庆丰无论怎么样哀求叶子原谅，叶子说："我的心已经死了，我们各走各的路吧。"

流言飘过小镇，人们津津乐道。叶子离开了这个伤心之地。

这是一场没有结局的爱情，他们相识在异乡，谈不上感情，对于牛庆丰来说，这是一场甜蜜和痛苦的人生阅历，他没有好的文采，能够为这段回忆写下肝肠寸断的文字，但他曾经拥有过花儿一样的少妇，这就已经足够，能够在心里激起阵阵涟漪，怦然心动，尽管一开始，他就知道这是一场只有起点没有终点的爱情马拉松。

六

叶子的离去让牛庆丰有些魂不守舍，牛庆丰也只好来到海螺沟一家宾馆当了保安。人流如织的海螺沟，是一个充满诱惑的童话世界，但这些对于他来说，不过是过往云烟。他把所有的保险买完，管吃管住，一个月还有2000多元的纯收入。

宾馆里的服务员有一部分是高山农村来打工的妇女，一来二去，牛庆丰渐渐和她们熟悉。大家走到这里来都是为了混口饭吃。

秦小凤是宾馆的保洁员，30出头的样子，每天负责一层楼的保洁。长得不算漂亮，但有少妇独特的气韵。宾馆各部门各司其职，员工之间很少有往来，但基本上都认识。员工吃饭的时间基本上都在一起，牛庆丰对秦小凤有一些好感，不管她有没有家室，他都要嬉皮笑脸开一通玩笑。秦小凤总是不给他好脸色，牛庆丰说："上班本来嘴巴就闭酸了，都要成哑巴了，员工之间开无伤大雅的玩笑，可以苦中作乐。"

秦小凤一副冷若冰霜的模样，牛庆丰更加急不可耐。心想，你就是一块钢铁我也要把你融化了。牛庆丰总是找机会接近秦小凤。精诚所至金石为开，渐渐地，秦小凤的脸上有了笑容，牛庆丰知道有戏。

员工工作干完的时候，也会聚在一起说笑。于是，在公园般的酒店里，秦小凤对牛庆丰讲述了她的遭遇。

那年秋天，她的丈夫去收核桃，由于刚下了雨，树干特别滑，为了不浪费一颗核桃，丈夫总是尽力爬得更高一些，力争不放过一颗核桃，因为家里没有什么经济来源，卖核桃的收入可以维持家里的生计。没有想到，丈夫踩断了树枝，从3米多高的树尖上掉下来，直接砸在巨大的石头上，鲜血直流，丈夫休克了，秦小凤背着血流如注的丈夫往乡卫生院赶，在路上，丈夫就已经没有了呼吸。那年她26岁，孩子才3岁。

秦小凤讲得泪眼婆娑，牛庆丰听着揪心。那时候，秦小凤所在的那个村子还不通公路，就医、上学都很困难。日子过得再苦，她也没有打算在村子里再嫁，她不能让三岁丧父的孩子重蹈他们悲惨的命运，她想出来多挣钱，让孩子能够到镇上的中心校接受更好的教育，将来有出息。

“干脆你就嫁给我吧。我那里是电站规划区，我刚新修了住房，只是过日子还得要靠勤奋挣钱。我们那里通过统筹规划，学校、卫生院、街道都是崭新的。”牛庆丰想都没有想就脱口而出。

“你没有带过孩子，又不是你亲生的，我受你的气不要紧，孩子还小，不能给他幼小的童年留下阴影。”秦小凤说。

“你就把你的心放到这里吧。”牛庆丰嬉皮笑脸地在她的胸上一摸，一团饱满浑圆的东西，让牛庆丰的心里为之一震。

“你这个臭流氓，占人家的便宜。”秦小凤红着脸跑开了。

“我要结婚了。”牛庆丰打电话告诉艾芳。艾芳感到很吃惊：“怎么没有看到你把女朋友领回来，你就说要结婚了。你的婆娘是市场上买的吗？”

“你就不要管了。今年你就不要卖猪了，给我留下，我结婚要用。”牛庆丰说，“你这个光棍儿子要结婚了，你难道不高兴吗？”

艾芳说：“你这个没有良心的，我是你的老娘，老娘哪有不盼自己儿子好的道理？你说得安逸，一头猪至少也要卖两三千元，你说给你留下就给你留下，我不攒钱，哪个来给我养老？”

为了表示自己对秦小凤忠心耿耿，牛庆丰拿出三万元作为见面礼，数着厚厚的钞票，秦小凤满脸的幸福。

牛庆丰带着秦小凤手挽手地走在镇上的大街上大秀恩爱，挨家挨户请人们喝他们的喜酒。

艾尚泉说：“你这个老光棍终于有家了，我祝福你们，你从小到大，我关照你少，现在有家了，我给你 3000 元的贺礼。你的舅舅在外出差，不能回来，托我给你 5000 元。你现在结婚了，不能浑浑噩噩过日子了。”

牛利伟说：“不管你们今后日子再怎么恼火，必须得生一个娃娃，孩子是婚姻的基础，没有一个念想，女人的脸比娃娃还变得快，到最后，你是竹篮打水一场空呢。”

“我看你是瞎子点蜡烛白费蜡，你咋不说点吉利的话。”

牛庆丰的婚礼场面很大，这让他始料不及，老老少少来了好几百人，牛庆丰感激涕零，“远亲不如近邻，我牛庆丰在这里给大家有礼了。”

婚后，秦小凤理所当然地把儿子转到乡中心校来上学。艾芳有了这么一个没有血缘的孙子陪伴，也不感到那么孤单了。

然而，再婚的女人是敏感的，秦小凤从每一处细节观察牛庆丰是不是真心实意地接纳她和她的儿子，她和儿子买了新衣服，牛庆丰和艾芳总是唠唠叨叨地说，过日子要节俭，儿子还小，今后用钱的地方还多着呢。儿子犯了一点错误，牛庆丰便暴跳如雷，说三岁看老，这个娃娃没有出息，不加强教育今后会坐牢。甚至对儿子大打出手。娘家修房子需要钱，秦小凤找牛庆丰商量，打算给父母一万元，说是报答父母的养育之恩。

牛庆丰火冒三丈：“老子的母亲还是残疾人呢，你一分钱也没有给，我供养你们母子就已经仁至义尽了，难道还要供养你的家人？”

秦小凤说：“没有想到你这个人心胸这么狭窄，我怎么没有早点看出你的本来面目呢？你总以为儿子是外姓，和你一点关系都没有，你在婚前说的感天动地的话，都是骗人的吗？”

牛庆丰和秦小凤的婚姻出现了裂痕，吵架成为家常便饭。艾芳看着就觉得揪心，婚前不好好了解，现在后悔有什么用？

牛庆丰说：“我对你不薄，结婚的时候，我们没有钱，我老妈把养老的6万元都拿来支持我们了，你还要她怎么样？结婚收了5万多元的礼金，都是你在保管，还要我们怎么样？”

“刚结婚就吵架，这日子还怎么过？小凤呀，我不图你对我怎么样好，我只希望你能够给我们的丰儿生个孩子，这男人一旦有了孩子，心就定下来了。你说，你们都30多岁的人了，还折腾啥呢？”艾芳说，“我们都没有文化，说的话不好听，你多迁就一下丰儿。”

“给他生孩子？他现在就把我的孩子像仇人一样看待，有了孩子还不把我的儿子给杀了？人都是自私的，我不求你把我的儿子当亲生的一样看待，但也不能虐待他呀。你们口口声声说给了我那么多钱，钱在哪里？”秦小凤越说越气，拿出收的礼金撒了一地，“我看这样的日子还是早点结束的好。”

艾芳见劝也没用，唉声叹气地回到卧室睡觉去了。秦小凤气冲冲地摔门而去。

秦小凤心里有气，很长一段时间不搭理牛庆丰，也不让牛庆丰碰她，牛庆丰怒不可遏：“我找的啥子婆娘，碰都不准我碰，我还不如去找小姐。”

夫妻之间没有了恩爱，剩下的就是仇恨了。两个人闹到了乡政府，乡上的治安员听了他们的陈述：“俗话说，清官难断家务事，你让我怎么说呢？你们好好商量吧，这结婚离婚都是你们的自由，不能在一起过，也不要闹成仇人，你们如果没有一点感情基础，怎么会睡在一张床上？”

“秦小凤和我在一起的目的很简单，就是要我帮她供养儿子。”牛庆丰气呼呼地说。

“你说这话就不对了，婚姻法明确规定，再婚父母有抚养对方子女的义务。你如果有这样的想法，当初又何必找离婚了的女人？”治安员说。

“这个日子我不想过了。你得把我母亲借给我们的 6 万元，我给你的 3 万元，收的礼金 5 万元退给我，我相信你不是为了钱财才嫁给我的。”牛庆丰说，“过不到一块，各有各的打米碗，还不如早点散了。”

“我什么时候看见过你的钱？我还可以说我给了你 100 万元呢。”秦小凤死不认账，“你们母子一直惦记那 5 万元礼金，我受够了，那天吵架的时候，我当着你们的面将礼金撒了一地，已经还给你们了，你还想要多少？你委屈，我们母子还有苦找不到地方诉呢。和你在一起，你也不是什么富豪，在外打拼也不容易，我提过什么非分要求吗？只想你对我的儿子好一些，视同已出，你是怎么做的？把我的儿子当作眼中钉，动不动就打骂，我们母子连一点安全感也没有，你这样心胸狭窄、小肚鸡肠的男人，除了给我们母子气受，你还有啥本事？”

“你他妈婊子养的，你吃了老子的血汗钱，你不得好死。”牛庆丰气急败坏，挥拳想打秦小凤。

“有理说理，现在是法治社会，不是比哪个的砣子大，你说给她那么多钱，你有证据吗？”治安员说。

“3 万元我是给的现钱，礼金都在她那里。我妈给的钱有银行凭证。”牛庆丰说，“我妈是残疾人，她的钱是低保补助和我孝敬她的，还有依靠养猪、养鸡挣的钱，不能被这个没有良心的女人给骗了。”

“你给评评理，眼里只有金钱的男人，会对我母子付出真感情吗？我这辈子命真苦，死了男人，拖着一个儿子，再嫁却遇到这样一个没心没肺的男人。”秦小凤嘤嘤呜呜地号啕大哭。

“凡事都要讲证据，没有证据，你到哪里去举报也等于零。”治安员说，“年轻人，吃一堑长一智，多学着点。”

“两口子之间给钱，未必还要让对方打条子？未必还要录音拍视频？难道你对你的媳妇也是这样？”牛庆丰说，“老子的血汗钱算是打了水漂了。”

“那要看你跟什么样的人。”治安员意味深长地说，“该讲的政策，我也给你讲了，我只能调解到这个程度，如果你不满意，可以打官司解决，既然你找了寡妇，说明你已经深思熟虑，凡事太过计较，结发夫妻也会‘孔雀东南飞’。”

双方通过调解，秦小凤归还了艾芳的 6 万元，剩下的钱因为没有充足的证据，牛庆丰只好哑巴吃黄连有苦说不出了。

秦小凤带着她的儿子扬长而去。牛庆丰的婚姻昙花一现般结束了。走出调解室，牛庆丰望着湛蓝的天空，此刻，他无法形容自己的心情，不知道是解脱，还是留恋、牵挂。

牛庆丰一路漂泊，一路寻找，爱情在天边，遥不可及。

中　彩

一

“哥，下午有空吗？好久没有和你在一起了，哥几个都很想念你，下午一起吃个饭吧。”一到周末时间，王礼见迫不及待地在电话里亲热地呼朋引伴。

“你就扯吧，前两天我们不是才在一起喝酒了吗？你龟儿子一天爱招呼一起耍，好久买过单哦，真是比铁公鸡还要铁公鸡。”李星星反唇相讥道。

“哥，话可不能这么说，兄弟之间是拿钱说事吗？去年，十几个兄弟伙一起吃饭喝酒，不是我买的单吗？可是花了我 800 元呢。老婆把我骂惨了，至今都还耿耿于怀。不过，请你放心，今天我保证不得喊你出钱。哥，你喜欢吃火锅、铁板烧，还是串串，或者是中餐？你挑吧。”王礼见嬉皮笑脸地在电话里说。

“你自己定吧，我无所谓。你这么抠门，不知道还有没有真诚的朋友。”李星星把电话挂了。

王礼见还在电话那头说，那就烤鱼吧，好吃一条街上的乐山烤鱼不错，就去……王礼见听见电话里传来“嘟、嘟、嘟”的声音，骂了一句，“现在的朋友都是酒肉朋友，说到钱就不亲热了。”别人请吃饭，高兴还来不及，他却像赴刑场一样。

王礼见嗜酒如命，一天不喝二两，感觉心就像被掏空了一样，成天哈欠连天，无精打采。喝得酒精都串皮了，手指不由自主地发抖，拿东西都拿不稳。老婆怕他喝醉酒了在外面拈花惹草，寻花问柳，不容质疑地把工资卡给他收了，只给他留一些烟钱。告诫他：“老娘不想年纪轻轻就守活寡，儿子这辈子都不用找后爹。要是你喝死了，老娘要埋葬你，还要急于找个你的替补，你想想，自己喝死了，把老婆和儿子拱手送给其他男人？”王礼见却不以为然：“酒肉朋友，酒肉朋友，酒都不喝，哪里来的朋友？现在是人情社会，没有了朋友圈，寸步难行呀。”

王礼见十分吝啬，在朋友圈中是出了名的。朋友们对他是敬而远之。老大不小了，还找不到老婆，朋友聚会，他总是喟叹：我的林妹妹在哪里呀。

朋友取笑他：“你那么抠门，打屁都想用纸包起来，哪个瓜娃子女人看得上你哦。”

“话可不能这样说，男人要有家庭责任感，不能花天酒地。这不叫抠门，这叫会过日子。即便你挣一座金山，今朝有酒今朝醉，总有一天会坐吃山空。”

“呸！那你和我们混什么啊。你是大爷，我们就该像敬奉菩萨一样敬奉你？”朋友们嗤之以鼻。

王礼见央求朋友们给他介绍女朋友，朋友说：“可以，不过你要办招待，我们把女孩约过来，你不要太小家子气了，女孩都好面子，你要特别注意，不要让人家看不起你。”

王礼见说：“只要给我介绍到我喜欢的女人，办招待还不是小菜一碟。你们总说我抠门，今天我就‘豪华’一把。”

李星星说：“你不要现在说得豪情万丈，等到结账时，溜之大吉，你要想清楚，今天你是主角，我们都是帮你抬轿子吹喇叭的。”

王礼见尴尬地笑道：“在你们的心目中，我真是像葛朗台一样的人吗？”

李星星说：“有过之而无不及，一个人口碑差了，朋友也就少了，我是实话实说，你可能听了心里一百个不舒服，但我还是要说，不然，朋友纷纷逃避你，你还不知道发生了什么事情。”

李星星和朋友给王礼见带了一个女人来，这个女人自称在税务局工作，人长得清秀好看，有气质、有涵养、有身材。

王礼见看得眼睛都直了，喜欢得不得了，李星星让王礼见办招待，王礼见把他们带到一个卫生条件极差的路边苍蝇店。李星星骂他：“瞧你这点出息，给你龟儿子介绍朋友，整得那么寒酸，你让人家女孩子怎么看你？舍不得孩子套不住狼，你娃娃彻底完蛋了。”

王礼见嬉皮笑脸地说：“嫁汉嫁汉，穿衣吃饭，你哪有那么多废话，有吃的就不错了，你们怎么知道我今后怎么对待家人？”

王礼见怕李星星他们点菜太“奢华”，心里明白朋友们是想借相亲之机宰他，索性先下手为强，拿着菜单大声武气地说：“来一盘花生米、一份素炒莲花白、一份土豆丝、一份花菜、一份鱼香茄子、一份麻婆豆腐……”

“你老兄什么时候成为出家人了？专门吃素。”李星星气不打一处来，“老板，来份凉拌鸡。你总不可能让我们全部吃素吧。”

“你这个人什么都好，就是分不清好歹。吃素有什么不好，现在肥胖症那么多，还不是海吃海喝遭的，现在食品不安全，三聚氰胺、食品添加剂，变质猪肉、激素鸡肉，从鸡蛋到出栏上市还不到两个月的时间，你还敢吃鸡肉，硬是不要命了嗦，国家也不晓得怎么了，对这些昧着良心做食品的人惩罚得太轻，罚他个几万，几十万，连毛都伤不到一根，我看对这些草菅人命的坏蛋就该满门抄斩，处以重刑，看谁还敢造假。”王礼见说，“我敢点，你敢吃不嘛。”

“吝啬之人，还找这么多冠冕堂皇的理由，照你这么说，还有很多转基因蔬果都不能吃，大家只有在自己家里的阳台上种菜了。菜市场早该关门了。”李星星讥讽他说，“老板，我朋友说你卖假冒伪劣食品。”

“饭可以乱吃，话可不能乱说，你无凭无据说我开黑店，我的生意还怎么做？我的食品如果有问题，客人还用排队等待吃饭吗？”老板娘一脸微笑，眼角眉梢透露出妩媚的气质。

女人看着李星星他们掐架，矜持地笑而不答，女人冰清玉洁的高贵气质，让王礼见心里很是折服。

“无酒不成席，我们还是喝点枸杞酒吧。”王礼见根本不管李星星的感受，直接给服务员说，“先来一斤枸杞酒。”

“你娃娃扣到家了，几十元一瓶的白酒都舍不得请我们。”李星星骂他。

“我不是心疼钱，现在假白酒太多，甲醇超标，喝死人、喝瞎眼睛的大有人在。我们喝两三元钱一两的枸杞酒，价格低，不会造假，为了安全起见，喝点廉价的酒，不会有什么风险的。你就将就喝吧，1000 多一瓶的五粮液我们是腐败不起的，哈哈。”王礼见油嘴滑舌，把死的东西都可以说活。

几样素菜很快就盘子见底了，大家用筷子敲得盘子响，王礼见假装没有看见。

“吃了饭到哪里去耍？歌厅还是酒吧？”王礼见说。

“不去了，耍得窝囊，回家搂着老婆睡觉。”没有吃好、喝好，李星星和朋友们都窝着一肚子火，觉得根本不该结识这么一个视钱如命的朋友。

女人的脸上始终保持着矜持的微笑，王礼见总想通过自己的三寸不烂之舌挑起美女的话题。美女莺莺细语，尽显淑女风范，脸上粉扑扑的，煞是好看。王礼见喝了两口酒，看眼前的什么东西都漂浮不定，他觉得眼前的美女，像从天上飘下来，飘到他身边来的。你瞧，小小的嘴巴，大大的眼睛，长长的眼睫毛，乖巧的鼻子，那玉一样的脖子，那傲人的胸，看得王礼见热血沸腾，美女从王礼见的眼里读出了一个字：“色”，知道王礼见已是色心渐起，杏眼里透出一股凛然不可侵犯的冷气。王礼见感觉到了自己的失态，他不想去歌城做“一掷千金”的豪迈，眼前这个如花似玉的女人能不能成为自己的老婆还两说，没有定数的开销，他打死都不愿意，于是，他草草地结束了这次没有结果的相亲。

李星星和朋友们以为王礼见这么抠门，美女肯定看不上他。有时候，事情的发展并不一定按照人们的固定思维发展。美女居然芳心暗动，和王礼见成了一家人。

“不符合逻辑，怎么可能？抠门的男人能有多大的出息？”李星星觉得不可思议。可美女和王礼见还是成了两口子，这是事实。李星星闲得无聊，猜想美女的心思，也许她正是看中了王礼见的抠门，觉得抠一分算一分，只要把钱拿回来，管别人怎么看哦，那种不量体裁衣，甚至借钱摆阔气的男人，抑或赌博成性的男人，别说有无积蓄，即便一座金山，也会很快化作泡影。

二

“哥，我们把位置定好了，去吃乐山铁板烧，才开的，味道巴适惨了，嗯，不给你说了，说得我口水长淌。一会儿见。”王礼见在电话里心急火燎地说。

挂断电话，李星星怕王礼见放他的鸽子，他龟儿子经常装醉，假借上厕所，跑得无影无踪，买单的事情就留给他这帮有怨言却找不到地方申冤的朋友们。李星星骂道：“老子上辈子欠你的。”

老婆劝他：“王礼见这样的酒肉朋友你交来做什么？有钱吃喝就是兄弟，没有钱吃喝，连个屁都不放，你还是离他远点。”

“我又不是三岁的小孩，我知道该怎么做。这种张嘴吃人的朋友，老子早晚要给他点颜色看看。”李星星有点不耐烦地说。

“我说你，你还别不高兴，那个王礼见把你当傻瓜在整呢，觉得你碍于情面，会经常给他办招待，他呢，就装猪吃象。你还是要清醒一点，你也要养家糊口，别天天打肿脸充胖子，办一次招待就是上千元，入不敷出，我们还怎么过日子？”李星星的妻子说，“我不是抠门，男人在职场上混，面子最重要，你说要多少钱，我都给，你的工资都花完了，我们上有老、下有小，你还是要量体裁衣。”

“好了，好了，我知道了，这个一毛不拔的葛朗台，我好久得想个办法收拾一下他。让他哭笑不得。”李星星说，“人在江湖走，哪能不结交朋友？”

“我不是劝你不结交朋友，这样的朋友对你百害无一利，说得难听一点，你巴结讨好单位领导，对你的事业和家庭都有好处，可你这些钱花得确实有些冤枉。”老婆苦口婆心地说，“我和你结婚，日子过得好坏，我也认了，但你要为自己的儿子着想呀。”

李星星知道老婆是为了家庭，为了他的身体健康，但朋友之间，尤其是交往多年的朋友，久不往来，走着走着就走散了。这是一个人情社会，你不能说自己是“妻管严”，就疏远朋友吧。他安慰老婆，希望老婆多换位思考，不要让他在朋友面前丢脸，我丢脸了，别人摆出来，你也脸上无光。老婆想想是这么个道理，让李星星多带点钱，但不要喝两口酒，自己是什么家底都忘记了。

李星星高兴地说，老婆是识大体明事理的好女人。

李星星如约来到乐山铁板烧，这是一个刚装修不久的烧烤店，店面并不怎么奢华，却很温馨。王礼见和一帮朋友已经坐在那里等他了。

“先生，我们这里的菜式种类比较多，食材也很新鲜，各式烧烤味道也不错。不仅仅有烧烤，还有钵钵鸡，分红味和青椒两种，吃多少算多少。烤茄子和烤肉都还不错，价钱也不贵，总的来说，这是一个吃夜宵的好地方。你们这拨好吃嘴独具慧眼，算是找对地方了。”一个娇艳的大堂美女向李星星介绍道。

这个美女眉目传情，顾盼生辉，看得王礼见口水都要流出来了。李星星嘲笑他说：“你呀，见到美女眼睛都直了，难道比你那个如花似玉的老婆还要好看？你是来消费喝酒的，又不是来嫖妓的，哈哈。”

“我这里的菜品色香味俱全，但不卖色哟。”老板娘笑吟吟地说。

王礼见笑声朗朗：“不好色的男人不是好男人。哈哈哈，不乱说了，来，哥几个，走一个，今天我们好好喝酒，看美女，享受人生。”

“哦，你看我这记性，对不住，我忘记介绍各位朋友了，李星星，县环保局环境监察科的科长。王石民，县卫生局的科长。”王礼见给李星星介绍新朋友。

“相识就是缘分，更何况同桌觥筹交错。真是幸会，幸会。”两人将满满一杯啤酒一饮而尽，算是打了招呼。

辛辣的烧烤味弥漫着不大的店面，充满着诱人的味道。酒过三巡，大家醉意朦胧，举杯把盏，踌躇满志，谈女人，谈单位领导的绯闻，谈狐狸精如何迷倒局长，一个个喝得酩酊大醉，口齿不清，却还谈兴正浓。

“哎呀，不好意思，一个高中同学给我打电话，人家从千里之外赶来见我，我竟然把这事给忘了。不去吧，怕今后同学之间不好见面，你们先喝到，我去安排一下，耽搁半个小时就过来。不见不散哦。”王礼见想故伎重演。

李星星知道他想逃买单，故意说："王礼见，你他妈好久耿直一盘，当到你的朋友也想耍赖，想先走，你把单买了。"

"哥，你我兄弟，何必分彼此。如果我没有赶回来，你先把账帮我结了，我明天还你的钱。"王礼见厚颜无耻地说。

"你说得安逸，不分彼此，那你把你的女人让给我睡嘛，你干不干呀？哈哈。"李星星酒后有些胡言乱语了。

"朋友穿一条裤子都可以，老婆有啥子舍不得嘛，身外之物，只要你看得起，你拿去用就是了。朋友妻莫客气。哈哈哈。"王礼见嬉皮笑脸地走了。

"你别难为他了，他人不坏，只是老婆管得紧，今天我请你。"王石民以为李星星怕花钱，在一起喝酒是一件高兴的事情，何必为了谁买单伤感情呢？

"你我相逢如知己千杯少，相见恨晚，今天酒一喝，那就是风都吹不散的铁哥们儿了。我怎么会让你请客。来，我们干了。"李星星高兴地说。

李星星最后是怎么回去的，他记不清楚了，老板说花了多少钱，他就机械地把手伸进口袋里掏出钱包，让老板自己取钱。

第二天早上，李星星起床，感觉头痛欲裂，心里很是难受，妈的，喝酒的时候，豪情万丈，生怕少喝了，喝得气吞山河，现在安逸了，难受死了。今后不喝酒了，哪怕是天上飘来的仙女，和我以身相许，我也不得再喝了。

李星星这样想，可是贪杯的人，都是这样，喝醉了就诅咒发誓说要戒酒，酒醒了什么都忘记了，真是好了伤疤忘了痛。

"不能喝，就少喝点嘛，你硬是想把自己灌出个肝腹水来？"老婆心疼地对李星星说。

"妈的，又遭王礼见耍了，这个龟儿子太抠门了。"李星星虽然很难受，但是300块钱都化作了胃里的啤酒，正在肚子里翻江倒海好一番难受。心里越想越气。

"你不听人劝，要一意孤行，有啥子办法呢。"妻子惆怅地说。

三

“我想收拾一下他，但你要配合我。”李星星如此这般和老婆耳语了几句，老婆直骂他脑壳烂。

日子枯燥乏味地重复着，李星星和王礼见按部就班地过着无聊的日子。

“兄弟，今天又是周末，下午下班后到家里来喝酒，尝尝你嫂子的厨艺。”李星星拨通了王礼见的电话。

“哥不生我的气了？”王礼见依然嬉皮笑脸地说。

“我无缘无故生你哪门子气？”李星星冷冷地说，“钱嘛，身外之物，你说是不是？生不带来死不带去。”

“哥真是比我亲哥还好。大气之人，必定是有福之人。”王礼见心情灿烂地说。

“你他妈怎么不说我是你亲爹，老子又没有把你打倒。遇得到你哦。”李星星挂断电话，在心里咒骂道。

下午下班，李星星的老婆风急火燎地去菜市场采购蔬菜。买了两条鲢鱼，买了半斤卤猪头、卤牛肉、卤猪耳朵，还买了一只脆皮鸭。回到家里十分麻利地做了一桌丰盛的菜。

“我在单位就闻到了飘香的菜肴，嫂子真是能干。你看看，这菜的色香味，那才叫绝，什么是厨艺？这才是绝色的厨艺呀。比那个什么什么《舌尖上的中国》里面做的菜都还要出色。嫂子，我找市电视台负责美食栏目的记者朋友给你做一期节目，在电视上展示一下你的厨艺如何？”王礼见讨好地说。

李星星觉得王礼见除了抠门以外，耍嘴皮子真是无人能比，也算是他的绝活吧。上知天文下知地理，只要有他在，一个人滔滔不绝、口若悬河，当其他朋友不存在。朋友想插一句话都很难。

“你娃娃少给我来这一套，嘴巴不停地翻，你累不累哦。”李星星从来都不给他好脸色。

“你们两个不要一见面就掐，整些没有名堂的事情，帮我把桌子摆好，你们哥俩喝酒吧。”李星星的老婆说道。

“今天我们喝一瓶青花瓷就可以了，整醉了，第二天提到酒字就作呕，难受。”李星星对王礼见说。

“哥，你的酒量好，你可以多整一点。”王礼见说。

“既然是哥俩，何必要喝出个你死我活，适可而止就行了，喝多无益，那不叫品酒，叫酗酒。”李星星的老婆说。

“嫂子说得极是。前段时间，我听说，有个单位上的男人不晓得在哪里喝得酩酊大醉，醉醺醺地回到家里，心头难受，走到阳台，推开窗户，吐得跟鱼老蛙似的，结果，从 18 楼直接一个倒栽葱翻出窗外当场就摔死了。你们说惨不惨。”王礼见说。

“不会吧，他家里的人呢？没有人管他？”李星星的老婆对这个话题来了兴趣。

“鬼晓得是咋回事，有人说，那个男人一天烂酒，喝醉了回去，还要打婆娘娃娃，老婆恨铁不成钢，对他早就失望到了极点。那个男人也是，喝酒不要命，天天喝酒，喝得连做那种事情都没有兴趣了，老婆年轻漂亮，想着那事，看看男人却嗜酒如命，早就心灰意冷了，据说是老婆把他推下窗户的。”王礼见绘声绘色地说，仿佛他就在现场一样。

“不会吧，天底下哪有这么歹毒的妇人哦。”李星星的老婆觉得不可思议，“那她是故意杀人，是要抵命的。幸亏不是在酒桌上出的事情，不然你也要遭连带责任，网络上曾经报道过，在酒桌上喝死人的事件，家属将一桌喝酒的人一起告上法庭，要了 50 万元的赔偿款，每个人都赔了几万元，这叫乐极生悲，人死不能复生，赔再多的钱，也不能挽回一个完整的家庭。”

“哥，你晓得不，我们单位的领导那才叫牛，和好多女人都有染，过的是在单位彩旗飘飘、家里红旗不倒的逍遥日子。”几口酒下肚，王礼见像女人一样翻起是非来。

“你娃娃不要张起嘴巴乱说，传到你们领导耳朵头去了，有你娃娃好受的。”李星星说。

“就是，你们呀，我最担心的就是你们喝酒醉了，管不住自己的嘴，祸从口出，把人得罪了，还不晓得怎么回事。一张桌子喝酒吃饭，都像你们一样喝醉了，不知所云，过了口瘾，也不知道会有什么后果，那也无所谓，如果遇到别有用心的人，把你们的胡言乱语录音或者拍视频，然后再添油加醋，没有说过的话，全部栽到你们的头上，到领导那里邀功请赏，而领导又听信谗言，再加上心狠手辣，那你们就死定了。现在的领导，唯我独尊，听不得一点意见，眼睛头容不下沙子，一点小事，他可以把你整得生不如死。”李星星的老婆劝他们，“你们还是要注意到点。现在人心不古。”

“嗯，我那个挨千刀的局长，真他妈是政客，外强中干，霸气毕露，杀气腾腾。狗日的，拈花惹草，还骂职工行为不端。拉帮结伙，还骂有本事的人，一个农民娃娃，只有好好做事，要想升迁，除非来了狗屎运……”王礼见骂 领导，骂得痛快淋漓。

“官场上的龙门阵只是茶余饭后的笑谈，管你我鸟事，他们当不了一辈子的官，龟儿子下课的时候，他身边的那些奴才又会去侍奉更高的官。不说了，官场黑暗呀，我们喝酒。”李星星说。

“今天才喝了三两酒，感觉晕晕乎乎，看来身体是不行了，喝酒要适可而止了，哪天喝死了，自己成了冤死鬼，老婆被别人睡，娃娃被别人打，房产被别人占，想起来都害怕。咦，我这两天眼皮老是跳得很厉害，是不是要发财了？”李星星说。

“喝两口酒就知道瞎说，你能不能说点吉利的，晓得命是自己的，还这样拼命喝酒。”李星星的老婆白了他一眼说道。

“哥是在做梦了吧。梦到天上下钞票了。哈哈哈。”王礼见笑道。

“嗯，你还别说，是不是我要中彩票了？老婆，快把我下午买的彩票取出来看看，好像是今天晚上要开奖了，莫不是我时来运转中了头彩？”李星星爽朗地笑道。

“你都中奖了，卖彩票的不是要破产了，哪有那么好的事情？”李星星的老婆从皮包里拿出他今天下午才买的彩票。

李星星醉眼蒙眬地端详着彩票：“0611182021222526。”他一个字一个字地念道。这些吉祥的数字组合起来，就是一座金山呢。

“这些都是我做梦梦到的吉祥数字，说不定是财神爷在给我托梦呢。”李星星说，“王礼见，你去帮我看看我买的彩票中奖没有。我酒喝多了点，脑壳有点痛，走起路来偏偏倒倒的，你去花都路彩票站看看，中与不中都给我回个电话。”

“要得，哥，我这就去。我倒要看看你的预言准不准。”王礼见醉醺醺地站起来。

“不忙多，老婆，去拿纸和笔来，我们先君子后小人。写个字据，如果中奖了是我的，你可不要给我争。我懒得和你打官司。现在这样的事情见多了。前段时间，网上说，有个人托卖彩票的帮忙买彩票，他给了彩票站老板100元钱，让老板帮自己定时买，怕自己事情一多，忘记买彩票，也活该他狗屎运好，居然中了300万元大奖，老板见利忘义，硬说是自己掏钱买的，和别人没有关系。没有办法说不清楚，两个人打起了官司。”李星星说。

“俗话说，用人不疑，疑人不用，你怀疑我的人品，你买彩票的事情完全可以不给我说。”王礼见笑话他，“你就那么肯定你一定要中奖。”

王礼见和李星星郑重其事地立起了字条：

现有李星星购买彩票号为0611182021222526，委托王礼见前去兑奖，如果中奖，所有奖金归李星星所有，与王礼见无关。

李星星　王礼见

“你思路这么清晰，立字据都没有问题，你自己怎么不去？莫非是故意耍我？”王礼见心头有些不爽。

“要你帮我办芝麻大点小事，你还不乐意，你能够帮助我做啥？”

四

王礼见兴高采烈地拿着彩票走了。一路上歌声满天飞。

"你真够损的，戏演得这么逼真。"老婆对李星星说。

"好戏才开始呢。"李星星哈哈大笑。

半夜三更，彩票站早就关门了。但是彩票站公布的兑奖号码依然很醒目地贴在门口。

从李星星家里出来，被风一吹，王礼见更醉了，他驻足在彩票站门口，掏出彩票，0611182021222526，一个字一个字地念，一个字一个字地对，念完了，竟然分毫不差，王礼见使劲地揉了一下眼睛，天老爷，居然中了500万，500万，啥子概念？

王礼见的酒醒了，急急忙忙掏出电话，战抖着拨通了李星星的手机："哥，500万，哥，500万。你中奖了。"

李星星听见王礼见激动得语无伦次的声音，觉得好笑："啥子500万？你娃娃看清楚没有。我有高血压，不能经受你一惊一乍的刺激。"

"看清楚了，哥，500万，千真万确。不信，你马上来嘛。哥，我在彩票站这里等你，你快点来。"王礼见兴奋不已。

"龟儿子上当了。哈哈。我看热闹去了。"李星星对老婆说。

"适可而止，不要整过火了哈。"老婆叮嘱道。

"晓得了。"李星星出门了。

"果然是500万，天哪，我何德何能，怎么会中500万？"李星星仔细对了一下彩票上的数字。

王礼见还有点舍不得把中了500万元的彩票交给李星星，别小瞧这张巴掌大的纸片，这可是500万元人民币呀。

"你娃娃是不是起打猫心肠了，想和我争这个奖金？我就说嘛，没有不见钱眼睛亮的傻瓜。你赶快拿给我吧。"李星星说着，从王礼见手上把彩票夺过来，在路灯底下，仔细看了看，像电视里那些得到银圆的人一样，对着银圆吹口气，然后拿在耳边听，李星星对着彩票吹了口气，然后把彩票铺平整，小心翼翼地收藏在钱包里说：“这可是天上掉下来的钱，大意不得。走，回家，把这个好消息告诉你嫂子去。”

“哥,你的运气真好。有了这笔钱,你可以买大房子了,可以买豪华汽车了。我真是羡慕死你了。”王礼见讨好地说。

“你给我算一下，500万扣除税费，我还得到多少？”李星星得意扬扬地说。

“少说也得有300万。在康定至少可以买5套房子。”

“如果你中奖了，你打算怎么花这个钱？”

“让局长给我当孙子，让那些狗眼看人低的人对我刮目相看。让平常那些对我傲慢的人，看到我像哈巴狗一样摇尾巴。”

“看看，你就这点出息，你是活给别人看呢。那你打算怎么花这个钱？”

“买房买车，香车美女，到欧洲国家去看西洋景。哈哈，人生得意须尽欢。”

“龟儿子，搂着一个美如天仙的老婆，还在想美女。”

“老婆总有人老珠黄的时候，男人的爱美之心却是永远不老的。”

“幸福的花儿心中开放，爱情的歌儿随风飘荡，我们的心儿飞向远方，憧憬那美好的革命理想，啊，亲爱的人啊携手前进，携手前进，我们的生活充满阳光，充满阳光。并蒂的花儿竞相开放，比翼的鸟儿展翅飞翔，迎着那长征路上战斗的风雨，为祖国贡献出青春和力量……”李星星迎着夜风一展歌喉地唱道，王礼见也跟着唱。

“能够和福星高照的人走在一起，我也沾点财运。”王礼见说。

“王礼见，哥对你咋样？”李星星说。

“比亲哥还要好一百倍。”

“真的？”

“真的，平常一起耍，好多时候都是你慷慨解囊，没有和我计较过。”

“那是你活得悲哀，遭老婆管得紧，连个做人的尊严都没有，你说说，人为财死鸟为食亡，一个人拼死拼活挣钱，为了啥？”

“为了啥？”

“上为父母，下为儿女，还要结交朋友。如果整得个跟葛朗台似的，还有何脸面？”

“是，是，是，哥说得很有道理。”

“这样吧，我中奖了，总得对你有所表示吧。”

“不用，真的，哥，钱再多都是哥的，我不是你想象的那样，看到你有了钱，就犯红眼病。”

“虚伪，这可不是你的本心话。哈哈哈。”

“哥，现在财大气粗了，不要有钱了就疏远了小弟，眼睛望到天上去了。”

“你他妈说的是不是人话，我是那样的人吗？”

“谁说得清楚，我以前的一些朋友，和你平起平坐的时候，称兄道弟，那个亲热劲，比娘老子还亲。当官了，当上了副处级干部，开始打官腔了，以前喊我王哥，当官了过后，就喊我小王了。更多的时候，对面路过都假装看不见，你喊他，他连眼皮都不抬一下，官架子十足，走在街上，7、8 米宽的马路，还不够他拽。我相信哥是视金钱为粪土的君子，不会疏远我的，对不对？”

“哈哈，你娃娃脚趾头在袜子里面动，我就晓得你打的什么算盘。你是想我中了那么多钱，怎么也得给你分个十万八万吧。上山打猎，见者有份。这样吧，我给你买 10 套虎豹西服。可以了吧。”

王礼见心头盘算着，10 套虎豹西服相当于六七千元了，今天到李星星家里喝酒，还喝出了意外之喜，心头一阵激动：“哥呀，你对我这么好，我怎么样才能报答你的大恩大德哦。”

橘黄色的路灯，让王礼见的心情灿烂着。王礼见觉得熟悉不过的小城充满了金钱般的诱惑。

他们又走了几步，李星星又对王礼见说；“虎豹不值钱，我给你买七匹狼，算是对得起你了吧。”

王礼见要被幸福砸晕了，他使劲拍了一下李星星的肩膀：“哥，你不是说的醉话吧。”

“你以为我像你，说话不作数？”

“不是，不是，万把块钱的东西，对于拥有几百万现金的你来说，不过是九牛一毛。”

“你觉得我现在住的那个房子怎么样？”

“90 年代修的了，有点旧了，你现在拥有现金 300 多万，这个房子和你现在的身份不符，卖了，在成都都可以买套别墅了。”

“你也太瞧不起我了，我现在有钱了，算是百万富翁了，还瞧得起那个破房子吗？你以为我像你一样，把钱捏在手里，捏出水了都舍不得花？你我兄弟一场，如果你看得起，我把我现在的房子送给你。”

“苍天啊，大地啊，你发发慈悲，不要戏弄我吧。我快疯掉了，我的小心脏快受不了了，天下哪有这么好的事情哦。”

“君子一言，驷马难追，等我们明天去成都把奖金兑现了，回来我就过户给你。”

“好，哥，今晚我就到你家里去住，明天一大早我们赶客车去成都兑奖。好不好。”

“你娃娃，心眼多。”

李星星和王礼见回到家里，李星星的老婆正在收拾厨房。

“老婆，真中了 500 万。”李星星喜出望外地说。

“你们两个是不是酒喝多了，眼睛花了，想钱想疯了，找个好耍的笑话，自我陶醉哦。”李星星的老婆说。

“千真万确，嫂子，我看了的，彩票上的数字和彩票站公布的数字一字不差。”王礼见激动地说。

王礼见眼睛放光，仔细打量了一下李星星的家里，房子虽然旧一点，但是装修得不错，有 90 多个平米，如果按照当下 6000 元一个平方米的房价，那李星星不是要送他五六十万？想到这里，王礼见喊李星星两口子喊得更甜、更乖了。

李星星的老婆收拾妥当，就坐在客厅里，看着两个自诩中了彩票的男人，像范进中举一样，手舞足蹈，语无伦次。

“王礼见，你和李星星都是马大哈，你注意看没有，彩票上的数字是不是这一期的。”李星星的老婆想提醒王礼见，因为希望越大，失望就越大。

“看了，就是这一期的。哥，嫂子，明天到成都去领奖，我们需要采取什么样的防范措施呢？为了安全起见，把哥化装成白发苍苍的老头子，我化装成油头粉面的书生，哈哈。”

“你在网上搜一下，看看人家中奖了，是怎么去领奖的嘛。我们才中了500万，人家中几个亿，那咋个办？真是山猪儿没有见过大世面。”李星星说。

“对，对，安全第一。我回去搜一下。哥，你突然得了这么多钱，你不怕你家门口被踢爆？认识不认识的人都来找你借钱，你怎么办？”王礼见说。

“实在没有办法，我们就另外买房子，避开所谓的熟人。”李星星的老婆说。

“你还不回家搂着老婆睡觉，未必然想和我们两口子一起睡？”李星星下了逐客令。

“哈哈，和你们两口子睡一张床，那敢情好。”王礼见油嘴滑舌地说。

“呸，不害臊的东西，赶快回家去吧。”听到他们乱开玩笑，李星星老婆的脸一下子就红到了耳根。

“哥，明天早上记得喊我哦。”王礼见出门时，反复重复这句话，生怕李星星一个人去兑奖，然后不履行他的诺言。

“放心吧，你安心回家搂着你的老婆做美梦去吧。”李星星说。

王礼见回到家里，老婆已经睡得迷迷糊糊了，他兴奋地把老婆摇醒：“老婆，我们发了。”

老婆眼睛都懒得睁一下：“半夜三更的，你还要不要人活，人家睡得正香。”

“真的，我们发了，李星星中了500万，明天我和他去成都兑奖，把钱拿到手，他答应把他现在的房子送给我们。”王礼见还沉浸在美梦中。

“你这个白痴，发你个痔疮，还没有睡觉就在说梦话，天底下哪有这么好的事情，即使真中奖了，人家凭啥把房子送给我们，你是他亲爹？真是猪脑子。快睡觉，不要影响我。”老婆竟然如此淡定。

老婆翻了个身，说了几句又睡过去了。

王礼见独自一个人兴奋，想象着明天到成都去领奖的激动人心的时刻：“彩票中心的人肯定眼珠子都要羡慕得掉下来，乖乖，哪有这么好的福气，财运就找上身来。”

“等兑奖回来，我就让李星星把他的房子过户给我，他这个人耿直，不会有什么闪失的。人家几百万都还不晓得怎么用，怎么会在意这个20多年的老房子呢？等房子拿到手，我就把我这个房子和李星星的房子一起卖了，去买一个崭新的大房子，然后装修得像模像样。哈，我也要过上等人的生活了。”王礼见兴奋得睡不着觉。

“宽大的房子，装修考究，大屏幕的等离子电视，房间里应有尽有，哈，这就是我想要的生活。”王礼见没有丝毫的困倦，一幅富人的生活画卷在他的眼前慢慢铺展开来，就像卷起的一幅画，慢慢呈现，心旷神怡。

王礼见刚迈出李星星的家门口，李星星的老婆就笑得直不起腰，这个王礼见，真是钻到钱眼里面去了，想钱想疯了，连起码的思维能力都没有。

李星星喝了一口茶，得意地说：“怎么样，这场恶作剧表演得怎么样？”

“如果他知道上当了，还不晓得要气成什么样呢。”李星星的老婆说。

“他这样的人就该这样收拾他。时候不早了，我们也睡觉吧。”李星星说。

第二天上班，王礼见兴高采烈地给李星星打电话：“对不起，你所拨打的电话已关机。”

王礼见急了，连续拨打了几遍，还是那句话：“对不起，你所拨打的电话已关机。”

王礼见赶快到李星星的单位去找他，单位领导说李星星请假了。他去找李星星的老婆，李星星的老婆说：“不是说好了，你们今天去成都兑奖吗？”

“他怎么没有喊我呢？”王礼见急了。

“我怎么知道呢？我还以为你们这会儿都要到雅安了。这个李星星，搞啥子名堂，出去领奖就像做贼一样。”李星星的老婆说。

找了一上午，李星星还是关机，音讯全无。王礼见急了，赶快找了一辆“野的”，想去成都找李星星。

李星星此刻正在茶坊和朋友们打麻将。李星星对朋友们说，王礼见爱财如命，他就想了这招来收拾他。

他去彩票站买彩票，看见开奖了的彩票数字还赫然写在彩票站门口，他对卖彩票的小妹说，就买你们公示的这组数字吧。

小妹笑话他说：“买已经开过奖的数字，不会中奖的。”

李星星说：“你不要管我的，那年广州遇到冰冻灾害，又是赶回家过春节的时候，几百万人滞留在广州火车站，一个打工的小伙，百无聊赖，四处 闲逛，把人家丢弃了的彩票拿来照到上面的数字买，不是一下子中了500万？”

“买彩票靠的就是运气。”李星星说。

小妹什么话也不说，要买哪一组数字是个人的兴趣，你管他怎么买。有的人迷信顺和发，买6和8，结果什么也没有。

“哈哈，你这招太损了。”朋友们笑话他。

一路上，王礼见焦急地给李星星不断打电话。

李星星对朋友们说闹剧该收场了。说着，他把手机打开了，手机短信提示，王礼见给他打了不下20个电话。

王礼见一路上不停地打电话，手机终于通了：“我的哥，我的祖宗，你怎么现在才接电话？你在哪里？”

王礼见的心都要急出来了。

“我在康定呀。”李星星不紧不慢地说。

“开啥子玩笑哦，不是说好今天去兑奖得嘛，你不把我的心脏病气出来，你不罢休呀？我都要到雅安了。”王礼见说。

“哈哈哈，你这个用屁股想问题的傻瓜，你慢慢去领奖，我是骗你的，你以为那么容易就中了500万。”李星星大笑。

“你，你，你，好你个龟儿子，你这样耍人不得好死，老子回来跟你没完。老子打得你满头中彩。”王礼见气得语无伦次。

“我要下车，我不去成都了。”王礼见由狂喜到沮丧，像蔫了的气球一样，无精打采。

“你必须得把来回的包车钱给我付了，我是到成都的，你半路就下，让我去哪里拣人？”司机不高兴地说。

“龟儿子太捉弄人了。”王礼见气得咬牙。

“你再骂一遍，骂谁呢？”司机怒目圆睁，挥着南瓜一样大的拳头，“老子也不是好惹的，赶快把包车费给我给了，不然，你就只有到医院里待着了。”

司机凶神恶煞的样子，让王礼见不寒而栗，他赶快说：“我没有骂你，我是骂我自己。”

王礼见怏怏不乐地回来了，中奖的故事随即在这个小城中流传开来。

烦　恼

一

儿子张晓风就要准备新修房子了，年近七旬的张定魁显得有些乐不可支，一大早他就撇下卧病在床的老伴，招呼着三十多岁依然还是光棍的老儿子出门了，趁着早上凉爽，可以多干一些农活。天刚刚亮明，走在山间小道上，望着绿油油的麦苗和金黄色的油菜花错落相间，炊烟从瓦缝里袅袅升起，鸡鸣声、狗吠声此起彼伏，张大爷感到一种惬意，桃源般的田园风光对于他，早就已经熟视无睹了。

儿子要修新房子，张定魁如释重负，他边走边从怀里拿出叶纸烟很熟练地裹好，装进烟袋里，然后掏出火柴点燃吸了一口，对儿子说："唉！当年怪我过于固执，当初你考上了大学，我嫌是专科，人家说我们农民的儿子读书等于是把钱拿来往水里扔，我想想也是，你读出来要花几万，你读高中就花掉我好几万，我和你母亲的骨油都要被榨干了，已经没有能力再供养你上大学了。我们张家世世代代都是农民，没有任何臂膀可以依靠，你即便读出来了，能不能找到工作还很难说，所以我没有打算让你去上那个破学校，你都二十多岁了才回农村，农活一样都做不来，真是狗屎做鞭，文（闻）也文不得，武（舞）也武不得。我担心你咋个在农村立脚哦！”

张晓风跟在父亲身后，听父亲絮絮叨叨地发着牢骚，默默无语，只听见他长吁短叹。

那年高考，张晓风是寄予了厚望的，但是天不遂人愿，壮志难酬，他接受了残酷的现实回家务农。哥哥姐姐小学都没有毕业就回家务农，早已各自成家，儿女绕膝了。张晓风回来和年迈的父母住在一起。想靠知识改变命运的愿望彻底破灭。但是父母对他还是充满了希望，虽然他没有考上大学，却是他们家族里面文化最高的，父母希望通过张晓风的聪明才智能够改变家里贫穷落后的面貌。

回到农村，张晓风知道他已经不是风流倜傥、意气风发的少年书生了，不能跳出“农门”，就只能回到农村当一个地地道道的农民，刚回家的时候，他多了几多惆怅和忧虑，父母希望他像他的哥哥姐姐一样早日成家立业、生儿育女。于是父母央求人到处提亲，因为读书花了很多钱，他的家境并不殷实，居住在深山的姑娘远嫁他乡，在性别比例严重失衡的农村，像张晓风一样打着光棍的年轻人还有好几百。

一天，一个媒人兴高采烈地告诉张大爷，经过千辛万苦的探访，她终于为张晓风物色到了一个女人，闻言儿子的婚事有望解决，张定魁喜出望外：“只要女人同意答应嫁给我的儿子，我一定要好好酬谢你！”老人竟然激动得语无伦次。

“您先别着急，听我把话说完，那个女人是死了男人的，有两个娃娃了，不过只要她同意，还是一桩不错的婚事。”媒人慢条斯理地说。

张定魁听了媒人的介绍后，吃惊得眼珠子都快滚落下来：“你在说啥子？给我的儿子介绍了个二婚嫂？还有两个拖累？糟践人不带你这样的，我儿子寒窗苦读 12 年，也算是文化人，这 30 多年的光阴就白混了？”

看见张定魁怒不可遏的样子，媒人一脸的不高兴：“撮合婚姻是积德行善的事情，又是费力不讨好的事情，我又不图啥子回报，现在村里的光棍那么多，你们嫌弃，别人不嫌弃，我想你家儿子有文化，见过世面，才优先考虑他的，你们考虑一下吧，自己做主，成与否，我只是牵线而已，不要到时候不满意怪到我的头上。”

张大爷和张晓风合计了半天，与其一辈子打光棍，还不如找个寡妇，于是七十岁的老子和三十多岁的儿子一再央求媒人前去提亲。

素未谋面，张晓风在心里勾勒着即将成为他媳妇的那个寡妇的形象：虽然是寡妇，但愿她不要长得太丑。

过了几天，媒人把寡妇带来了，见面的时候，张晓风差点没有被寡妇吓得昏死过去：寡妇长得浓眉大眼、五大三粗，皮肤粗糙黝黑，满脸雀斑，找不出一点女人的温柔和贤惠。

张晓风犹豫了，可是媒婆却警告张晓风，只要寡妇愿意，你没有选择余地，你现在无论从经济实力，还是从年龄等各方面都没有任何优势了，那些小姑娘绝对看不上你。

张晓风想想也是，答应和寡妇相处一段时间，寡妇便心安理得地把两个儿子带来，亲热地叫张晓风爹。张晓风心里充满了酸味，但是表面上还得做出为人父的甜蜜状。

和身材魁梧的寡妇相处，张晓风无法感受到爱情和婚姻的甜蜜，寡妇相貌丑陋却要求颇多，张晓风必须要时刻对她的两个宝贝儿子好，挣的钱必须如数交给她管理。张晓风没有幸福感，心里只有一种屈辱，他不敢表露出来，他要寻找时机发泄自己的不满：“我也得有个条件，你得为我生一个儿子！”张晓风说得斩钉截铁，寡妇瞪大眼睛骂他：“你还敢给我提条件，如果不是我这个好心的寡妇，你枉自活了三十多岁，还不知道女人是啥滋味！”

张晓风感到羞辱：“我想要个孩子是我的权利吧，你总不能让我一辈子都没有自己的骨肉呀。”

“说到底，你就是不想帮我养育这两个儿子嘛，你如果嫌弃我的孩子，我们好聚好散，我就不相信找不到对我儿子好的男人。”寡妇索性把两个儿子带走了。

寡妇走了，张晓风的心像被掏空了一样，心急如焚，魂不守舍。央求媒婆说尽好话，寡妇依然我行我素，不愿意搬回来，斩钉截铁地说：“他嫌弃我有两个孩子，我还嫌弃他一无所有呢。有文化又能够怎么样？还不是和村里的男人一样，出卖苦力挣钱，没有想好和我怎么过日子，勉强在一起，彼此都难受。”

寡妇坚持她的原则，张晓风十分沮丧，看到老儿子颓废的样子，张定魁气不打一处来：“你枉自花了我那么多钱，怎么没有一点志气？一个寡妇就值得你这样寻死觅活？”

和寡妇短暂的相处以后，张晓风又回到了郁闷的单身生活。

连寡妇都要轻薄自己的儿子，张定魁心急如焚，不停地唠叨：“你读啥子书嘛，早知道最终还是务农，不如像你的哥哥姐姐一样不去读书，兴许你早就成家立业，我也早抱上孙子了。”

看见年迈的父亲为了自己的事情唉声叹气，张晓风站立在父亲身旁默不作声。从学校回到农村已经快要十年了，自己却一事无成，从意气风发的翩翩书生，到如今落魄的农民，张晓风感觉到自己做人很失败。

张晓风借酒浇愁，一口气喝光了一斤白酒，时而狂笑不止，时而号啕大哭。张定魁束手无策，只得把大儿子叫回来，让他劝劝弟弟。

张晓风发酒疯，哥哥骂道：“你这个没有出息的家伙，想喝酒吗？我陪你喝。”说罢，一口气喝完了半斤白酒。

“你这个没有良心的家伙，父母供养你读书，没有想到几万元钱被你这样糟蹋了，如果用来修房，高楼大厦都盖起来了。”哥哥说，“你不但不感恩，还恬不知耻地在家里耍酒疯。”

“我不要你管，连你也来看我的笑话，你算什么东西。”张晓风手舞足蹈。

“啪啪”，哥哥给了张晓风两记清脆的耳光，张晓风烂醉如泥，不知道疼痛，依然号啕大哭，“你有种就打死我吧，与其活得这样窝囊，还不如一死了之。”

“我怎么养了你这个畜生，一天福气没有享成，给你们当了一辈子牛，没有让我清闲过一天。老子这辈子真不划算，你们不争气，你们老娘体弱多病，我都这么大年纪了，还要出门打工，人家看我年纪大，觉得雇请老年人不划算，挣钱有那么容易？你们还嫌不够丢人，还要打架，要让邻居们都晓得，我养了两个现世宝？”张定魁说，“你张大鸣儿大女成人了，还不收敛你的臭脾气，怎么在孩子们面前立威？”

二

张大鸣不想读书，书本一打开就呼呼大睡。张定魁说："我没有文化，算不来工钱，不懂法律，这辈子吃了不少苦。我不要求你通过读书出人头地，至少你不要走我走过的弯路。"

张大鸣说："我不开窍，是遗传了你的基因。吃不到葡萄何必强求自己一定要吃葡萄呢？这个社会就是这样，有达官贵人，就会有乞丐。全中国农民就占了九成，农民就不生存了吗？"

"我只管生养你，管不到你将来的衣禄，自己的路自己选择吧。走阳关大道，还是走荒山野岭，我替代不了你。"张定魁说。

"我有的是力气，上山下河我都不怕，只要饿不死就行了。"张大鸣说，"自己的路自己走，我给不了你幸福日子，但也不会给你增加负担。"

和众多农家子弟一样，张大鸣在父辈们的言传身教下，逐渐成为一把种庄稼的好手。他的梦想比较接地气，娶妻生子，不饿肚子。什么人生理想，什么腰缠万贯，他都不去想，如果想什么就有什么，还需要奋斗吗？

在别人的撮合下，秀莲和张大鸣结为夫妻。秀莲的家在外县一个穷山村。父母、兄弟姐妹都是老实巴交的农民。在家人看来，秀莲能够嫁给张大鸣，不求荣华富贵，只要过上丰衣足食的日子就行了。指望嫁豪门和达官贵人，这些不切实际的梦想，只能让人空虚无聊。

"你嫁给我，不是来享清福的，儿大女成人必须要分家，别指望父母能够给我们分多少家产，最多分一些锅碗瓢盆，他们还要过日子，我们没有能力孝顺他们，但也不能在鸡脚上刮油。你和我在一起，就要女人当男人用，我干啥你就要和我一起干，上山下河也在所不辞。"张大鸣说，"想当全职太太，最好连这种想法都不要有。"

"我有手有脚，眼不瞎耳不聋，从来没有想过要吃闲饭。"秀莲说。

"你明白就好。"张大鸣说，"我们这里物产丰饶，人勤快，不愁吃穿。"

张大鸣带着秀莲，天还没有亮明，背着大刀，带上锅盔，往深山老林赶，他们要去伐木，准备修建三个排列的大瓦房，备好木料再请木匠。日积月累，秀莲和张大鸣一道备足了木料，请了几个木匠，一个多月的时间，瓦房的架构就搭建好，在村民们有节奏的吆喝下，瓦房的雏形便搭建好，剩下就是泥水匠的工序了。几个月后，一栋崭新的瓦房落成，张定魁高兴地说："你这才算真正意义上成家立业，接下来好好生儿子，日子就是这样过的。"

每天送走晚霞，整个村子笼罩在黑暗中，村民们忙着准备晚饭。张大鸣有一个习惯，累了困了，只要饭菜一上桌，他就会喝一点镇上企业酿造的苞谷酒，这酒不辛辣、不上头，几元钱一斤，经济实惠。每天他都这样，一个人端一碗酒，喝得滋滋响，很是陶醉的样子，不知不觉感到头重脚轻，眼睛泛红，世界在他的眼前旋转起来，说着酒话，横竖看不顺眼，骂骂咧咧，摔碗打桌子，秀莲让他少喝酒，说适量饮酒是为了解乏，你何苦要把自己喝得酩酊大醉?

"老子喝酒，喝的是自己找的钱，连喝酒你都要管，老子看你是活得不耐烦了。"张大鸣操起板凳就向秀莲砸去，秀莲眼疾手快躲过一劫。张大鸣将碗扔过去，秀莲躲闪不及，打中脑袋，鲜血浸透了她的头发，秀莲悲痛大哭，跑出屋子逃命，张大鸣跟着秀莲撵，"老子不相信你要翻天。"他找到一根木棒，打在秀莲的背上，一下、两下，张大鸣像打畜生一样，秀莲哀鸣声声，却无法让失去理智的张大鸣停下他的暴行。

"杂种，那是你的婆娘呀，你怎么下得了死手？打出毛病还不是你自己倒霉。"张定魁闻声赶出来制止张大鸣的暴行。

"打死了，老子再找一个。"张大鸣连他老子的话也不听。

"你这个莽子，打死人要抵命，你这是发哪门子疯？"邻居好言相劝，"你是酒后干傻事，闯下大祸，你这辈子都不得心安。"

在邻居们的帮助下，秀莲被送进了乡卫生院。秀莲的头部被缝了10多针。浑身是伤，秀莲的痛在心里。

"我的命咋这么苦？我前世做了什么冤孽，要受男人的虐待？"秀莲以泪洗面。嫁了人就是人家的人，要尽到女人的责任。离开父母的时候，父母反复叮嘱，她做到了，却遭到这样的报应，她无法想象今后的日子该怎么过。

被丈夫暴打，自己举目无亲，她决定要维权。头上缠满了纱布，她找到乡长，要求乡长给他做主。在被张大鸣打残之前，她想和他离婚。乡长说：“夫妻之间没有血海深仇，你给他一个改过的机会吧。”

“老子看你是吃了豹子胆，还敢找乡干部，不给你点颜色瞧，你以为老子是吃素的。”张大鸣挥着拳头说，“你信不信老子现在就把你打残了。”

“在乡政府你还敢这么放肆，打老婆，实施家庭暴力，在你眼里还有没有王法？”乡长怒喝。

“老子的家务事，关你鸟事。”张大鸣口出狂言，“自古以来，清官难断家务事，用得着你狗拿耗子多管闲事？”

“你的家事我还管定了。你懂不懂家庭暴力也是犯罪？如果打死人了，你逃脱不了法律的制裁，杀人偿命，这个道理你都不懂？将人打残了，构成故意伤害罪，你免不了要受牢狱之灾。你把你老婆打成这样，派出所完全可以拘留你。你再不收敛，我就让派出所拘留你。”乡长说，“年轻人要学法、守法，把你丢进派出所，你才晓得违法是要付出代价的。”

张大鸣蔫了。“你要保证今后不再虐待老婆，我们就可以既往不咎。如果执迷不悟，我们肯定要维护妇女的合法权益，引起了公愤，老婆和你离婚，众人都晓得你虐待妇女，今后谁还敢和你成为一家人？”

张定魁的家族把张大鸣骂得狗血淋头，向秀莲赔礼道歉。秀莲思前想后，原谅了张大鸣。

秀莲又恢复了平静的生活，几年过去了，秀莲已经是两个儿子的母亲了。

彼时，张晓风才上初中。有了儿子，张大鸣没有传宗接代的荣耀感，在他看来，儿女都无所谓，只是一个普普通通的生命而已，他从来没有望子成龙的想法。日出日落，有酒喝、有衣穿，小日子过得不温不火。

三

张晓风借酒发疯，斯文扫地，被父亲一通责怪。酒醒后有些不自在。他闷闷不乐地对父亲说：“你也不要再抱怨了，都是我自己不争气，读高中就花了你几万元，无果而终。回到农村，我是有过很多想法，但是那些都是纸上谈兵，和现实相差太远，最后都成了泡影。”

儿子说话文绉绉的，张定魁心头就不舒服：“你少给我来点到文不武的话，别在那里装洋盘了，俗话说，装龙像龙、装虎像虎，回到农村就要说点我们都听得懂的话。一个寡妇就让你像丢了魂一样，你今后打算怎么过？”

张晓风不再言语了。现实总是那么无情。那年高考，张晓风的成绩很一般，但是他以为考个专科学校应该没有问题，不过他心里非常清楚，如果考个专科学校，今后就业的希望一定很渺茫，因为还有成千上万的大学专科和本科毕业生无法就业。想到这些，他的心里就不好受，年迈的父亲在外拼命打工挣钱，年老多病的母亲也在家里养猪增加收入，家里人的心愿就是让他这个家族中学历最高的人最终成为名副其实的大学生。

高考结果一公布，张晓风彻底绝望了，他的分数最终只能上专科，左右思量，父亲对他说：“不能怪我们父母了，要怪就只能怪你自己没有本事，如果让你继续去读书的话，花 3 年的时间还是只能拿个专科文凭，即便专科读出来，我们家又没有过硬的关系，你读了也是白读，还不是把我们的血汗钱拿去打了水漂。”

张晓风听父亲这么一说，再看到家里因为供养自己上学已经家徒四壁了，泪水不禁流下来。

张晓风哽咽着说：“你们不要说了，我回家务农就是了，如果我不是读这个该死的书，家里的房子也不至于和周围邻居家相比逊色那么多。”

长期在外读书，张晓风对农活是那样的陌生。回到农村，他觉得无所适从。他第一次去除草，居然把庄稼和杂草一同除掉了，张定魁气不打一处来：“你五谷不分，这样下去吃个铲铲。”

张晓风羞愧不已，他需要学习的农活实在太多，耕地犁田对他来说，完全是陌生的，他必须要像读书一样尽快掌握好做农活的基本要领，学会在农村谋生。

时间可以让人忘记一切烦恼，张晓风少了许多不切实际的想法，在父亲的言传身教下，他也能够下田插秧了。

村里兴起了外出打工潮，年轻人都到深圳等其他大城市打工挣钱去了。而且很多青年初中毕业就去了，回来以后吹得天花乱坠，说深圳工厂多，挣钱不费吹灰之力。在张晓风看来，他们不是去挣血汗钱，而是到深圳去捡钱，深圳遍地是金钱。他想，自己再不济也只是与大学校园擦肩而过的文人，智商应该不在这群年轻人之下。

“那么多年轻人都在深圳打工发了财，我还是去想试试看。”张晓风和他年迈的父亲商量。

“你就不要做那些不着边际的美梦了，人家是靠苦力挣钱，你靠啥子挣钱？还是老老实实地待在家里种庄稼吧，苦一点总有点收获。”张定魁对儿子的想法总是嗤之以鼻。

“我高考回来以后，不管我想做啥子，你都一直在泼我的冷水。你种了一辈子庄稼没有看到你有多大的收入嘛，村里哪个是靠种庄稼发迹的？你给我一点路费，我去试试看，总不至于像在家里，穷得被尿憋死。”张晓风以一种恳求的语气对父亲说。

张定魁沉默了，掏出叶纸烟划燃一根火柴点燃后猛吸了几口：“我说多了，你是不信的，我吃的盐巴比你吃的饭多，过的桥比你走的路多，我也不能包揽你一辈子，我都要 70 岁了，你 30 几了还光棍一个，我哪天不行了，你让我怎么放得下你？”

张定魁一席话说得张晓风的泪花在眼眶里打转：“你放心吧，我到了深圳好好打工挣钱。挣到了钱，回来把房子好好修一下，让你和妈也住上新房子。”

“这些我都不指望了，你真有那本事，能够背一座金山回来，我求之不得。”张定魁把张晓风送上客车的时候，对儿子说了一些勉励的话。

客车渐渐远行，张晓风看见父亲佝偻着的身影渐渐消失在车窗外，他顿时觉得心口堵得慌，禁不住泪流满面。张晓风把他的这次深圳之行称作是希望之行，他仿佛看见了一条耀眼的金光大道和金碧辉煌的房子，如花似玉的美女就是他的妻子，他们就生活在这样的环境中，心满意足地享受着神仙般的生活。

到了深圳，张晓风找了几家工厂，因为没有实际操作经验，四处碰壁。好不容易找到一个在深圳打工的老乡，在老乡的引荐下，他进入了一家电子工厂，组装电子配件，这家工厂实行的是计件制工资，一个月勤奋一点的话可以挣 2000 多块钱。张晓风想自己年轻，有的是力气，刻苦勤奋一些，一定会挣很多的钱。

张晓风在心里盘算着，假如自己再吃点苦，再节俭一点，年底能够挣上一万块钱就心满意足了。

日子平淡得枯燥无味。年底张晓风的账上终于有近两万元的收入了，张晓风的心里喜滋滋的，他打算春节也不回家，多挣点钱回家了也让年迈多病的父母高兴一番。

张晓风总算没有白去一趟深圳，怀揣两万多块钱，犹如怀揣着远大的梦想回来了。其实他心里比较清楚，两万多块钱是不可能修建新房的，他还得当“拼命三郎”，他要用血水和汗水改变一家人的贫寒生活。

回到家里，他对父亲说，钱虽然没有挣多少，但是自己还是有信心把钱赚够修房子。

一天夜里，张晓风的一个远房亲戚找到他们父子俩说：“我给你们一个挣钱的机会，你们干不干？”

有挣钱的机会，张晓风不假思索地说：“只要不是杀人放火的事情，能够挣钱的活我都干。”

那个亲戚说：“邻乡的一个富豪准备花钱把他丈母娘的尸骨从这里迁走，他愿意给 800 块钱，虽然下贱一点，但是几个小时就可以挣 800 块钱。”

张晓风父子商量了一会儿，语气坚决地说："先把钱给我们，我们保证让老板满意。"

黎明时分，张晓风父子拿着白酒，拿上工具，戴上手套进入了墓地，当张定魁把坟墓撬开，打开棺木的时候，一股浓烈的刺鼻的臭味差点把他们父子熏昏，张定魁迅速把白酒洒在墓地，臭味少了许多。"老人家，好福气，女婿风风光光地把你迁走，你要保佑我们顺顺利利。"张定魁口里念念有词。他们戴上手套开始捡尸骨，因为才埋葬几个月，腐烂的肉还依稀可见，折腾了几个小时，张晓风父子终于完成了任务。富豪开着豪车阵容庞大地前来接丈母娘的尸骨。行礼—鸣炮—焚香，阴阳先生按照仪轨宣布迁坟的程序。富豪和老婆以及他的手下齐刷刷跪了一地，"母亲大人，孩儿给您挑了一块风水宝地，您到那里去享福吧。"富豪叩首。

村民们很是羡慕，这个死去的老女人真有福气，女儿找了个这么有钱而且重情义的男人，想必她的女儿一定美若天仙。富豪把道场法事做完，对张定魁父子充满了感激："你们不嫌脏和臭，帮我把事情办得很圆满，感谢你们了，这点小意思请你们一定要收下。"富豪又给了张定魁一沓钱。捡富豪丈母娘的尸骨，张定魁父子前后得了两千多元，张定魁恍若做梦一样接过钱，心想有钱就是好，有了钱就没有做不到的事情。

"这算啥？在城里还有专门号丧挣钱的门路，出殡的时候，一群毫不相干的人在主人的授意下，拼命地哭，哭声凄惨，让人感到死者后人的孝顺。你可不要小瞧了这个职业，有的人一个月就要挣上万元。"见过世面的村民说。

"乖乖，没有想到眼泪也能够卖成钱。"张晓风觉得不可思议，这排场做给谁看呢？和自己半毛钱的关系没有，竟然也能够哭得如此伤心，世界之大，无奇不有。

四

山还是那座山，水还是那道水。张晓风刚听到别人唱这首歌的时候，觉得这是最无聊的歌词，无病呻吟，还被人广为传唱。

作为农业大县，让农民填饱肚子，挣到票子，县上引进了农产品开发有限公司，公司老板对张定魁说，你一无技术，年龄又偏大，不如把土地流转给我们，我给你租金。

“你想得美，廉价租我的土地，转手就成了资本家，我还是穷光蛋。”张定魁说，“你死了这个心吧。我种庄稼种不好该背时。”

“土地流转、效益分红，农民拿工资，这是现代农业发展的趋势，不是我心血来潮糊弄你。我们按照你每年的亩产值付给你租金，你不用担心农业投资，不用担市场风险，在我们农场打工，一天还可以挣 100 元的工资，根据企业效益还可以分红，这个账你还不会算吗？”老板说，“我们是正规涉农企业，如果搞歪门邪道，县委、县政府会让我们立足吗？”

“我看这个事情可以干。签订了协议，跑得了和尚跑不了庙，有县委、县政府撑腰，我们不怕。”张晓风说，“我们在家门口就可以挣钱，如果真有他说的那么好，我们父子一年也有七八万元的收入。”

张定魁说：“既然你说可以，我们就不要再争论了，说干就干。”

协议签订后，张定魁父子不需要担心农忙时家里人手不够，播种和管理的难题了。他和张晓风成了农场的工人。

张大鸣的两个儿子也大学毕业了，在县城机关上班。

“老子一字不识，还照样培养了两个大学生。”张大鸣自信地说，“谁说农民的后代就只能种庄稼？”

“我们张家终于有了自己的大学生，这是光宗耀祖的喜事。”张定魁眯着眼睛，一脸灿烂。

不想当将军的士兵不是好兵。张晓风和张定魁商量，县乡高度重视“三农”工作，积极扶持村民发展农业产业，他想联合村民成立种养殖合作社，发展跑山鸡，种植大棚蔬菜。

“你拿定主意就干，我支持，我可以帮助你管理蔬菜大棚。”张定魁说，“引进了这么多高科技农业发展公司，在家门口就能够学到技术，有了技术还怕没有收益？”

张晓风跑县上和市农业部门，办妥了相关手续，相关部门给予他资金和技术支持，听说羊肚菌每斤可以卖到 100 元，张晓风带着村民赶快去拜师取经，学到了一整套技术，羊肚菌产业发展得红红火火。

年底分红，张晓风有了 40 多万元的收入，抱着厚厚的一大捆钱，张晓风哭了，这是幸福的泪水。

一个风和日丽的日子，花香扑鼻，张晓风心情灿烂。他挥锤推倒了父亲修建的瓦房，高兴地说：“我要兑现我的承诺了，我要修三层楼的房子了，让父母在有生之年住上好房子、过上好日子。”

楼房建成，喜庆的鞭炮放不停，张定魁老泪纵横，儿子没有食言， 让他们住上了大房子；儿子有出息了，当上了农民合作社的总经理，带着乡亲们走在小康路上，幸福的日子像芝麻开花节节高。